读客

## 读客悬疑文库

认准读客读悬疑，本本都是大师级。

# 骗子家族

[日] 道尾秀介 著　　丁丁虫 译

海南出版社

·海口·

**图书在版编目（CIP）数据**

骗子家族 / (日) 道尾秀介著；丁丁虫译. -- 海口：
海南出版社，2023.7
ISBN 978-7-5730-1173-2

Ⅰ.①骗… Ⅱ.①道… ②丁… Ⅲ.①推理小说—日
本—现代 Ⅳ.①I313.45

中国国家版本馆CIP数据核字(2023)第094487号

# 骗子家族
PIANZI JIAZU

| | |
|---|---|
| 作　　者 | ［日］道尾秀介 |
| 译　　者 | 丁丁虫 |
| 责任编辑 | 陈淑芸 |
| 执行编辑 | 刘兴华　　徐雁晖 |
| 特约编辑 | 齐海霞　　宋琰 |
| 封面插画 | Juanjo Gasull |
| 封面设计 | 李子琪 |
| 印刷装订 | 三河市龙大印装有限公司 |
| 策　　划 | 读客文化 |
| 版　　权 | 读客文化 |
| 出版发行 | 海南出版社 |
| 地　　址 | 海口市金盘开发区建设三横路2号 |
| 邮　　编 | 570216 |
| 编辑电话 | 0898-66822026 |
| 网　　址 | http://www.hncbs.cn |
| 开　　本 | 890毫米×1270毫米 1/32 |
| 印　　张 | 10.25 |
| 字　　数 | 237千 |
| 版　　次 | 2023年7月第1版 |
| 印　　次 | 2023年7月第1次印刷 |
| 书　　号 | ISBN 978-7-5730-1173-2 |
| 定　　价 | 49.90元 |

如有印刷、装订质量问题，请致电010-87681002（免费更换，邮寄付付）
**版权所有，侵权必究**

# カラスの親指

## by rule of CROW's thumb

道尾秀介

KARASU NO OYAYUBI BY RULE OF CROW'S THUMB

SHUSUKE MICHIO

It's heads I win and tails you lose.

正面我赢，反面你输。

——柯南·道尔《血字的研究》

contents

# 目录

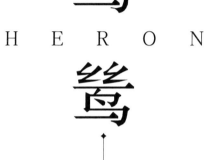

# 鹭鸶

H E R O N

# （一）

脚趾头撞上了某个硬东西，那股钻心的疼痛激得大脑猛地一惊，不但手上的动作停了下来，而且连意识都在刹那间有些恍惚。不过，这一事故最大的影响，既非疼痛本身，也非意识恍惚的后果，而是让武泽感觉自己像个白痴。

抱着胳膊站在面向山手大道的共和银行品川支行门前，四十六岁的武泽竹夫一边观察着稀稀拉拉出入银行的顾客，一边回想今天早上的失败。那时候他对着公寓浴室里的镜子仔细刮过胡须，正要出来挑一根领带搭配西服的时候，右脚的小脚趾猛地撞到了五公斤重的哑铃上。

这只含税两千九百八十日元的哑铃是前几天刚从百货商店买来的促销品。武泽在进浴室的时候还特意确认过它的存在，从它上面跨了过去，可对着镜子上下挥舞了一阵电动剃须刀之后，就把这东西给彻底忘记了。疼痛虽然很快就消失了，但当时那种说不清又道不明的窝心感，或者叫挫败感，到现在还残留在武泽心里。

这可不行，弄不好会影响生意的成功率。做这种生意，最重要的就是"自信"。

我不是白痴。我不是白痴。我不是白痴。武泽低声念叨了几遍，重新望向银行大门，那个略显发福的中年男人刚好离开出纳窗口，正朝玻璃转门走去。

筑紫章介，四十三岁，住址是在荒川区，电话号码是3802-××××。虽然和著名演员同名，但他头上没有飘逸的银发，而是短短的黑毛，而且头顶上还秃了一大块。武泽盯着那颗沐浴在春日阳光中毛发稀疏的脑袋，用力握了握提着皮包的手。我不是白痴。我不是白痴。我不是白痴。然后他慢慢走过去。筑紫章介的身高和武泽差不多。

"筑紫先生……筑紫先生。"

武泽轻轻喊了两声，筑紫章介停住脚步，回过头，用疑惑的眼神望向武泽。

"筑紫先生，对不起，稍微占用您一点儿时间可以吗？"

筑紫章介眨了几下小小的眼睛，似乎是在脑海中搜索面前这个人自己是否认识。当然不可能认识，不管怎么说，今天是两个人第一次见面。

"非常抱歉突然打扰您，我是——"

武泽从深灰色西装的内侧口袋取出名片递过去。筑紫章介把名片举到眼前仔细端详。

"银行监察官……"

"是的。这里的共和银行委托我调查一起诈骗案，有些地方需要筑紫先生协助。"

"协助？可是……你怎么知道我的名字？"这是理所当然的疑问。武泽马上解释。

"因为里面的支行长刚刚联系过我。筑紫先生，您刚才从出纳窗口领取过现金，是吗？"

"嗯，公司的钱。"

"一排窗口最左边那个？"

"对。"

"窗口的柜员是个三十多岁的男性吗？"

"啊，是吧。"

"戴着银丝边眼镜？"

"嗯，戴着。"

武泽凑到筑紫章介的面前，压低了声音："能让我检查一下刚才领取的现金吗？"

"啊？"

武泽朝筑紫章介单手提着的黑包示意，单刀直入地说："可能是假钞。不知道您有没有看到新闻，四月以来，品川区内已经发现了两次仿真度极高的假钞。辖区警署和我们的调查显示，两次的假钞都是从这家银行流出的，而且，都是某个出纳窗口的柜员直接递交的现金。"

筑紫章介皱起眉头："……你什么意思？"

"窗口的柜员偷换了现金。他私藏取款机里的现金，把假钞交给了顾客。估计有印刷厂工作的同伙，假钞的仿真度很高。"

筑紫章介看了看自己手里的包。

"啊，你是说……这是假钞？"

"不，"武泽轻轻摇了摇头，"现在还不能肯定，所以需要筑紫先生的协助，请让我检查一下。"

武泽告诫自己不要显得过分渴求，但也不能表现得过于悠闲，他向筑紫章介伸出了右手。筑紫章介在武泽的右手和自己的包之间来回打量了好几次，嘴里嘟嘟囔囔不知道在说什么。

快点儿，快，快呀！可惜筑紫章介只是皱着眉，似乎还在思考。武泽伸出左手慢慢摸了摸自己的后脑勺。

"有什么问题吗？"

一个穿着西装的男子来到了两人身边。他脸上一副严肃的表情，戴着银丝边眼镜，头发梳得一丝不乱，胸前别着一块小小的长方形名牌，名牌上印的名字是——

共和银行品川支行　支行长助理　石霞英宇

浑蛋——武泽心里暗暗骂了一句。他小心掩饰自己内心的情绪，以沉稳的态度向来人应道："不，没什么，没有问题。"

"真的？"

"真的。"

带着一脸困惑看着他们两个的筑紫章介，一边偷眼打量支行长助理的名牌，一边小心翼翼地开口："唔……刚才这位要检查我领的现金什么的，所以我在想，该怎么办……"

别着名牌的男子嘴唇微微外凸，看上去有点儿像海豚。"啊！"他低低喊了一声，仔细打量筑紫章介和武泽。

"难不成……是我们支行长委托的那件事？"

武泽点点头："对，就是那件事。"

"这么说，这位客人所持的现金，是从那个窗口领取的？"

"嗯，就在刚才。"

"这样的话，请交给我吧。我去行里的点钞机上确认一下，马上就好。"

筑紫章介好像终于放了心，"哈哈！"他讪笑了一声，摸了摸毛发稀疏的光亮头顶。

"哎呀，原来是真的啊！"

"事发突然，让您受惊了。"

别着名牌的男子抱歉地耸耸肩。

"行里出了这种事情，而且还干扰到了客人，作为银行方面，我们也觉得非常可耻。所以不好意思，能否请客人您就在这里稍候片刻，取的现金暂时由我保管，等我确认之后立刻交还给您，这样行吗？当然，您在行里等着也没问题。"

"啊，那我还是进去等吧。"

"好的。那么现金……？"

"进去再说吧。在这儿拿钱有点儿招摇。"

"好的。"

别着名牌的男子说了一声"那我去行里等您"，转身回了银行。

筑紫章介转过身面向武泽。

"不好意思，刚才没敢相信您。突然对我说要检查现金什么的。"

"没关系。像我们这种调查，被人怀疑本来就是家常便饭。其实反过来说，正因为大家都保持着高度的警惕，社会上的诈骗案件才会逐渐减少。所以也是要感谢大家。"

"是啊，这个时代就是这样子的嘛！不过还真没想到银行里也有坏人，还真不能大意。对了，这件事不太方便对旁人说吧？"

"可能的话还请保密。关于这一点，稍后支行长助理应该会向您详细说明。不管怎么说，我只是个监察官而已。"

"明白了。那我先过去了。"

“感谢您的协助。”

武泽深深鞠了一躬，然后在抬起头的同时便迅速转过身子，混入人流之中。沿着人行道走了一段，拐过一处拐角，武泽停住了脚步，等了一会儿，刚才那个别名牌的男子来了。

“钱呢？”

武泽一问，男子拍了拍西服的内侧口袋说：“在这儿。”

“走吧。”武泽丢下一句，抬腿就走。

男子追在武泽后面，把一张有点儿娘娘腔的脸凑过来。

“我说老武，刚才怎么样啊？”

这个人喊武泽竹夫“老武”，像是从小就这么喊过来的一样。最多就是小时候喊“小武”，长大了喊“阿武”，再大了喊“老武”的差别而已。

“你没觉得我的演技长进了不少吗？”

“完全没觉得。”

“你要求太高了吧！”

“你背错台词了吧？”

“什么台词？”

“最开始的‘有什么问题吗’，应该是‘怎么了’。”

“哎，那不是一样的嘛！”

“完全不一样。你之前并没有听到我们谈话的内容，突然冒出来问‘有什么问题吗’，很奇怪吧？”

“啊，原来如此。”

“没有‘原来如此’。我们这种生意，只要出一点儿小纰漏，命就没了。下次你要是再犯错，我可就不能带你一起干了。”

“老武，别这么说嘛。”

"别凑这么近。"

"老——武。"

"工作之前别吃大蒜。"武泽皱眉说。

男子伸出一只手，捂在嘴前哈了一口气，像是故意似的翻了个白眼。那张侧脸已经看不出半分正直的银行支行长助理的模样了，彻底变回了武泽当前的搭档老铁。他和武泽相差一岁，今年四十五岁，但跟在武泽身后，就像是跟在学长屁股后面的中学生一样。

"不让吃大蒜什么的，昨天晚上吃饭的时候你又没说。我不就是在你眼前吃的饺子嘛！"

"那时候我在想事情。你自己不知道注意啊，浑蛋。"

这一次两人设的圈套乃是所谓的古典诈骗。虽然变奏部分各不相同，但自古以来一直在世界各地上演。武泽选定目标，事先调查好一些简单的个人信息。万一对方有所怀疑，己方是否掌握对方的信息，往往足以左右生意的成败。在称呼对方时是单喊一声"您"，还是直接叫出对方的名字，受到的信任会有天壤之别。在适当的情况下，在对话中流利地说出对方的住址和电话，更能获得对方的信任。其实事先要得到这类信息非常简单，只要花点儿小钱，有的是门道。

老铁之所以半路插入，是因为看到筑紫章介这个冤大头似乎对武泽有所怀疑。其实像这种生意，人数越多，招数越复杂，失败的可能性也会随之增加，所以最好是由武泽一个人从头到尾解决。但如果对方显得顾虑重重，就需要老铁以支行长助理的身份登场。这是以防万一的手段。武泽抬起左手抚摩后脑勺，便是行动的信号。

"对了老铁，你怎么还用那个怪里怪气的名字？"

老铁哎了一声，从裤子口袋里掏出名牌。"支行长助理　石霞英宇"，这是手巧的老铁为了今天做的小道具。

"这个是anagram。"

"阿纳古拉——"

"姆。文字游戏。最近我很迷这个。"

"改变'石霞英宇'的文字排列？"

"对喽。提示就是英宇。英宇，也就是英语，English。"

老铁好像只是初中毕业，但不知道为什么英语很好。

"英格里史……？"

走在街头的人潮中，武泽试着想了想，但什么也没想出来，只得放弃。

"你到底在说什么？"

"还没明白啊，老武。石霞，日语发音isigasmi。"

老铁在说最后那个词的时候有点儿外国人的味道。

"把这一串字母反过来念——哎呀，I'm sagisi。"

"I'm……sagisi是——"（"sagisi"的发音跟日语中"骗子"的发音相同。）

"啊！"武泽轻呼一声，"还真是！"

武泽不禁想停下脚步难得地夸老铁一句，不过转念一想还是没开口，重新抬腿匆匆往前走。

"有时间想那种东西，还不如好好背背台词。傻了吧唧的。"

"嗯嗯，十胜。"（"傻了吧唧"的日语发音的英文字母换一种排列可变成"嗯嗯，十胜"的发音。）

"什么？"

"anagram。"

走到品川站，两个人坐了一站JR电车，从田町站下来打车。

"去阿佐谷。"

"哦，阿佐谷，知道了。"

武泽背靠在座位上，打开之前从老铁那边拿过来的信封查看。他用手指沾了口水数了一遍，一共是三十五张一万日元的纸币。旁边的老铁无声地吹了个口哨。

"和你搭档之后，成功不断啊！"

"果然我还是有两下子的嘛！"

"半个门外汉说什么大话。"

武泽虽然在苦笑，但心里确实也感觉最近的生意搞不好还真是因为老铁这样的角色才成功的。做这种生意，本身就要抱着会有一定概率失败的觉悟，不过自从和老铁搭档，让他去从冤大头的手上拿钱以来，成功率便高得惊人。这张海豚脸还真是容易让对方信赖。

武泽把纸币放回信封，探头向司机说："司机，难得这么好的天气，从护城河那边绕一圈吧。"

"是去皇居吗？那可绕得远了。"

"我知道。"

"车费也很高哦。"

"知道，知道。"

"好吧。"

司机换了个方向，开往樱田大道。

"顺便去千鸟渊绕一圈行吗？现在这个时候樱花很漂亮。"

"啊，樱花好啊。"

司机似乎有些得意，开着出租车沿着右手边慢慢前进。千鸟渊是著名的赏樱盛地，清一色的白色花瓣映在护城河的水面上。武泽隔着车窗，出神眺望着外面的景色。紧挨着身边传来一声"真漂亮"的叹息，随之而来的还有老铁的大蒜气味。武泽哼了一声，摇下车窗，柔和的春风拂面而来。在护城河水面映照的花瓣中，有一尾水鸟正在优雅地游动。

"我说老铁，"武泽下意识地问了一声，"诈骗在英语里怎么说？"

"heron。"（日语里"诈骗"和"鹭鸶"的发音相同，老铁以为武泽问的是鹭鸶的英文说法。）

"海容——怎么听上去跟毒品一样。完全没概念的词。"

话说回来，但凡是英语单词，武泽基本上都没概念。

视线折回护城河，盛开的樱花竞相伸展枝条，像是努力要探出水面一样。在樱花树后面的草坪深处，有一片黄色的风景，那是油菜花吗？

就在这时，司机盯着后视镜，突然冒出一句出人意料的话：

"客人，刚才是冤大头啊。"

武泽吓了一跳，扭过头看司机。

"……你说什么？"

"哎，就是说刚才那个不是鹭鸶，客人。"

武泽越发糊涂了。

"因为鹭鸶啊，羽毛应该是雪白的吧？但是刚才那只是褐色的。"

武泽看看旁边的老铁。老铁正扭头望着后窗外面，嘴里说什么"还真是，是鸭子，那英语就是duck"。

武泽也扭头看向后面。刚才的褐色水鸟正轻飘飘地浮在护城河的水面上。

原来是说这个。（日语里"冤大头"和"鸭子"的发音相同。）

"老铁，刚才的那个海容——"武泽姑且确认一下，"是会飞的吗？"

"咦，还有不会飞的吗？"

老铁的表情显得很惊讶。诈骗——鹭鸶。看来老铁也弄错了。司机听错了还算可以理解，刚刚才搞过诈骗的人居然也会弄错。老铁这家伙，脑子就是不太好使。

"哦……"

这种事情解释起来太麻烦了，武泽保持沉默望向窗外，缩起脖子抬头看天。只见春意盎然的浅蓝色之中，两朵白云犹如飞鸟展开的巨大双翼飘在天上。

"是吗，鹭鸶会飞啊……"

# （二）

三个半月之前，正好是圣诞夜。

处理完日常琐事，武泽晚上十点回到公寓，掏出钥匙正要开自己住的205号房间的门，突然哎呀一声怔住了。他本来是要插钥匙进去的，可是插不进门把手上的钥匙孔。钥匙只能插进一半，接下来就怎么也插不进去了。他怀疑是不是钥匙弯了，从锁孔里拔出钥匙，举到眼前仔细端详，可是一点儿弯曲的样子都没有。

是锁有问题吗？

武泽弯下身子眯起眼睛去看门把手上的锁孔。周围太暗，看不清楚，武泽只好继续弯着腰往锁孔里试插了好几次，可还是没什么改变，最多只能插进去一半。自己弄错房间了吗？不会啊，门牌上确实写着205几个数字。

　　"怎么回事……"

　　看着眼前的房门，武泽一筹莫展。他想要联系房东，可是记不得电话号码。不用钥匙就没办法开门了吗？还真没办法。武泽虽然干过不少恶毒的事，但偏偏没学会开锁的技术。他身上顶用的只有一张嘴，但凡要用手指的工作他天生就不擅长。看来只有找那种上门开锁的锁匠了……附近有这样的店吗？武泽想不起来。

　　年底的冷风从公寓外侧的走廊吹进来。

　　"对了，广告传单。"

　　武泽忽然想到这个，赶紧下了公寓的楼梯，来到邮箱前面。锈迹斑斑的赤褐色铁质邮箱一排五个，一楼和二楼一共两排。每层楼的房间都到六号，好像是因为开发商迷信，每一层都没有四号房间，所以三号之后就是五号了。

　　武泽找到了写着205的邮箱。小小的铁盒子里面塞满了传单之类的东西，就像小时候在图画书里看过的宝箱一样。武泽已经有很长时间没打开这扇小小的门了。理由有两个：一个是因为以前的某种经历，武泽对打开邮箱的门怀有小小的恐惧；另一个是没有任何人知道——应该没有任何人知道——武泽住在这里，所以应该也不会有什么重要的信寄来。

　　"锁匠……锁匠……"

　　武泽从邮箱里拽出大把传单，开始一张一张地翻。幸运的是，想找的东西一下就找到了。第三张就是写着"Lock & Key 入川"的传单。"二十四小时紧急修理。钥匙和锁的问题随时都能交给入川！"广告语太长，看着有点儿累，不过武泽决定还是交给这个入川算了。他掏出型号过时的手机，拨通了传单上印的电话号码。

武泽简单介绍了目前的状况，电话那头说马上就来。武泽把地址和公寓名称告诉他。

"房间号是多少？"

"205。二楼的五号房间。"武泽特意加了一句，然后挂上了电话。

在等锁匠过来的时候，武泽冻得不行，只好跑去附近的自动售货机买了咖啡，把温热的咖啡罐捂在只穿了一件毛衣的肚子上走回公寓。半路上武泽又把钥匙从口袋里掏出来仔细端详，还是没看出有什么奇怪的地方，没折、也没弯——

"不对。这玩意儿是……"

钥匙的凹凸部分附有某种白色粉末一样的东西，像是雪的结晶，或者是从什么东西上削下来的粉末。武泽把钥匙凑到鼻子下面闻了闻，微微有点儿刺鼻的味道。

摩托车的声音让武泽抬起头，一辆摩托车刚好在公寓门前停住。骑车的男人身穿一件黄色的夹克，上面印着大大的"入川"两个字。开锁的终于来了，正好顺便问问他这个古怪的白色粉末到底是什么玩意儿。武泽拿手指捏着钥匙走过去。

来的是个小个子中年男人。他从摩托车的车尾箱里拿出一个像是手工打造的三合板工具箱，三步并两步地跨上楼梯。武泽没来得及喊住他，只好一边往公寓赶，一边眼望着他上了楼，向二楼走廊里走。那个男人一只手提着工具箱，一面往前走，一面低头看着箱子，用另一只手在里面叮叮当当地翻着工具。他在武泽的门前停下，按响了门铃。

“请问有人吗？我是入川。”

“喂，在这儿，我打的电话。”武泽在下面招呼道。

“啊，您在那儿啊。您好。”

“我这就过去，这就过去。”武泽爬上楼梯，把手里的钥匙递给他。

“我在电话里也说过，钥匙孔只能插进去一半。你觉得这是怎么回事？”

“嗯……还没看过，不好说啊。”

“你瞧，这也是我刚发现的，钥匙上有些白色粉末一样的东西。你觉得这是怎么回事？”

“嗯……所以说还没看过……”

“那你就看看呀！”

“哦，好的。”男子先看了看钥匙缝里沾着的白色粉末，想了想，然后拿出笔式手电筒，照了照门上的锁孔，接着又从工具箱里拔出一根极细的像是锥子一样的工具插进锁孔里，嘎吱嘎吱地摆弄起来。他时不时地噘噘嘴、挑挑眉毛什么的，像是颇为惊讶的样子。忽然间，他停下了手上的动作。

“哎呀……”男子叹了一口气，似乎很遗憾。

“哎，怎么了？”武泽凑过去。

男子保持刚才的造型，斜抬眼睛望向武泽，眨巴着小小的眼睛说：“这个恐怕是有人故意干的。”

“故意干的？”

“白色的是胶水，倒进锁孔里了。”

“为什么？”

"所以说，我猜是有人故意干的。"

"谁干的？"

"嗯……"男子吐出白色的雾气，一脸困惑地搔着后脑勺。

"您打算怎么办？锁已经没办法再用了，换吗？"

"没别的办法了吗？"

"没有了。"

不和房东打声招呼，就这么把锁换了，合适吗？武泽有点儿犹豫，不过某种兴趣强烈地吸引着他，最后还是请那个男子帮他换了。费用一共两万五千日元。即便如此也比大店便宜，男子这样解释，然后先回了一趟摩托车那边，提着一个四十厘米见方、看起来很是结实的木箱回来了。在滑动式箱盖的下面，排列着各种各样金属质地的筒状物。

"这是什么？"

"锁芯。锁的——呃，里面的东西。"

武泽饶有兴趣地看着男子干活儿。毕竟是要从锁着的门上换锁下来，工程颇为复杂，但到底是专业人士，前后花了差不多十分钟的时间，总算把旧的锁芯从门上取下来了。

"好了，这样就能进去了。"

"啊，是吗？好的，不过看你干活儿很好玩，看入神了。哇，了不起，真的灌了胶水在里面啊。"

武泽眯起眼睛盯着男子手上的旧锁芯说。锁芯里的胶水已经干燥发白，钥匙上沾的白色粉末应该就是这个。

"搞得过分了吧，而且还是圣诞夜。"

"搞得是过分了，而且还是圣诞夜。"

"这玩意儿看起来还是强力胶吧？"

"像是啊。"

"在哪儿买的？"

"啊？"

"百元店？"

男子一脸困惑地望向武泽。

"这个我可就不知道了。"

"是吗？抱歉，我还以为你知道。"

男子的表情僵了一下，不过立刻苦笑起来，注意力又转回到了门把手上，丁零当啷地继续干了起来。

武泽望着他的动作，接着问："刚才你怎么知道是这个房间？"

"什么？"男子反问了一句，目光没有离开自己的手。

"我在电话里是说了205号，不过你怎么知道就是这个房间？"

"咦，门牌上不是写着的吗？"

门口贴的牌子上确实写着205。

"可是，你刚才一边在走廊上走，一边在翻工具箱吧？眼睛一直看着下面，没有看门上的牌子吧？"

"呃……"男子眼睛望回武泽。

"呃……走路的时候，我确实没有特意抬头去看门牌。不过事情是这样子的，我就算低着头，过了几扇门总还是数得清嘛！"

"哦，是根据门的数目数出来的啊。"

"嗯。"

"你从走廊开头地方的楼梯数起，走了五个门，所以这儿就是205号？"

“是的。”

“可惜啊。”

“可惜什么？”

“你上当了。”

“上什么当？”

男子的声音变得焦躁起来。

武泽转身朝向楼梯的方向说：“这扇门，是第四个哟。”

武泽能感觉到男子在身后微微吸了一口气。

“这幢楼没有四号房间。所以，205号其实是从那边数过来的第四间。”

一，二，三，四，武泽故意一间一间数过来，然后转回头问了男子一声：“没错吧？”

“你是一直靠这种把戏拉活儿吗？还是说，这是头一回？”

“我完全搞不懂你在说什么。”

男子虽然还在装傻，可那演技对武泽来说只相当于中学联欢会表演的水平。

“我说开锁的，你之所以没看门牌就知道这儿是我的房间，是因为你自己今天刚来过吧？虽然不知道白天还是傍晚，反正就是趁我不在的时候来这儿的吧？就站在这扇门前，一边哆哆嗦嗦偷看周围，一边飞快地把胶水挤进锁孔里，就为了让我找你换锁，对吧？你就是靠这种把戏赚点儿小钱的吧？挑一间没人在的房子，先把自家店的传单塞到邮箱里，然后对锁孔动手脚。这样一来，进不了家门的人没别的办法，自然会给你打电话。你就很热情地赶过来，换个锁，拿个两万五千日元——我是这么猜的，猜错了没？”

“我想你是猜错了。”

男子的演技降到了小学联欢会的水平。

"哦，反正我是无所谓的，你说错了就是错了吧。那就这样吧。只不过，今天晚上你大概是要睡不着觉了吧？害怕我把今天的事情跟什么人讲。自己做了这种事情，自己又不肯承认，搞得我一肚子闷气，遇上一个人就要说一遍——你会这么担心的吧？而且不是今天一个晚上哟，明天也会担心。而且还不单是明天，过个三天、一周、一个月，我估计你还是一点儿都睡不着。最后就是菜刀，像这种事情，到最后差不多都是菜刀。因为人要是一直提心吊胆的，就很容易发疯。你会在夜里拉开厨房的门，拔出菜刀，就像有什么巨大可怕的黑暗怪兽附上了你的身体一样，让你的身子不听使唤乱走乱动。然后你突然就想把自己的手腕切开。可是菜刀不够快，在切手腕的时候，我想是会发出声音的吧，咯吱咯吱的。"

"别说了——"

"听到那个声音，你脑子里的一根弦就会一下子断掉，然后你会干什么呢？会把菜刀握得更紧，会发出怪叫，就像指甲刮玻璃的那种声音。你会继续直挺挺站着，不停切自己的手，就像切菜一样，像切猪肉一样。直到意识消失，只剩下那双手为止——"

"不要说了——"

男子的脸完全扭成了一团。他就那么扭着脸，一把抱住武泽的双腿，用蚊子叫一样的细细高音嘟囔起来。他像是在坦白自己的罪行，但是声音太含糊了，听不清楚。

"一开始承认了不就结了……"

武泽低头看着男子，鼻子里哼了一声。

虽然锁还没换完，武泽还是打开门，把男子推进了房间。把一个开锁的在自家门口搞哭了，这话要是传出去了也麻烦。

"别哭了。"

男子还是抱着武泽的腿，不停地说"不是，不是"。

等到男子冷静下来，武泽才开始从头问起。果然和武泽想的一样，这人是个惯犯。他交代说，大约在两个月前就瞄上了这一带的住宅，每次都是同样的伎俩，挑选适当的房子，趁里面的人外出的时候，把自家店的传单塞进邮箱，然后把百元店里买来的强力胶挤进锁孔。

"你就没想过什么时候会败露？"

"想过……想过的……"

"那为什么一直这么干？"

"因为没有钱……没钱……"

他边哭边说，大型连锁店在镇上开了分店，展开强大的宣传攻势，自己的小店快要倒闭了。可是武泽觉得这种事情自己就算知道了也没什么用。

"你的家人呢？"

"妻子死了……孩子也不在了……说起来……说起来，妻子的死——"

"好了好了，这种事情不说也罢。"

武泽看他马上又要诉说自己生活的艰辛，赶紧拦住他的话。男人一面用握得紧紧的拳头拼命擦眼睛，一面呜呜地抽泣了半天，最后终于用断断续续的声音说："一……一……一时冲动。"

"有一时冲动的惯犯吗？"

武泽这一反问，男人哭得更凶了。武泽不禁有点儿在捏软柿子的感觉，心里倒有些哭笑不得了。

"要……要让警……警察来抓我吗？"

男子抬起黏糊糊的脸，一脸的鼻涕眼泪，脏兮兮的。

"警察？饶了我吧。"武泽皱起眉摇了摇头，男子脏兮兮的脸顿时明亮起来，仿佛有一道洁白的光芒忽然照到了上面一样。

"不报警是吗？我不会被抓去坐牢了吗？"

"这个我可不知道啊。呃……反正只要你自己不去自首，也没被别人逮住，大概就没事吧。"

"太好了……"

男子一个字一个字地说，像是从心底挤出来的一样。

"我不是坏人，我是被迫的，真的，我实在是没办法了。"

明明又没质问他，他就开始找借口了。

"您看，要真是坏人，我就开门进去了对吧？然后，什么钱啊，珠宝啊，全都偷走，对吧？我可没干那种事。从来都没干过。"

说的也是，武泽想。"你和我说这个也——"

忽然武泽停住了，低头盯着男子的脸问："你能开锁？"

男人点点头："是啊……我本来就是修锁的。"

多此一问。刚刚亲眼看他干活儿了。

"嗯，其他很多事情我也能干。我的手艺还是不错的。而且，说起来您可能不信，我还能说几句英语，专门学过的。"

这家伙好像开始自夸起来了，真是搞不清状况。武泽想了一会儿，提了个建议。

"一起去吃个晚饭怎么样？"

"哎，我吗？可是门锁——"

"没关系，这个房间里也没什么可偷的东西。"

于是武泽领着男子去了附近一家自己常去的面馆。回来的时候，顺路去便利店买了圣诞节特卖剩下来的啤酒给他。两听装的啤酒里附送了圣诞树。铃铛、丝缎，还有铁皮做的金色星星，都是拿来骗小孩的东西。

那件事之后过了两个月，那家伙"快要倒闭"的店，好像真的倒闭了。他把同时用作自己住处的小店卖了，用卖店的钱付清了零部件的账单后一分钱也没剩下——那家伙这么解释着，自作主张地搬进了武泽的住处。"我找不到可以帮忙的人了。"男子噘着海豚一样的嘴巴，一边哭，一边哼哼唧唧地诉苦。这家伙除了带麻烦过来，什么也带不来，武泽想。不过真要是把他赶出去的话也很可怜，武泽决定先让他在这儿住一阵。

"你叫什么名字？"

"入川铁巳。"

"海豚？"

"wa。"（"入川"的日语发音比"海豚"的日语发音多了一个wa。）

这名字叫起来太麻烦，武泽决定叫他老铁算了。

老铁抱来的行李，真是乱七八糟。几套替换的衣服、用旧的工具、写满注释的破破烂烂的英语辞典、水壶、烤肉酱，以及之前给他买的啤酒里附送的小小圣诞树。不知道为什么还有个阿拉蕾[1]的杯子。杯子是塑料的，底下粘着茶渍一样的东西，杯子表面上的阿拉蕾图案已经剥落了不少。武泽问过老铁，老铁说，这是死去的妻

---

1 阿拉蕾是鸟山明创作的漫画《IQ博士》里的主角。——译者注（如无特别说明，书中注释均为译者注）

子从小就很喜欢的东西。"是吗。"武泽只回了这么一句。

"老铁啊……你接下来打算怎么办？"

老铁搬进来的那天晚上，武泽边喝罐装啤酒边问。这种问题也是顺理成章的吧。然而老铁的回答一点儿都不顺理成章。他慢慢啜着阿拉蕾杯子里的啤酒，回答说："想飞啊，我。"

"我一直都在地上爬着过日子，从来都是趴在地上抬头看人。所以——所以总想什么时候能飞啊。"

再怎么抬头看，头顶上也只有公寓房间里灰灰的天花板。但老铁那张像是在探寻某种梦想一般的抬头仰望的侧影，武泽一直都无法忘记。

# （三）

从千鸟渊的侧道出来，出租车穿过一条大道，沿着青梅街道向杉并区开去。

"过了那个信号灯，能在右边转过去的地方停车吗？"

"好的好的，信号灯右边，知道了。"

武泽和老铁在距离公寓大约两百米的地方下了出租车，沿着没什么人影的住宅区小路并排慢慢往前走。不知道哪里飞来的樱花花瓣被春风追着，在脚边飞旋不已。凑近了看，樱花花瓣出人意料地有着浓浓的桃色，远望的时候明明是白色的。武泽还以为是别的种类，然而走近了看依然是桃色，很是奇妙。

"老武，你为什么每次都不让车开到门口？"

"小心驶得万年船。"

"小心什么？"

"很多。"武泽懒得详细解释。

"老武啊，去吃拉面怎么样？午饭时间已经过了，肚子饿了。"

"哦，吃面好啊。"两个人迅速转身，换了个方向，向常去的中华料理店走去。

大概是因为过了中午，又还没到傍晚，是个不上不下的时间，豚豚亭里一个客人也没有。武泽和老铁各点了一杯酒和一碗大份酱油面。

豚豚亭的味道和价格都一般般，桌子黏糊糊的，店主人长得又肥，态度又冷淡，穿的围兜也脏兮兮的，完全是拉面摊一般的风情。不过这种氛围武泽倒是很喜欢，拿玻璃杯倒日本酒的做法也对胃口。

"对了老武，你自己做饭吗？"

"做，炒饭什么的都很拿手。"

"可我一次都没见过你烧饭啊。"

"要是做饭的话，不是连你那份都得做吗？那可太麻烦了。所以每天都在外面吃算了，要么就买盒饭。"

"啊，那下次一起做吧，今天晚饭也行。"

"不要，那种事情是同性恋干的。"

"老武，你从来没打算再婚吗？"

"久等了。"店主端上来两杯酒。

"没有啊。"

"可惜了一张明星脸。"

"你眼睛有毛病吧？"

"年纪还不大。"

"比田原俊彦小一岁。"

"比桑田佳佑小六岁。"

"嗯，确实还年轻啊。"

"对吧。"老铁像是恭恭敬敬捧着什么东西一样，双手举起酒杯喝了一口。"好酒啊！"他从心底叹息了一声。

武泽的妻子因为内脏癌症亡故，已经是十二年前的事了。然后在七年前，他的独生女沙代也死了——这些事情，他都在这三个半月里，一点点告诉了老铁。可眼下在这个地方，到底还是没有聊妻子和女儿的心情，所以武泽没有接话，无言地啜了一口酒，扭扭脖子，故意重重打了一个哈欠。

"偶尔也说说你自己吧，你夫人得的是什么病？"武泽说的是老铁死去的妻子。

在公寓房间的角落里，老铁时不时会凝望那个阿拉蕾的杯子。武泽至今什么都没有问，是因为不喜欢提及这种太过阴郁的话题。不过在眼下这种生意大获成功、正在举杯庆祝的时候，这种话题应该也不至于把气氛搞得太阴郁吧。武泽心里这么想着，试探着问了出来。

老铁抬头盯着武泽，就这么一转眼的工夫，他脸上的表情已经变得和凝望阿拉蕾杯子的时候一样了。完了，武泽想。

"这话说起来有点儿沉闷，没关系吗？"

老铁自己确认了一声，可是事到如今武泽也没办法说不行，只得默默点了点头。回想起来，"有点儿沉闷"这句话，也是相当奇怪的措辞。

老铁说的是这样一段往事。

"我过世的妻子名叫绘理。她和我一样，都是没有亲戚的人。那时我们都二十五岁，是在我的店里认识的……"

绘理似乎是在老铁的修锁店刚刚开张不久，来请他帮忙开锁的顾客。那是一个下雨天，她对老铁说，公寓的门打不开了，进不了房间。

"不会又是你灌的胶水吧？"

"我可没干，是她自己把钥匙弄丢了。"

绘理是个美女，老铁像是梦游般地说。他似乎对她一见钟情。老铁之前还从来没有谈过恋爱。除了做生意的时候，基本上都没有和女性说过话。对他来说，女性充其量就是去世的母亲，或者更早以前去世的奶奶，再不然就是电视或者杂志上的女演员了。他好像特别喜欢南野阳子。

"开好了锁，在她终于能进房间的时候，我鼓起勇气向她搭话。那是我有生以来第一次向女人搭话。"

"说了什么？"

"我问她'你住哪儿'。"

笨蛋。明明帮她开了房门，她还能住哪儿？

可让人难以置信的是，据老铁说，在那之后，两个人再没有陌生人之间的拘束，慢慢开始了交往，不久之后她便办了过户手续，搬出公寓，去店里和他一起生活了。"过上了幸福的日子""每天过得都很快乐"，老铁这么说。但是——

"久等了。"店主端上来两碗大份酱油面。武泽和老铁各自掰了一双筷子。

"从某个时候开始，绘理——哧溜——好像后悔了。"

"后悔——哧溜——什么？"

"全都——哧溜——大概。"一边吃着面条，老铁一边继续说。

从结婚第十年的时候开始，老铁发现妻子时常会呆呆望着远处出神。老铁觉得这是因为绘理对修锁这种有一天没一天的工作只能维持基本的生活感到不安，所以他努力保持快乐的模样，也曾经拍着胸脯说，不用担心将来的生活。但是，现实远比老铁想象的残酷，不管经过多少时间，店里的经营状况还是很艰难。就在那样的某一天里，妻子主动解释了她常常发呆的原因。那也是远比老铁想象的更加残酷的现实。

"说是她有喜欢的人了。"

武泽盯着老铁的眼睛半晌说不出话，然后低下头，拿筷子拨弄豆芽。

那个人的情况，妻子没有仔细说，总之就是有一份稳定的工作，知识分子的类型。换句话说，正好和老铁相反。

"好像是妻子一个人发传单的时候被搭讪的。她虽然知道不好，可还是时不时跑去幽会，趁我在店里忙的时候。"

据说最终妻子满怀歉疚地请求离婚。但是老铁更歉疚地祈求妻子："求你无论如何不要离开。"然后，没有结论，暧昧而混沌的日子就这样日复一日地持续着。妻子和以前一样继续在店里工作，老铁也拼命工作。每当妻子外出发传单或因为家里的事情外出的时候，老铁工作得尤其卖力。为了不输给素未谋面的知识分子，他还在旧书店买了英语辞典偷偷背单词。

愚蠢的男人。

"现在想起来，即使是那种时候，我也很幸福啊。因为绘理在我身边。"

某天，妻子外出发传单，没有回来。第二天也没回来。第三天也没有。老铁再次见到她，已经是两个星期以后了。据说那时候已经接近年关，好像是个下着冰冷的雨的傍晚。

"她和离开的时候一样的打扮，淋得像个落汤鸡一样。然后，她告诉我说，和那个男的分手了。"

意外的发展。

"啊，回来了呀。那——你还接受她吗？"

"当然了哟，是自己的老婆嘛！"老铁和妻子，据说从此开始重新来过了。

妻子和那个男人的详细经历，老铁什么也没问。两个人把店里的工具、书籍等整理得整整齐齐，一分钱没花，店里就显得焕然一新。然后向零件供应商恳求降低采购价格。休息天也不休息，去附近的公寓民家挨家挨户敲门，把传单交到每户人的手上，一家家去打招呼。慢慢地，这些努力开始出现结果。工作的委托逐渐增加，利润也显出眉目，夫妻之间的交谈也多了，也常有彼此相望会心一笑的时候。而妻子的举止出现异常，就在这个时期。

首先，进食极少且无法保持安静；其次，一直不停地打量房间的角落，那里明明什么也没有；再者，夜里会突然跳起来，扯开自己身上的被子，说是有虫，然后开始搔痒。

"喂，老铁，那是——"

"我知道。"老铁打断武泽的话。他用筷子捞起一根豆芽，出神地望着上面的水汽，说："毒品啊。"

老铁没吃豆芽，又把它放回汤里。

"似乎是在做那件事的时候用的，把片剂磨成了粉。"

"你的老婆……这么说的？"

老铁点点头："起初是被动的，后来上了瘾，从某次开始就自己求着用了。好像是这样的。"

武泽不敢相信自己的耳朵。他不是惊讶于老铁的妻子做的事情。如今的时代，在街上认识的外遇对象会有毒品什么的并不稀奇，用过之后产生药物依赖也是理所当然。让武泽惊讶的是，老铁的妻子，会把这种事情老老实实地说出来。她到底想干什么？对想要重新开始的丈夫，为什么要坦白到这种地步啊！和毒品发生联系是因为性——有必要说这么清楚吗？对靠骗人吃饭的武泽来说，这一点实在让人难以理解。

确实有很多男女喜欢在发生关系的时候使用毒品。武泽记得过去的朋友曾经有一次自夸地说过这样的话："那妞儿都疯了——"

毒品可以由全身的黏膜吸收。口、鼻、性器官、肛门，哪里都可以。而且毒品在体内循环的时候，那种快感也会增强。警察虽然拼命否定这一点，但不管怎么否认，事实终究是事实。

"她同时还坦白了另一件事。"老铁继续说，"她借了钱，很多很多。"

妻子为了能得到毒品，给了男人很多钱。钱好像是从街上的消费贷款机构借来的。开始是一处消费贷款机构，然后是两处，后来是三处。

"最后是高利贷。"

听到这话，武泽不禁张大了嘴。

"你也这样吗？"

"是的，一样哟。和老武你一样。"

武泽曾经和老铁说过，自己过去吃过高利贷的苦。

"你们借了多少？"

"我听老婆说的时候，包含利息在内，超过五百万日元。"

武泽在咽喉深处重复了一声。五百万，不是有钱人的五百万，而是每天都过着拮据的生活，没有亲属的小夫妻的五百万。这是无法承担的重担。而且，这份重担每一天都在以可怕的势头增加。

"老武你知道的，那些家伙——放高利贷的家伙们，很会演戏。对起初只想借五十万的人，会说什么'你这种情况，借个八十万没问题'，就把钱硬塞过来了。然后根据放贷的具体情况，利息是三成到五成不等。这可是以十天为单位的。借二十万，过两个月想还的时候，哪怕是按三成利来算，加上利息都会接近百万。如果是按五成利来算，会超过两百万。唉，虽然说跑去向这些高利贷借钱的人确实够蠢，但他们也未免太贪婪了。是吧，老武？"

虽然被这么问，但武泽也没办法说什么，只有默默点头。

"老婆让我和她离婚。她说，不能让我背负这个负担。不过我坚决不同意，因为我喜欢她啊！唉，虽说她好像是在外面做了些莫名其妙的事情跑回来的，可不管怎么说我还是喜欢她啊。我想和她一起过日子。"

"你找人商量过吗？"

"没有。"老铁耸耸肩。

"我后来看过电视，知道像高利贷这种东西本身是违法的，可在那时候，我也好，老婆也好，都不知道合同上写的利息违法。我们一直都以为是去借钱的自己不对——说起来，自己也确实不对。"

"借的那笔钱最后怎么样了？"

老铁沉默了一会儿才回答："全都还了。"

听到这话，武泽大吃一惊："可你从哪儿搞来那么多钱？"

拼命工作，一点一点还的吗？可是从高利贷借来的钱，不可能"一点一点还"。

"你是用那个办法还的吗？门锁和胶水？"

"不是哟，"老铁微微一笑，"债务整理人，知道吗？"

"啊……当然。那你们，去找了债务整理人？"

"对。"老铁耸耸肩，"找了哟。"

所谓债务整理，也是诈骗的手段之一。以受多重债务困扰的人为目标，打出"低利息综合解决方案"之类的广告，吸引人的注意。只要有人上门，首先诈取非法的高额手续费。然后，债务整理人和同谋的律师拍着胸脯说什么"全都交给我吧"，开始进行所谓的"债务整理"，让债务人以高得离谱的金额向债权人取得和解。因为在取得和解的时候停止计算利息，所以债务者终于得以"一点一点偿还"，但冷静下来评估偿还金额就会发现，和债务整理人介入之前相比，金额的增加往往十分恐怖。不少时候，放高利贷的人和债务整理人本来就是一伙的。

"那个债务整理人的长相已经记不清了，反正语气很亲切，说起话来滔滔不绝。"

"那，你们两个人一边工作，一边慢慢还钱？"

老铁这一次还是摇头："一开始是拼命干活儿。虽然少，还是一点点努力去还。不过最后还是一次性全还掉了。"

"一次性还掉了？怎么还的？"

"老婆的生命保险。"老铁长长喝了一口酒，用毫无抑扬的声音说。

"光还借的钱就已经压得我们喘不过气了，老婆偏偏坚决不肯解除生命保险的合同。那是结婚时候投的保险。我说了多少次，就是不肯解约。不管怎么求她，就是不点头。现在想起来，应该是已经有了什么预感吧，最后会用到保险什么的。"

"她自杀了？"

"我出去开锁，回来的时候，上吊死了。"

两个人都沉默了。

"没有找过警察什么的？"虽然是很难开口的问题，武泽还是试探着问了一句。老铁态度暧昧地摇头。

"反正也没用。警察什么的。"

不知道该回什么好，武泽低下头，盯着酱油面。面条基本没怎么动，已经没什么热气了。

"唉……"武泽叹了口气，丢下筷子，"不问就好了。"

"抱歉。"老铁晃晃脑袋，像是也要丢下筷子。不过犹豫了一会儿，又继续吃起来。

"把洗手间的门反锁上，在里面上吊了。人啊，就那么没了。"

老铁就是每天对着那些门锁过日子的吗？

"触摸妻子苍白的脸，脏兮兮的手指上传来那种冰冷触感的瞬间，眼前霎时一片模糊。那一幕我至今也无法忘记。"老铁说。

# （四）

"这东西就剩下了？"

"吃不掉了啊。"

"那差不多该回去了吧？"

"是啊。"

武泽站起身，去收银台付钱。肥胖的店主接过一万日元的纸币，向武泽他们坐过的桌子瞥了一眼，嚯的一声嘟起了嘴。

"真少见哪。"

"不好意思，肚子不舒服，剩了点儿下来。"

武泽为吃剩下的面条道歉，店主点点头，嘴里嘟嘟嚷嚷地说什么今年的感冒是会搞坏肚子的。

"对了经理，之前那件事，后来怎么样了？"

这个店主似乎很喜欢听武泽喊他经理，他皱起粗粗的眉，显得很是高兴。

"什么之前那件事？"

"喏，来这儿的古怪男人。"

"啊，那个侦探。"

"什么，侦探？"老铁不解地打量两个人。

"具体情况不是很清楚，不过有个高个子的奇怪男人来到店里，问了好多——"店主边解释边朝武泽努嘴，"这个人的事。"

"哎，就是最近吗？"

"也不算是最近吧。"

"还是在你搬到我这儿之前的事。"

"哦。"老铁撇撇嘴。

"那个人是侦探？"

"他自己倒是没那么说。不过，怎么看都是一副侦探的样子。我平时都点什么吃，有没有和谁一起来过，诸如此类事无巨细问了半天。是吧，经理？"

店主又显出颇为高兴的模样，连连点头，下颚的肉跟着直晃。

"不过我基本上没什么能告诉他的，本来就连你的名字都不知道。"

"不知道好呀。"

"反正那人只来过那么一回，后来就没来过了。"

"哦，是吗？"武泽虽然表面上装得没事人一样，其实非常担心。到底怎么回事？别是警察才好。自己可不记得干过什么不小心的事情，居然会连自己常去的拉面馆都泄露了。那会是谁呢？只有一个可能——那是连他自己都绝对不愿去想的可能。

轻轻叹了一口气，武泽对店主说："好吧，不管他了，大概是弄错了，把我当成别人了。要是下次还有奇怪的家伙过来，记得告诉我哟。"

"唉，没问题。不好意思啊，让你担心了半天。"

"没关系哟，经理。"

店主又是挺开心的样子。他从收银机里拿出找的钱递给武泽："八千零四十——"钱递到一半，他忽然停住了，然后急忙抬头朝店门口望去，像是发现了什么似的。

"怎么了？"

"哎呀……抱歉。"店主把找的钱塞到武泽手里，挤过武泽他们身边，大踏步走到门口，咔嚓一声把店门完全拉开。

"怎么了？"

"喏！"

武泽他们探头朝门外看。店主把短短的脖子拼命往外伸，像狗一样嗅着空气的味道。

"这是烧起来了啊……"

"烧起来了？"

"什么东西？"

"没闻到吗？一股焦煳味。"

"哪儿……"武泽和老铁都学着店主嗅鼻子，可什么都没闻到。

"是错觉吧。"

"是哟！"

"好像吧。"店主还是一副不甘心的样子四处打量。武泽说了一声"谢谢啊"，催着老铁离开了面馆。

"刚才说的那个侦探是怎么回事？老武，你是不是干了什么事，惹得人家来查你的来历？"

"干了好多哦！"两个人朝公寓慢慢走过去。

温暖的风拂过脸庞。在那空气中，武泽闻到一股刺鼻的奇怪气味，不禁抬起了头。对面的民房冒出黑黑的东西。一开始武泽还以为是大群的飞虫，但立刻就反应了过来——那是黑烟。

"喂，老铁——"背后响起警笛声。回头一看，闪着红灯的消防车，不知道大声叫唤着什么，一路开了过去。武泽和老铁不禁加快了脚步。道路两边的居民家里探出一个个脑袋，纷纷望向消防车消失的方向。

消防车停在武泽他们的公寓前面。二楼，倒数第二扇门——205号房间的门缝里，正在冒出黑烟。

"那不是我家吗？！"叫出这一声的同时，"快走！""不行！"武泽的头脑中，骤然间唤醒了那时候的火灾景象。

"被困住了！"

"冷静一点儿！"

是让武泽变成孤身一人的那场火灾。

"啊……喂！"武泽回过神来的时候，身边的老铁已经跑了出去。他撞开正在准备救火的消防员往楼上跑。一个消防员赶紧跑过来想要拦住老铁，老铁甩开他，冲上二楼。

"浑蛋，干什么！"武泽也跑了过去。这时候老铁已经冲到了房间门口，拿钥匙插进门锁孔里一转，然后伸手去抓门把，但随即惨叫一声放开了手。门把被烧得太烫了，但老铁立刻又一次抓住门把，怪叫着拉开了门。刹那间，犹如巨大怪兽的黑烟从门口冲出，一下吞没了老铁。

"老铁！"

消防员们堵住了武泽的去路。武泽想从旁边插过去，但两只胳膊和上半身都被死死抱住。好像有人在喊什么，但都被警笛的声音盖住了听不见。武泽大张着嘴，抬头望着冒出黑烟的公寓，发不出半点儿声音。单单靠两条腿支撑身体就已经耗尽了他的气力。

老铁死了。

相遇之后三个半月，仅仅三个半月，老铁离开了这个世界。他去他妻子那边了，去他过去深爱的、如今也一直傻乎乎地想念的妻子那边。

武泽刚这么想的时候，老铁从房间里冲了出来，动作好像还很灵活。

"老铁！"

武泽终于喊出了声音。老铁带着似笑非笑的表情，连滚带爬地跑下楼梯，简直像是要飞扑到武泽脚下一样，随着"啊啊啊"的喊叫，他长吐了一口气，好像刚才冲进烟雾里的时候一直屏着呼吸。

"死了……差点儿死掉……差点儿死掉……"

"废话！"

老铁喘着粗气，一屁股瘫坐在柏油马路上，擦到灰的两只胳膊抱着他常用的工具箱、英语辞典，还有阿拉蕾的杯子。他摊开右手，里面是一颗小小的金色星星。好像是以前武泽买啤酒的时候送的那个圣诞树上的星星。

"你……还真是个浑蛋啊！"

"对不起……抢出来的全是自己的东西。"

"行了，现在不是说这个的时候——"武泽扫视周围一圈，"逃吧。"

"啊？"

"逃。"

"什么？"

"以后跟你解释，先逃再说。"武泽抓住老铁的胳膊，把他拽起来，挤进周围围观的人群，又钻了出去，越走越快。

"我总觉得惊险不断啊，和老武在一起。"

"是吗。"武泽一边左右张望，一边带着老铁跑进小巷。

*

听到引擎的声音远去，真寻从正在读的漫画杂志上抬起头。那是邮局的摩托车吧，从声音上听得出来。

她站起身正要去公寓门口，没想到光脚撞到了一个深绿色的圆筒。圆筒从散乱在地上的漫画、成人写真集和零食袋子上滚过，直到撞上扔在房间角落里的大短裤才停下来，又偏偏停在短裤正中，摆出一个尴尬的造型。那是昨天学校班主任拿来的高中毕业证书。

为了没有出席毕业仪式的真寻，三十五岁的单身男班主任特意送上门来的。

真寻打心眼儿里认定，那家伙一定在转什么猥琐的念头。那个男人送上门来的可不是装了毕业证书的圆筒，而是他自己的圆筒——真寻觉得这个比喻太妙了。要是有好朋友的话，她会立刻打电话、发消息把这个八卦说给她们听。可惜真寻没有要好的朋友，连不要好的朋友也没有。

昨天，西装笔挺上门的班主任，一进房间，先是摆出郑重其事的模样诵读毕业证书的全文，然后又装腔作势地将证书递给真寻。因为他的举动太过愚蠢，真寻一时都不知该怎么回应，只得把猛然冲出的笑声强行压在鼻腔深处。对真寻的这一表情，班主任似乎是这样理解的——自己班级里的这个品行不端的女学生，虽然第一次感受到他人的温暖而心生感激，但因为羞怯和小小的混乱，对是否应该坦率表现这种感激犹豫不决，复杂的情感便化作压抑的笑声表现出来。至于说真寻为什么会明白班主任的想法，是他正带着那样的表情微微点头的缘故。在那副表情的背后，一定隐藏着他的圆筒吧。授予毕业证书，感激，嘿，我的圆筒。这一系列的发展，一定早已预备在班主任的头脑里了。

无视递过来的毕业证书，真寻拿起身边的成人写真杂志交到班主任手里，把附在封面里面的DVD广告指给他看，说了一句"我想这个比我便宜"。班主任的表情顿时僵住，连鼻孔都大了。片刻之后，班主任把毕业证书塞进（真正的）圆筒里，咚的一声扔到地上，大踏步走出了房间。

接下来怎么办？

真寻迷迷糊糊地想着，穿上凉鞋开了门。

欠的房租怎么还？钱包里只有零钱，再不工作可不行了。虽然真寻对这一点心知肚明，可眼下她全身都充满倦怠感，实在是什么都不想干。如果只要做那个就行的话，倒也没有那么麻烦。可是在那之前，还要和男人叽里呱啦地说啊，让他上下其手啊，这对现在的真寻来说，实在是难以承受的麻烦事。

真寻打开邮箱的门，里面是一个贴了邮票的白信封。信封上写着"东京都足立区"开头的这边的地址，是用圆珠笔写的男性字迹。她翻到反面，没有寄信人的名字。这也是经历过多少次的事了，真寻已经腻味了。

她鼻子里哼了一声，用指甲挑开信封，里面是七八张一万日元的纸币。

"说了不要……"

真寻一只手捏着信封，趿拉着拖鞋回到房间，把装了钱的信封扔去狭窄昏暗的厨房。她的目光落在墙壁上，那里挂着一面没有边框的镜子。茶色头发，消瘦的十八岁少女。

要是能长得更成熟一点儿就好了，真寻一直这么想。

不过，男人们喜欢这样。

这样可以弄到钱。

灰雀

BULLFINCH

# （一）

"春雨这个菜，名字起得真是好啊。"

"是。"

"确实很像吧？看起来都是细细的线。"

"很像。"

"以前的人哪，说不定比现代人的心坦率啊。"

"说不定。"

武泽瞥了旁边的老铁一眼："你的回答怎么都这么短？"

老铁抱住自己的双肩说："节能。说得越多，肚子饿得越快。"

两个人并排坐在天鹅的身体里。儿童乐园里的天鹅，头贴在地上，后面的脖子是滑梯，屁股那一边则是楼梯，身体是空的。精力十足的孩子们从屁股钻进去，穿过天鹅的身体，从脖子后面哧溜溜滑下来玩。可惜武泽和老铁既不是孩子也没有精力，更要命的是外面还在下雨，只好蹲在天鹅身子里抱着膝盖发呆了。

"不过这玩意儿要是设计得再认真点儿就好了。天天从屁股往里钻，孩子们也挺可怜啊。"

"是啊。"

"对了老铁，天鹅的英语怎么说？"

"swan。"

"啊，斯万。是啊，连我都知道，哈哈。"

"动词的意思知道吗？"

"动词？"

"swan做动词的时候，意思是'漫无目的四处乱晃'。"

老铁对未来彻底悲观。

唉，悲观也有悲观的道理。

"长见识了。"武泽的视线回到春雨上。

这场雨，是在两人从公寓逃走后不久开始下的。突然间天空变了模样，冰冷的水滴开始在周围划出无数水线。托这雨的福，公寓的火灾肯定不会蔓延到周围了。这对武泽来说，好歹也算个安慰。

至于起火的原因，根据刚才两人的讨论，有可能是漏电之类的问题。实际上武泽有一个猜测，不过没有说出口，逃离公寓的理由也没有告诉老铁。他本来以为老铁自己会问的。

"对了老武，忘记问了。刚才为什么从公寓逃出来？"

还是来了。

"因为我是用别人的住民票[1]租的房子。失火的事情招来警察，问这问那的会很麻烦。"

"这样啊。"

武泽竹夫虽然是真名，用的户籍却是中村某某。那是七年前从倒卖户籍的人手里买来的东西，大概是某个流浪汉为换钱卖掉的。

---

1 住民票是日本类似户口本的户籍管理文件。

卖户籍的地方的东西，大多数都是这样来的。

"就这个？"

"什么？"

"逃跑的原因啊。真的只是因为怕警察盘问？"

武泽不知道怎么回答。

"我要是说错了你可别生气，"老铁先丢出这一句，然后接下去说，"老武，你是不是觉得，那个人——就是在店里说起的那个，又回来找你报仇了？"

"别瞎猜。"一语中的。

"那个家伙查到了你的住处，就来报仇了。你是这么想的吧？"老铁似乎有点儿担心地问。

"唉——"武泽的视线落回到雨丝上。

"世上到底还是有万一的啊！"


武泽已经和老铁简单说过一个大概了。他说的万一，指的就是那个。

以前，武泽也曾是个规规矩矩的上班族。虽然没怎么上过学，但也在某个机械工具制造公司认认真真地做销售。妻子小他六岁，名叫雪绘，还有个独生女沙代。雪绘虽然长得一般，但脾气很好。沙代则异常可爱，和武泽性格差别很大。那时的生活比起如今，可以说是一个天上一个地下，过得非常幸福。

三个人在练马区和埼玉县交界的地方租了一栋房子。房子虽然小，但可以照到朝阳。西面有个小小的山丘，房子刚好位于山丘斜面尽处的地方，所以一点儿也不西晒。能照进房间的只有早晨和正午的阳光。直到现在，武泽只要闭上眼睛，就仿佛能在眼睑内侧清楚看见那洁白的清亮光芒。房间里还能闻到门外沥青和泥土混合的气味。后门处的混凝土台阶一直延伸到斜坡上，那是通往商业街的台阶。武泽记得，每到星期天，一大早就起床的沙代，最喜欢在那边的台阶上来回跑个不停。那时候她嘴里哼的虽然都是些不成调的旋律，但武泽至今也能清楚听见。

"我想去看下医生。"

在一个春暖花开的早晨，雪绘告诉武泽她身体有些不舒服。无法消除的疲劳感、腹痛、恶寒。她去附近的小诊所看内科，内科医生给她写了介绍信，让她去大型综合医院。综合医院的医生把雪绘送进像是小型宇宙飞船一样的检查仪器，几天以后有了检查结果，就给家里打来了电话。医生以平稳到近乎刻意的语调，请武泽也一起来取检查结果。

用造影剂拍出的X光片，很像以前沙代还坐在婴儿车里的时候，三个人去东京塔看到的"夜之东京"的航空照片。发光的是癌细胞。光线最为聚集的地方，医生解释说是肝脏。

雪绘的过世，仅仅在九个月之后。

那是十二年前的事。雪绘年仅二十八岁。


"老武……想出是谁了吗？"

"啊，没有，想不出来啊。"


武泽和沙代开始了只有两个人的生活。沙代当时只有七岁。

有一幅"人形多米诺"的图景，至今还牢牢盘踞在武泽的头脑里挥之不去。多米诺骨牌的每一张都是武泽。直立的武泽站成一列，一个个都在等着自己被人从后面推倒，倒向前方。每个武泽都带着不同的表情。惊恐的脸、疲惫的脸、愤怒的脸、含泪的脸、放声哭泣的脸，最后一个却没有半分表情。每个武泽的怀里都抱着沙代。沙代一直都在笑，笑嘻嘻的、粉粉的、胖乎乎的脸。唯独倒数第二个沙代没有脸。在应该是脸的地方只有一个黑块。然后，最后那张骨牌——面无表情的武泽，两只胳膊虽然还摆着抱小孩的姿势，但手里什么都没有。两只胳膊间，空空如也。

武泽和沙代的二人生活经过了三年左右。两人很少说起雪绘，武泽在回避这个话题。他打算等沙代长大了，能从感情以外的角度去理解这个世界的各种事物了，再和她说。

算不上富裕，也算不上贫穷，父女俩单调的生活日复一日。但这份单调，却于一夜间烟消云散。那是沙代十岁时候的事。

武泽的同事里有个喜欢赌博的家伙，经常和一些不三不四的人来往。某个星期五的晚上，武泽被他拉到新宿某个杂居楼的一个房间。之所以没有拒绝，大约是因为，武泽偶尔也想排解一下在没有妻子的情况下独自抚养孩子的不安和压力吧。武泽给沙代打了个电话，说自己会晚一点儿回去，让她自己先睡。

"晚饭冰箱里有，拿微波炉转一下吃。"

"爸爸的被子要铺吗？"

"嗯，帮我铺上吧，谢了。"

同事带武泽去的地方，是赌场。聚在那里的家伙主要玩的是扑克。武泽在同事的劝说下喝了几口端上来的烈酒，拿仅有的一点儿零钱换了筹码，不过很快钱包就空了，只能一边啜着玻璃杯里的酒，一边观看同事的胜负。

武泽之所以没有离开那家赌场，是因为同事的手气好得吓人。

筹码眼看着在同事手边越堆越高。同事兴奋了，武泽在旁边也跟着兴奋——后来回想起来，那完全是赌场设下的陷阱。开始的时候先让人赢上几把，等人放松了戒备，也就落进了赌场的圈套。转眼之间，同事带来的钱就全没了。但是之前赢得气势如虹的同事，这时候不想停手。在一旁观战的武泽也觉得，刚才赢了那么多，说不定还能翻本。赌场的人提议借钱来赌，同事当场答应，向赌场借了钱，武泽则是借钱的保证人。他照着赌场说的，在A4纸上写了自己的姓名、住址、电话号码。

最终同事还是没赢，而且输掉的不是小数目。两百万——这是同事仅一个晚上在赌场借的钱。

那天深夜，同事给武泽家打了电话。

"实际上，我在别处还欠了很多钱。"同事这样说了一句，又短短地向武泽道了个歉，然后挂了电话。武泽想，这是他为把自己拉去赌场花了钱，还有在借钱的保证人一栏签字而道的歉吧。可是武泽想错了。

同事失踪了，彻底消失了。

他从赌场借的钱，就这样变成了武泽借的钱。

第一张多米诺骨牌，带着一脸的惊讶倒了下去。接下来，伴随着噼里啪啦的声音，怀中抱着沙代的武泽，一个个接连不断地倒下去。

武泽好不容易从消费贷款机构借钱，还了赌场的欠款。接下来又苦于消费贷款机构每个月的还款，只得再从别的消费贷款机构借钱。就这样不断拆东墙补西墙，勉强维持生活。各种贷款公司不知从哪儿得来的消息，劝诱融资的传单纷至沓来，都是说本公司可以帮助还款，写的却都只有"优惠"之类的暧昧词句，关于具体的利率或者还款方式等全都只字不提。不过当中有一家写了一个低得不可思议的利率，据说是因为"推广期"。武泽小小雀跃了一下。他想，如果能以这一利率全额借款的话，以后就可以全部还清了。于是武泽按照传单上印的号码打电话过去，听声音对方是一个很热情的男子。但是，在听武泽介绍了情况后，男子的态度急转直下。

"这种情况，很遗憾我们无法提供融资。"

武泽泄气了。不过男子又说，也不是没有解决方法。他举了一个有名的消费贷款机构的名字，解释说："我们公司和它们的各家分店均有合作关系，通过他们的审查来确认您的信用，这样可以吗？如果能够确认您的信用，我们再来讨论融资的事，您看如何？"

审查当然没问题，武泽回答。总之能以优惠的利率将借款整合到一处，乃是目前最优先考虑的。

"那么麻烦您今天去它们的任意一家分店申请五十万日元的贷款。一旦确认您通过了那里的审查，我们会再联系您。"

武泽立刻去那家消费贷款机构申请了五十万的贷款。审查轻松通过。这样终于可以让还款轻松一点儿了，武泽放了心。到了晚上，男子的电话来了："恭喜您，审查没有问题。接下来，我公司会将您的借款合并在一起处理。首先请将今天融资的五十万日元作为手续费，汇入我公司的账户。"

第二天，武泽把五十万日元汇进男子说的账户。

可是，本应该由其将借款统一处理的，然而从消费贷款机构发来的督促并没有停止。武泽觉得奇怪，他给那家公司打电话，电话却拨不通了。

上当了。

这也就是所谓的"介绍人诈骗"。

武泽后来也明白了其中的秘密。男子自称和某某某的分店有合作关系，这其实是彻头彻尾的谎话。那个某某某机构，本来就是审查很松的银行。电话中的男子，就是为了诈取武泽从那边借的五十万日元而已。结果非但没能以优惠的利率合并借款，欠的钱反而增加了。最终武泽再也无法通过一般的消费贷款的审查，不得不去寻找地下的渠道——高利贷。

高利贷的利率高得离谱。按年利计算，实际利率在百分之一千以上。就像是从沙丘搬到沙漠里一样，起初借的只是八十万，算不上非常多，可是转眼之间就被巨额利息远远超出了。两年里付了近三百万，即便如此也还是利滚利，借款依旧不断增加。那时候的武泽太笨了，不知道受害者救济组织，也不知道有保护消费者的法律。他顾不得合法非法，总之一直在"借了钱就要还"的重压之下苟延残喘，自己把自己逼进了死胡同。邮箱里每天都塞满犹如胁迫一般的督促信。到后来督促信变成了吊唁信，死者的名字写的就是武泽。直到今天，武泽都对邮箱怀有深深的恐惧，害怕一打开那扇小小的门，就会看到里面放着什么督促信或者吊唁信。

从公司下班回来，看到家门前停着不认识的车，武泽就会屏住呼吸偷偷折回去。日复一日，打进家里的都是怒吼的电话。武泽告诉沙代家里的电话不要接。再到后来，那些家伙甚至联系武泽工作的公司，把武泽的上司喊出来威胁。武泽下决心报警，然而警察的反应很冷淡。

"这个事情嘛，是你自己借的钱，自己又没还。"

"可照这样下去，搞不好到最后会被——"

"你是要我们二十四小时监护吗？"

"警察也人手不足啊。"负责接待的中年警官说，他脸色看起来也很疲惫。他听武泽简单说过事情的原委，说了些"民事不介入""未满足犯罪构成要件"之类暧昧的词句，最后起身说"等发生了什么的时候再过来吧"。武泽忍住没有把到嘴边的怒吼骂出来，默默离开了警察局。

　　可怕的胁迫还在继续。除了信件和电话，还有明明没订的寿司、比萨等，都被送到家里或者公司，甚至还有救护车不请自来的情景。

　　不久，公司的部长喊武泽出去，以委婉的用词宣布他被公司开除了。武泽一句话都没有争辩，收拾好桌上的私人物品，在车站的售货亭买了沙代喜欢的乌梅口香糖，赶在太阳落山前回到了家。沙代看到他，一脸惊讶。

　　"怎么这么早？"

　　看到沙代说话时脸上出现的欣喜表情，武泽不禁悲从中来。

　　"今天下班早。"武泽骗沙代说，把乌梅口香糖递给她，"我吃过晚饭了。"武泽说着打开冰箱门，用里面剩的一点儿蔬菜和肉肠炒了沙代爱吃的炒饭。吃炒饭的时候，每当找到掺在饭里的姜丝，沙代都会用勺子灵巧地捞起来，拿门牙咯吱咯吱地咬。说起来沙代喜欢吃的东西也有点儿变了。


　　"老铁……炒饭的英语怎么说？"

　　"好像是pilaf。"

　　"真的假的？"


　　得知武泽被公司开除的消息，放高利贷的人打电话来提出一个建议。说是利息的计算到此为止，作为交换，武泽要去他们那边工作。这个出乎意料的提议让武泽惊讶不已，不过后来他才知道，像这样的发展其实远非个案。放高利贷的人雇用还不起钱的人工作的例子很多。那些所谓的"工作"，都是组织内部的人没办法做的事，比如开设银行账户、购买预付费手机、租房用作工作据点等。总之就是需要用到住民票的事情。

"以后火口先生会指示你该干什么。"向武泽提议的男子在电话那头说。

"火口先生……那是谁？"

"你还没见过他？嘿，反正就是有个叫火口的人。"总之那个叫火口的很快就会联系武泽。"照他的指示做。"男子吩咐。要挂电话的时候，他像忽然想起似的补充了一句："绝对不要提他的门牙。"

武泽完全不明白这是什么意思。

"惹到他你就死定了。"

几天后见到的那个火口，是个高个子男人，脸长得总觉得哪儿像蜥蜴。说不清为什么，武泽觉得他不像具体做放贷收钱之类活计的人，更像在组织当中负责协调工作的人物。火口几乎每天都会让武泽到背阴的小巷里和他碰头，用他那齿擦音特别明显的独特声音，淡淡地交代一天的工作内容。高利贷组织的事务所究竟在哪儿，到最后武泽也没弄清楚，不过大概还是在新宿吧。火口和武泽碰面的地方，基本上都是在新宿一带。

火口说话的齿擦音特别严重，好像和他的门牙有关。不过因为火口很少放声大笑或者大声说话，武泽一直没有清楚看到过他的门牙。不过他的门牙和其他牙齿比起来要短不少，感觉不像是后来断的，应该是天生的，所以很难发"s"这个音，努力发出的音听起来则像是特意强调。

电话里那个男人说的就是这件事吧，武泽明白了。不说不该说的话，尽可能不要看火口的嘴。武泽把这一点牢牢记在心里。

武泽每天根据火口的指示忙碌。早上对沙代说自己去公司上班，穿上西服，拿着皮包出门。每次沙代笑着说"路上小心"的时候，武泽都感到那份笑容像是再也找不回来的遗失物品一样，每天都恨不得自己死掉算了。

"想要早点儿解放吗？"有一天，火口在武泽刚刚租下的市之谷某处的一室户里问他。房间里回荡着大音量的八代亚纪的歌，是火口拿来的收录机。

"要不要做点儿有提成的工作？"

火口所谓的工作，用黑话说叫"拔肠子"，是指从超过了还款能力的界限、再也无力支付的债务人那边榨取最后一点儿财产的行为。对已经被剥得精光的债务人，要连他们的肠子都拔出来。

"一般的债务人，就算停止还款，银行账户里多少也还会剩下一点儿钱。基本上都是仅够支付水电费的钱，还有供孩子上学的钱。"火口解释。武泽的工作就是去胁迫这些人，逼他们当面从取款机里把那点儿救命的钱取出来。因为这种事情需要和债务人照面，组织内部的人不能去做。

武泽接受了这个工作。总而言之他想尽早还掉自己欠的钱，想和沙代重新过上平静的生活。

债务人在哭，在武泽的脚边乞求，头都要磕到地上了。对这样的债务人，武泽按照火口教给自己的话，说再不还钱，你的孩子就危险了。面对武泽面无表情的威胁，债务人最后当着武泽的面从银行或者邮局取出钱交给他，过程中手指基本上都在颤抖，恨不得杀了眼前这个从自己手上抢钱的人。武泽决定不把他们当人看待。他对自己说，这些家伙明明有钱，偏偏赖着不还，真是浑蛋。

意识到自己才是浑蛋，是在武泽得知某个女人死了的时候。

"不行啊！"那是一个单亲家庭的母亲，"已经……不行了。"

她瘦弱的身体颤抖着，跪在公寓寒冷的大门前，不停向武泽磕头。门口的角落里，有双像是孩子穿的脏兮兮的粉红色运动鞋。

武泽那天最终也没能收到钱。武泽离开公寓，去找别处的债务人催款，带着钱回到市之谷的事务所。第二天，武泽再去那个女人住处的时候，发现警车停在公寓门口，周围人山人海。武泽装作路人，竖起耳朵偷听围观者的话，才知道那个单亲妈妈在自己房间割腕自杀了。

一个瘦弱少女——看起来应该在读小学高年级，和沙代差不多同年——站在公寓的走廊上。穿着制服的警察，半蹲着身子，正在向她询问什么。但那个少女没有说话，水晶一般的眼睛，只是一直盯着自己的脚尖。那双脚上，穿着一双脏兮兮的粉红色运动鞋。


"哎，老铁。"武泽凝望透明的雨丝，"那些把你的老婆逼上绝路的家伙——放高利贷的、债务整理人什么的，你到现在还是恨得要命吧？"

"嗯，是啊。"老铁在天鹅肚子里出神地眺望雨点。

"不过最终把绘理逼去自杀的还是我自己啊。是我没能好好撑起这个家，是我自己没出息，她才死的啊！"

"是吗？"

"是啊。"

这是在撒谎吧，武泽想。老铁当然认为最坏的就是放高利贷的家伙还有债务整理人。不过他之所以没那么说，一定是因为碍着武泽的心情。老铁知道武泽曾经给放高利贷的帮过忙，还逼死了一个女人。逼老铁妻子自杀的家伙，说到底和武泽干过的事情一样。不过老铁一直避免提起这一点，一直都在撒谎。

"撒谎在英语里怎么说？"武泽顺口问了一句。

老铁把海豚般的嘴做了个"哎"的口型，拿脏兮兮的手指摸了一会儿下巴，然后轻轻点了点头。

"bullfinch。"（日语里"撒谎"和"灰雀"发音相同，老铁把武泽的问题理解为灰雀的英语表达。）

武泽瞥了一眼搭档那张微微带笑的脸。这家伙是故意说错的吧。撒谎的英语应该是lie，这种程度的单词武泽好歹还是知道的。bull什么的，应该是灰雀的意思吧。

"撒谎也好，诈骗也好，都是飞的吗？"（日语里"撒谎"和"灰雀"发音相同，"诈骗"和"鹭鸶"发音相同，这里是两处谐音。）

"嗯——"老铁揉着鼻子盯着雨丝说，"都是飞的吧……"


得知那个女人自杀的时候，武泽心里似乎有什么东西炸开了。简直都能听到砰的一声。

武泽不想逃脱罪责，也不想免于惩罚。死去的母亲一定留了遗言吧。信笺上细细的铅笔字，是向被自己抛弃在这个世界上的孩子谢罪，同时痛斥和诅咒在大门前逼迫自己的人，并且控诉这个世界的荒谬吧。悲伤、痛苦、后悔，犹如灰色的洪水一起涌入武泽的心底。但在胸口的上半部，却有一种与那些感情不同的思绪渐渐展开。她的谢罪、痛斥、诅咒、控诉，直接化作了武泽自身的谢罪、痛斥、诅咒、控诉。

错的——最终在武泽混乱的头脑中模糊浮现出来的，是这样一个简单的词语。这，是错的。

武泽离开挤满了围观者的公寓，一个人走在路上。错的，错的，错的。这个词在鼓膜中发出一声，两声，无数声。声音愈来愈大，犹如黑色飞虫鼓动翅膀发出的无休止的声音，填满了武泽的头颅。震聋耳朵，填塞视野，麻痹手足。终于，对面断断续续传来一个熟悉的男声，渐渐地武泽看到了一张模糊的脸。那张脸正对武泽说着什么。那张脸，蜥蜴似的脸——火口。

"所以啊……"武泽抬起头。房间里正在高声放着八代亚纪的歌。不知什么时候，自己已经回到了市之谷的事务所。

"唉——"武泽刚说了这一声，火口便重重敲了下收录机的停止按钮，用尖锐的眼神盯着武泽。

"就算万一真的留了遗书之类，我们也用不着担心。催债的时候打的都是预付费电话，他们也不知道这儿的地址，所以对组织没有任何影响。"火口向武泽解释，"不能再让你去'拔肠子'了。你心太软，那种事做不来，给你换个别的做吧。"

错的——武泽的头脑里再次响起这个声音。

他迷迷糊糊移开视线。八叠[1]的房间，满是灰尘的地毯，地毯中间只放着一张桌子，一般公司会议室里常见的那种。桌子上面是以前武泽弄来的五六台预付费手机。这个地方很快就会成为胁迫债务人的据点了吧。散落的手机旁边放着一沓A4打印纸。武泽不知道

---

1 叠是日本常用的面积单位，1叠约1.62平方米。

里面写了什么，反正火口到哪儿都带着。

火口叼上一根七星烟，从没系领带的衬衫口袋里掏出一只细长的打火机，打了好几下，虽然冒出了火花，但好像没气了，一直没点着。火口啐了一口，朝房间一角的煤气灶走去。几乎是下意识地，武泽凑近桌子，伸手偷偷把打印纸翻开。债务人名单，借款的本金及利息，各人的收款情况，后面则是组织的据点列表。每一处都有火口的字迹，写着详细的注释。在那些很有特点的手写文字中，夹杂着许多含义暧昧且足以使人联想到恶劣行为的词句："一日十厘""老家有地""退休金OK""户籍抵押"。

咔嚓一声，火口弯着身子点烟，那样子像是扑在煤气灶上一样。武泽的目光移向桌子下面，那里放着自己的皮包。武泽仿佛梦游一样，打开皮包，把手里的打印纸塞了进去。

火口回过身："你先去吧，回头联系你。"

"知道了。"武泽离开了房间。

左手提的皮包，感觉比自己的体重还重。武泽想拿着这些文件向警察自首，把债务人和据点的一览表交给警察，把组织做的事情和盘托出。错的地方必须纠正，必须赶走盘踞在阴暗潮湿处的凶恶虫豸，必须消灭靠吞噬正经人生存的家伙。就算是当初没有回应自己的警察，只要有了这份文件，一定也会抬起尊贵的屁股开始行动吧。一定会成为可以借助的力量。

手机响了。

画面显示的是火口的号码。武泽感觉自己的双腿在颤抖。他怔怔地盯着那个号码。铃声响了半晌，停了，但紧接着同样的号码又打了过来。武泽用满是冷汗的手关掉了手机的电源。

怎么办?

武泽把包抱在怀里，走在人群中。这份文件必须交给警察，但也必须保护沙代。火口在找自己，他会来家里吧，说不定已经出了事务所，开始寻找了。自己怎么样都行，可是不能让沙代受伤害。

恍惚间武泽向旁边看了一眼，路边有个香烟的自动售货机。武泽快速走过去，装作要拿香烟，弯着腰飞快从包里拿出文件，丢进自动售货机的下面。他扫了周围一眼，没人注意。

武泽站直身子，犹豫了片刻，开始走起来。他尽可能挑选人多的路，向JR车站走去。距离车站还有几十米的地方，武泽走到通向站内的楼梯处，一辆出租车紧挨着他停了下来。

"哟！"车后座门开了，下来的是火口，"你呀，打算干什么？"

火口嘴角挂着冷笑。武泽双腿颤抖，肚子冰冷，嘴巴发干，呼吸困难。火口来到武泽面前，伸出一只手，无言地盯着武泽。

"什么？"武泽问。连他自己都对那么自然的声音感到吃惊。

"别找死，白痴。"刺耳的齿擦音。火口伸出的手指在微微抽动。

"找死……呃，什么意思？"武泽的口中再次流出极其自然的声音。火口的眉毛怀疑般地微微一挑。

"叫你还给我。"

武泽抿着嘴，看了看火口的手，又望回他的脸，露出困惑的笑容："呃，还什么？"

"文件啊。"火口的声音很焦躁。但在那焦躁的后面，能感觉到隐藏着隐约的问号。

"文件？"

火口的脸上猛然显出愤怒。他伸出长长的胳膊，一下子抓住了武泽的包。与此同时，武泽也用双手把包紧紧抱在怀里。可是火口的力气更大，他把包抢到自己身边，撕扯一般打开包往里面看。火口先是眯着眼睛看了一会儿，然后用一只手在里面乱翻起来。

"呃，是不是，有什么……要紧的文件丢了？"自己的嘴巴真是诡异。心里还没想到，嘴巴就已经在说了，而且说话的语气还像什么都不知道一样。

"藏到哪儿去了？"火口抬起锐利的视线。武泽闭上嘴，眨了几下眼睛，轻轻摇摇头。火口盯着武泽的脸看了半晌。

"是不是有什么地方弄错了？"在这种地方，自己不会被打。这一点武泽确信无疑。这家伙绝对不会在众人眼前做出犯罪的举动。正因为明确把握着这样一条微妙的界限，这样的商谈才能成立。

"好吧，别做莫名其妙的事。"火口的手终于离开了包。

"文件本身只是复印件，没了也没关系。"火口慢慢把脸逼近武泽，只动着嘴唇说，"你有个女儿是吧？"

"女儿"这个词从火口嘴里说出来的时候，武泽感到一股猛烈的愤怒。他仿佛看到被犯罪污染的火口的双手在沙代的身体上四处抚摸。

"只要想想你的女儿，就知道什么该干什么不该干了吧？"

"回头给你电话。"火口丢下这一句，钻进了一直等在旁边的出租车。

武泽直直盯着出租车开走。胁迫，又是胁迫。这是那家伙唯一的武器，但那是没有实体的武器。自己已经很明白了。杀啊，砍啊，武泽一直被他们说到现在，可还是活得好好的。那些家伙说到底什么都干不出来。武泽转过身，走回刚才的自动售货机，把文件从机器下面拽出来。

他盯着打印的字和火口富有特征的手写字看了看，然后，向警察局走去。

文件的效果比预计的更大。

警方展开大规模搜查，使以新宿为据点的高利贷组织遭受毁灭性打击。这条新闻，仅两周后便在傍晚时间在全国播放出来。武泽是在从职业介绍所回来的路上，在家电销售中心的电视上看到的。这两周时间里，他对沙代说自己去公司，实际是通过职业介绍所的介绍，接受了好几家公司的面试。电视画面上的警车里，装着涉嫌恐吓及违法融资的嫌疑人。在其中一辆车里，武泽清楚看到被媒体的闪光灯照得发白的火口的脸。透过车窗，火口毫无感情的视线四处游移，但当那视线落到正在拍摄的摄像机上的时候，却立刻停了下来。武泽觉得那双眼睛仿佛越过画面看到了自己。火口薄薄的嘴唇在不甚清晰的画面中嗫嚅，似乎在说什么。本来不可能听到的嗫嚅，却在武泽耳边回荡。

"你有个女儿是吧？"武泽确实听到了这句话。

回到家，沙代在卧室里躺着读一本漫画书。她从好些日子前就一直在看同一本书。不知道是不是意识到家里没钱，最近沙代从来没说想要什么东西。

"我回来了。"

"哦。"

武泽拿现成的材料凑了一顿晚饭，和沙代面对面坐着吃。从现在起，会有更好吃的东西给你吃哦。这话虽然没有说出口，但武泽一边吃，一边在心中这样对沙代说。

第二天早上，武泽像往常一样穿了西装，拿上皮包，出了家门。沙代也和往常一样把他送到门口。照进玄关的朝阳，让沙代的脸闪烁着白色的光芒。再有二十分钟，会有朋友过来找她，她会锁好门跟朋友一起去上学。

武泽避开沙代她们去学校的道路，去了一处公园。一家楼宇清扫公司今天面试武泽，不过去那边的时间还早。他坐在长椅上，一只手在膝头不停握拳。他一直在思考。那个组织解散了，火口也被抓了，自己终于解放，不用再担心什么了。从今往后，开始新的工作，翻开人生新的一页。他并不指望能去大公司上班。人事系统很规范的话，人事经理会联系武泽以前的公司，仔细询问他的工作态度、有没有其他问题等。那时候必然会说到借钱的事，如此一来恐怕连面试的机会都不会给了。总之眼下最大的目标是要有个稳定的收入，就算少点儿也没关系。公司规模什么的，已经不能挑三拣四了。一旦有了钱，就要赶快搬家。

过了半晌，上衣口袋里的手机响了。屏幕上出现的是一个不认识的号码。武泽心里顿时萌生不安。电视屏幕上火口对着自己嗫嚅的嘴唇，仿佛和这个屏幕上显示的未知号码重合在一起。

这个电话不能接——直觉这样告诉他。武泽关了手机的电源，塞进口袋。

楼宇清扫公司的面试结束，武泽再度返回车站的时候，已经是下午一点了。武泽打算再去职业介绍所寻找新的招工信息。不过因为肚子有点儿饿，想要先回家一趟，他便径直向家里走去。然而他远远就听见消防车的警笛声。

武泽的家在燃烧。

浓浓的黑烟从碎掉的窗户玻璃里冲出来，里面可以看见橙色的火焰。灰烬闪烁着在天空中飞舞，像是要把整个房子包裹起来一样。消防员叫喊着什么，拼命向房子浇水。许多人远远地站着围观。

武泽的全身没有半分力气。烧起来了，雪绘曾经忙得不可开交的厨房，沙代得了银奖贴在墙上的图画，武泽珍爱的家庭合照，全都烧起来了。武泽发出无声的叫喊。与此同时，房顶的一处发出巨大的声音，塌陷了下去。里面随即喷出迄今为止最凶恶的黑烟。

"武泽先生！"邻居家的主妇发现了武泽，双手抓着自己的胸口赶了过来，"还好啊，武泽先生，沙代在学校。"

对了，沙代不在家里。真是不幸中的万幸。

武泽回望起火的房子，是那些家伙干的。有些麻木的武泽十分确信，这是那些家伙的报复。恐怕是火口下的指示，手下人放的火。说不定只是想放把小火，没想到不小心烧大了。

武泽最担心沙代，不知道那些人会干什么。在学校的时候应该没问题，放学的时候就危险了。要和女儿取得联系，越早越好。武泽掏出手机，但直到这时候，他才想起自己不知道学校的电话。身边的主妇呼吸急促，好像一直无法冷静下来。武泽转头问她知不知道学校的电话号码，她的儿子应该也上了同一所小学。主妇飞快点头，一路小跑离开，很快拿了一张记事贴跑回来了，上面用匆忙的笔迹记着一串电话号码。

胸口的心脏怦怦直跳。

武泽心中隐约对某件事很吃惊，但到底吃惊什么，自己也说不上来。带着这种奇怪的感觉，武泽用手机按照纸上写的电话拨过去。接电话的是个中年男子。武泽报了自己的名字，请他紧急去找女儿来接电话。男子应了一声，把电话设成通话保留。雪绒花的音乐声持续了很久，武泽望着燃烧的家，一直等待着。终于音乐声消失了，电话那一头传来轻松的声音。

"喂？"不是沙代，是个年轻女性的声音，"是沙代的父亲吗？我是沙代的班主任野木。"

"啊——"

"您现在是在公司吗？"

武泽怔了怔，不知道怎么回答这个问题。对方继续说："正巧我也在找您，实际上一个上午都在给您打电话。"

对了，武泽终于想起刚才的感觉从何而来。今天早上在公园的时候，手机屏幕上显示的号码，和这个号码一模一样。

"但是怎么都拨不通，沙代到学校之后不久就说头痛。"武泽眼前一黑，有什么东西仿佛小小的烟花在闪烁。

"我让她去医务室休息，但接着她又发烧了。她好像是感冒了。所以我想和您联系。"

"然后呢？"武泽打断对方的话。女教师似乎有点儿不太高兴，沉默了一会儿才接下去说："我让她先回去了。"

周围的景色刹那间消失了。

"沙代说她有钥匙，一个人能回去。她现在是在家里休息吧？"

周围的景色再度显现。围在左右的人群。火焰，接近的火焰，不断迫近的火焰。武泽跑起来，撞开前面的人。烟、火，以及焦黑的家，在眼前上下颤动，越变越大。脸上吹来强烈的热风，顺着呼吸一直灼烧到咽喉。有人在旁边一把抱住武泽的腰，奋力拽住了他。

"你要干什么！"武泽拼死挣脱扑过来的消防队员，用灼烧的咽喉发出嘶喊。

"放开我！"

"不行！"

"里面有人！"

"冷静点儿！"

房顶又塌了一处，就像炸弹爆炸一样，闪烁着红黑色光芒的灰烬，一齐在家的周围飞舞，然后慢慢盘旋而下。那颜色至今还在武泽的脑海里燃烧。抬头望着灰烬，武泽所感到的是恐惧。也许将要失去女儿的恐惧——不，是已经失去女儿的恐惧。

就这样，人形多米诺骨牌的最后一张倒了。空虚的两臂抱着空洞的胸口倒在地上，被身后倒下的无数自己紧紧压住，死了。


根据消防署的解释，因为房子完全烧毁，火灾原因很难调查清楚，不过可能是由于电线短路，或者插座冒出的电火花引起的，也可能是家里的沙代不小心引发的火灾。总而言之，不管怎么解释，原因还是"不明"。武泽去警局报案，认为火灾是组织的报复。但是因为消防署的解释当中没有包含故意纵火的可能，警察不接受火灾与高利贷事件有关的说法。

沙代下葬的那一天，一辆底盘很低的白色轿车停在葬仪堂前面。从车窗里窥探的，是一个仿佛和火口有几分相似的年轻男子。那双三白眼和武泽的目光接触的刹那，本来毫无表情的脸忽然笑了，然后轿车便那样开走了。

那天晚上，武泽的手机响了。屏幕上显示的是"公用电话"。按下通话键，武泽把手机放到耳边，一个从没听过的男性声音低低地说了句"还没完哟"便挂了电话。

沙代的吊唁结束之后，武泽在新宿街头找了一个倒卖户籍的人，从他那儿买了别人的户籍，然后和周围切断了关系。他厌恶所有的一切。他想逃走，从那些家伙的手中逃走，从更可怕的报复中逃走，从死亡的回忆中逃走。为什么自己会做那种事啊？像个白痴一样，一本正经地偿还超过借款数十倍的金额，还老老实实按照他们说的去做，直到逼死一个女人。最后还偷走组织的文件，导致自己最心爱的女儿死亡。太较真了，那种想要纠正错误的想法，到底算什么啊？善良、正义、正直，这些玩意儿有屁用啊！

在这个拿正直当傻子的世界，武泽决定转生成新人，一切重新来过。但是这一回不傻了，这一回不输了。被失败和后悔压烂的人形多米诺骨牌的最后一张，捡起断掉的手脚安在身上，奋力重新站起来。

那是七年前的事了。

我是无赖。我是无赖。我是无赖。武泽每天都这样告诉自己。他就这样活着。他知道，不这样的话，自己又会被丢到失败的一侧去。他知道，就像陀螺一样，一旦转得慢了，立刻就会失去平衡，倒在地上。

想飞啊，老铁曾经这么说过。虽然武泽不可能完全理解老铁的意思，但在那时候，武泽确实也有同样的感觉。


"老武，这次的火灾，你觉得也是那个高利贷组织干的？那个叫什么井口的，和他有关系？"

"火口。"武泽首先纠正了老铁的错误，然后长长吐了一口气。

"唉，我觉得没关系吧。"

武泽想这么觉得。

"但是刚才你说，世上到底还有万一。"

"是啊，到底只是万分之一啊。"

从那之后已经过了七年。到了今天，那个组织的报复又开始了。武泽并没有把这个想法当真，不过看到公寓冒出黑烟的瞬间，那种强烈的不安猛然攫住武泽的胸口也是事实。那时候被逮捕的家伙，现在恐怕也该释放了。其中的某个人——说不定就是火口——找到了武泽的住处，然后便和七年前一样，纵火烧了他的房子。这样的可能性并非绝对不存在。从豚豚亭的店主那边打听武泽的高个子男人，到底是谁呢？会不会是曾经在那个被武泽揭发的高利贷组织工作过的人？或者，就是火口本人？

"还没完哟。"那声低语，至今还在武泽的脑海中回响。

"对了，老武，明天怎么过？"老铁抬头望着白茫茫的天空。慢悠悠的声音，让武泽稍稍有些安心。

"怎么过……做生意用的衣服道具什么的，全都烧了啊。"

"只能从头再买了吧？按照紧要顺序一点点来。还好西装咱们两个都穿在身上……啊，不对，买衣服之前先要找到住处。老武，首先得找个住的地方，然后才谈得上从头再来啊！"

"从头再来吗……"武泽轻轻叹了一口气，抽了抽鼻子。

"老铁，我是无赖吧？"

突如其来的一问，老铁用快要睡着般的眼睛看了武泽半晌，然后才说："我觉得是。"

# （二）

第二天天气很好。

"喂，老铁，起来了。"武泽摇醒睡在旁边的老铁。拿英语辞典当枕头的老铁，在洒入天鹅屁股的朝阳中翻了个身，不情愿地支起上半身，皱着眉说："好疼……老武，你背后不疼吗？"

"疼啊。不知道这样子还要多少天，早点儿找个住处吧。"

"在找到地方之前，至少找个经济型旅馆住吧。"

"手边的钱不多，别那么奢侈。"

"打倒奢侈！对了老武——"老铁的海豚嘴大大张开打了个哈欠，一边哈气一边伸懒腰，"打算在哪边找住处？"

"还没决定。还在这附近的话不太好，突然碰上公寓的房东可不好办，火还烧着人就跑了。"

"是啊。而且弄不好还会遇上更可怕的家伙。"

"谁？"

"井口。"

"火口。"

武泽打断老铁的话，站直了身子尽力不去想这件事。老铁也站了起来。两个人钻出天鹅的肚子，在附近的便利店买了面包和罐装咖啡。

"老武，这次去荒川那边怎么样？靠近河边的地方。"

"哪边？"

"喏，足立区南边。有好几条电车线。"

"哦，那边啊。"那边也不错。房租好像也比较便宜，是常盘线还是京成线来着，反正不用转车就能到上野。对于挣零花钱来说，上野是个很不错的地方。

"先去看看吧。"二人商量后，吃过早饭就乘上电车，稍稍绕了点儿路，首先去了上野，然后换乘常盘线。下行电车很空，武泽把皮包放在膝盖上，老铁把工具箱、杯子和英语辞典都抱在怀里，跟着电车摇晃。经过隅田川时，开满樱花的隅田川河岸沐浴着春天的朝阳，那景色简直可以直接拿来做成明信片。

"哎呀，真像是旅行啊。"两人在北千住站下车。这个站名经常听到，总觉得会有很多不动产商的感觉。

车站里面，上班族一个个争先恐后，像在赛跑一样。武泽他们选了个不妨碍通行的地方，总结了一下对住处的需求。租金八万以内，带浴室、厕所，马上可以入住。合同上要填的工作单位之类都只能乱写，所以需要尽可能选择审查宽松的不动产商。如果没能通过检查，就换下一家。

"对了，这次要用老铁你的名字租房子了。"

武泽手上的中村某某已经不能再用了吧。有过公寓火灾的经历，不晓得再用的时候会遇上什么麻烦。反过来说，如果是老铁的名字，就没什么问题了。在搬进那所公寓的时候，老铁并没有特意把住民票从原来的住所迁过来，所以谁都不知道老铁和武泽，或者说老铁和中村某某的关系。武泽这么向老铁解释，老铁频频点头，好像完全没有意见。

"不动产商是咱们两个一起去吗？"

"我想想啊……分头行动效果更好吧。然后再把各自找到的房子汇总，你看怎么样？"

"好，就这么办。"

"中午的时候还是在这儿碰头？"

"嗯，中午在这儿碰头。"

武泽总感觉老铁有点儿想要甩开自己的意思，便装成离开的样子，偷偷潜回来窥探老铁的举动。只见站前广场的一处角落里，在一张刚好照到阳光的长椅上，老铁抱着膝盖像只鸡蛋般横躺着，仿佛很幸福地闭着眼睛。

"老铁！"

"啊……"

武泽朝老铁怒喝了一声，然后再次离开车站，去找不动产商了。


上午武泽基本上没有什么成果。跑了五家不动产商，看了八处房子，没有一处满意的。要么墙太薄，要么距离路口的警局太近，都是不方便做生意的房子。到中午返回车站的时候，老铁已经在那儿站着了。

"你不会一直就站这儿吧？"

"我可是刚刚才到，跑了不少地方。"

"开玩笑的，别当真。"

老铁有点儿不高兴。武泽问了问情况，他看的房子数目和武泽差不多，但情况更糟。

"第一家房子只有一扇窗户，正对着旁边一家的窗户，只有四十厘米的距离。你知道窗子里能看到啥吗？是个肥肥的中年男人，只穿了件背心，大声打哈欠，伸懒腰，隔一会儿擤一下鼻子。绝对是故意的，就是不想让人搬到窗口正对的房子里住。第二家更糟糕，地上全是死蟑螂。一个个肚皮朝天，跟花样游泳似的。第三家只是从黑蟑螂变成大蟑螂而已。第四家最糟糕，连想一想都——"

武泽双手拦住越说越激动的老铁。

"还有下午，咱们先找个地方填饱肚子。"

站前大道的前面有个中华料理的招牌，两人朝那边慢吞吞走过去。

"对了，老武，昨天那场大火，报纸上只写了五行字。"

"那场火也没烧太大吧。"

"嗯，好像只烧了那一间房子。"

武泽稍微放心了点儿："起火的原因是怎么写的？"

"这个啊，好像还没弄清楚。只写着'调查中'，不对，好像是'查证中'。"

"是吗……"武泽低着头，盯着脚下的柏油马路往前走。一片片樱花袅袅飘落。他抬起头，只见一家小冰激凌店的矮墙上探出几枝樱花花枝。

"对了老铁，你在哪儿看的报纸？"

"在不动产商那儿。店主去拿车的时候，放在事务所杂志架子上的。"说完这句，老铁似乎有点儿生气。

"你又觉着我偷懒了？"

"早上不是偷懒的吗？"

"我那只是打算休息几分钟。"

"嘿。"

两人走到中华料理店马马亭的门前，隔着玻璃门，可以看见店里面的人算不上多也算不上少。大概和店名一样，价格和味道都马马虎虎吧。武泽和老铁在角落里一张桌子边面对面坐下，拿起放在一次性筷子旁边的菜单看了看，上面用大号手写字写着"特制豆芽面"，两人便都点了这个。

"对了，老武，来点儿酒？"

"别说蠢话。"武泽喝了一口端上来的水，大大吐了一口气。走了一上午路，脚底板痛得要命。桌子下面的架子上放着一本周刊，武泽把它拿起来翻了一会儿。

《轻信的老总，巨款被骗向谁诉？》这个标题一下吸引了武泽的眼球。遭遇建筑材料订货诈骗的建筑公司社长，带着满腔怒火回答记者的采访。不知道是不是感觉露脸很羞耻，社长照片脖子以上的部分都被遮住了，一眼望去就像是诈骗犯的照片。被骗总额约六千万。

"世上还真有人能干出大事啊。"

订货诈骗的手法很简单。先提走订货，然后人就玩消失。具体做法也是基本固定的，开始几次少量订货都是现金支付，骗取对方的信任，然后再以票据形式订购大量货物。接着赶在票据兑现日之前，把订购的商品全部换成现金。如果有伪造文件的手段，即使一个人也能干得了。

"我们也得干点儿这样的大事才行啊。"武泽把杂志放到桌上，扭扭脖子。

"是啊。不过，大事需要有大经验啊。"

"是吧。经验，还有胆量。"

"啊，不过仔细想想，老武，咱们说不定也能行啊。你看，半年前的时候，不是也有新闻报道过某公司被骗了好几千万吗？那个好像也是家建筑公司吧？这一行说不定还真有下手的机会。咱们也干他一笔——"

"说的就是那件事。"武泽把杂志的封面拿给老铁看，手指指向下面的出版日期，正是半年前。

"你傻了吧。"

"哦……"

气氛变得有些沉重。顾客的说话声，碗筷的声音，粗声的咳嗽声。

武泽偶然一瞥，看见桌边的墙上有张小小的海报，拿透明胶贴住了四个角。海报看起来是很便宜的黑白印刷，上面是好几个人排成一排的照片。照片下面写着日期、时间，还有电话号码。看起来像是剧团公演的宣传海报。照片不是很清楚，不过看得出来是七个男人和一个女人。女人很年轻，五官端正，长得很是好看。相比之下，男人这边就是群魔乱舞了。一胖一瘦两个年轻人，满脸横肉的肌肉男，大眼睛的矮子，大脸男人，高个子，还有个脸长得像冰激凌勺一样无精打采的老头。海报最上面，用粗大的横排圆字写着"Con游戏"。

"老铁，'Con'是什么意思？"

"confidence的缩写，就是设套骗人的意思。"老铁凑近海报。

"上面写了剧目的内容：'有着黑暗过去的诈骗犯，悲哀旅途的尽头，与首次信赖自己的朋友不期而遇。一个和他们命运与共的美女。此刻，为了清算各自的过去，战斗开始了！'哈哈，这故事似曾相识啊。"

"是吗？"

"特别是前半段。"

"我倒是期待中盘的美女。"

"特制豆芽面。"店主端上来两只散发着腾腾热气的大碗。这个店主和豚豚亭那边形成鲜明对比，是个脸颊消瘦、鼻子下面留了一小撮胡子的男人。店主用下巴朝墙上的海报指了指，打量了武泽他们几眼，也不管他们有没有兴趣，就自顾自说了起来。

"那是个小剧团。剧目内容因为有点儿超现实主义，一直没什么人气。不过我是很喜欢啦。那场戏昨天刚公演过，很有趣，不过没什么观众……那个剧团快解散了吧。"店主抱起穿着罩衫的胳膊，盯着海报看了一会儿，像是在思考什么似的。

"您二位不妨去看看吧？"

"我们可没有时间看人家诈骗。"老铁一本正经地回了一句。店主显出有些吃惊的表情，点头不已，但似乎心中不以为然，转身回厨房去了。

"嗯，是啊。"武泽也点点头。的确，自己可没有欣赏他人诈骗的闲暇。"游戏"这个词也不喜欢。自己干的可不是游戏。

两个人各自取了筷子。特制豆芽面的味道果然一般般。

原本以为遥遥无期的找房任务，在这一天下午早早完成了。老铁找到的一处破旧房子，武泽非常喜欢。租金七万八千日元，带浴缸和马桶，当场入住，并且不是公寓套间，而是房子西侧有个小小斜坡的两层独栋。

# （三）

老铁签了租房合同。虽然必须预付三个月的房租，不过乱编的工作单位和胡写的保证人都没人看。

"不动产租赁行业相当不景气啊。他们也想尽早把空着的房子租出去吧。"老铁用从百元店里买来的扫帚扫着新家的地板，很是高兴。

"是吧。"武泽用从百元店里买来的抹布擦着门框的灰尘，也笑逐颜开。

"这里是不是因为邻居吵才这么便宜啊？"

"啊，说不定。对小偷来说正合适。"

"哟，一语双关嘛。"

"不服气吗？"

有了住处，果然比什么都开心。这份心情，只有经历过无家可归的人才能理解。

之后的三天，两人都在附近的商店转悠。买了换洗衣服、二手的洗衣机和电视、肥皂、牙刷等。之前买的哑铃丢在公寓了，武泽想再买一只，不过这次一定要买不容易撞到脚趾的。每次去商店街，走在西面斜坡的混凝土台阶上，武泽都兴高采烈。

但是，这样的心情仅仅持续了最初的三天。

第四天早上，武泽正和老铁对坐在一起吃便利店买来的饭团，手机忽然响了。屏幕上显示的是03开头的未知号码。

"不接吗？"老铁抬起头。武泽有点儿困惑，谁的电话呢？

"接接看吧，要是奇怪的电话，挂了就是了。"

"嗯，是啊。"武泽按下接听键，慢慢把手机贴到耳边。

"喂？"低低的男子声音，似乎上了年纪。武泽没有说话，等待对方继续。

"喂？中村先生？"武泽不禁舒了一口气。称呼自己为"中村"的只有一个人。

武泽一只手捂住电话，向老铁点点头："公寓的房东。"

"哦，是房东啊。"

之前的公寓是用中村某某的名字租的，所以房东一直以为武泽叫中村。武泽只见过房东几次，那是个有点儿驼背的老人家，性格温和。但是此刻透过电话传来的声音完全没有温和的感觉。

"嗯，我是中村。"武泽想，就照老铁说的，要是麻烦的话，挂了电话就是，于是应了一声。房东立刻滔滔不绝地说了起来。

"中村先生，你怎么了？怎么突然消失了？"

"啊，那个什么——"

"可不是'那个什么'哟，你可给我找了不小的麻烦啊。记你电话号码的纸，找起来真是花了不少时间，所以到现在才给你打电话。你到底干了什么呀？昨天警察问了好多，我和老婆都很头疼啊。"

"警察？"武泽的心里隐隐生出不安。

"因为纵火的事，纵火啊。中村先生，你没干什么事吧？"

纵火，武泽低低重复了一声。老铁猛然抬头。

"是啊。警察说，是从门上的报纸投递口倒了灯油之类的东西进去，点着了火。另外据说起火之前，公寓附近有不三不四的人转悠。警察说纵火的有可能就是那个人。"

不三不四的人——

"而且我家里也好几次接到奇怪的电话。那个人说话带着咝咝的声音，非要我告诉他你在什么地方。当然我和老婆都回答不上来就是了，本来我们也不知道啊。那个人管你叫武泽，不知道又是怎么回事。是弄错了吗？你是中村吧？"

"名字？"

"啊？"

武泽从干涩的喉咙挤出声音："那个人的名字？"

"我是在问你的名字……啊，他倒是说过，要是和武泽联系上了，就把名字告诉他。叫关口还是井口什么的……大概就是这一类的名字。因为跟我们没什么关系，没仔细记住。"

"火口？"武泽小心翼翼地问，对方沉默了半晌，好像是在回想。在等待回答的期间，武泽用力握着电话，拼命祈祷。请说不是。请说不是。请说不是。

"喂……我说，喂？"

武泽听到对面传来这样的声音，然后隐约又听到一个女人的声音。两人说着什么。女人啊了一声，接着传来拍手声。

"喂！中村先生？我老婆记在纸上了。是的是的，是一个叫火口的人给我家打了电话。中村先生，你赶紧去找警察，好好跟他们解释，虽说我也不知道是什么事。我们可不想被卷到什么麻烦事里头。只是，那个修理费花了很多钱——"

武泽挂断了电话。

"还没完哟。"沙代下葬的那天武泽听到的那一声低语，此刻又在耳朵里回荡。

\*

本以为樱花盛放，天气要转暖，没想到今天是乍暖还寒。冷风飕飕地往牛仔服的胸口里钻。

真寻沿着白天的寂静小巷往公寓走，一只手提着塑料袋，另一只手从里面翻出海带小吃的小袋子，撕开封口。咔嚓嚼着细长的海带时，真寻想起和海带一起买的另一个东西。

那个长方形的盒子也在塑料袋里，但是多包了一层素色的纸袋。其实白色塑料袋并不是透明的，从外面也看不到里面的东西，但是便利店也好，药店也好，必定都是这样多包一层，不晓得是为什么。从买家的立场上看，这么做反而像是卖家更觉得羞耻一样。拿它当一般商品对待不就好了吗？胸口挂着"店长"牌子的那个中年便利店老板，在收银台一边把那东西放进纸袋，一边偷瞟真寻的超短裙。在接过真寻递出的两张一千日元纸币、给她找零钱的时候，他一直都在看。某个玩意儿戴着这个，在那里圈圈叉叉——店长细细的双眼里，几乎可以看到那份猥琐的想象化作了可以触到的景象。

吞下第二片海带小吃的时候，真寻走到了公寓门口。公寓名为"Dream足立"，是个很无趣的名字。在进入房间以前，真寻先打开楼梯旁边的邮箱门，往里面看了看。今天没有装现金的信封，取而代之的是好几张传单。一张传单吸引了真寻的注意，上面印着上野车站前一家珠宝店的名字。

真寻站在原地，把传单翻来覆去看了好几遍。

"这个不错啊……"

过了一会儿，真寻打开玄关的门，把避孕套盒子扔去厨房，立刻又关上门，离开了公寓。她一边走，一边把手提包里的皮夹拿出来，看看有没有去上野站的车费。只要够去就行了，回来的时候，皮夹也许就鼓起来了。

真寻走向车站。

天空阴沉沉的，一点儿不像春天。

# 布

CUCKOO

# 谷

# 鸟

# （一）

"不用担心，老武，这个地方他们绝对找不到。"老铁从卧室的窗户抬头望向早晨阴云密布的天空，小口喝着茶杯里的茶说。

"找不到啊……"武泽也在喝茶。

窗户和围墙之间虽然没有可以称为庭院的地方，不过毕竟还有点儿空隙。不知什么时候谁在那儿种了一株瑞香。树上的花还在，只是已经枯萎了，昨天武泽他们还去闻过，香味已经没了。

"就算是刚才的电话，也没和房东说这儿的地址吧？"

"没说。"

"是吧。所以放心吧，没人知道老武你住在这儿。"

"嗯……"这天气算是乍暖还寒吧。眼看已经是赏樱的时节，今天却又有点儿凉飕飕的。武泽身上只穿着运动服，盘腿坐着，膝盖有点儿冻得疼。

"不过那个手机还是别再用了，最好关机，不然说不定会有人打过来。而且万一警察开始找你，包括那个纵火的事。"

"开着不行吗？"

"开着的话所在地会被发现啊。"

武泽把茶几上的手机的电源关了。

"但这样子对工作也不方便啊。"

"买个新的吧。反正这个电话也用了五六年了吧？去上野附近转转，有那种不用身份证就能买的预付费手机。"

"外国人卖的那种？"

"对对，去买吧。"

"……去吗？"武泽轻轻叹了一口气。

喝完杯子里的茶，两人一起站起身来。

"顺便做笔生意吧，生活费也快用完了。"

"做什么生意？"

"上野有不少当铺——"

"做那个？"

"嗯。"

"哦，我去拿衣服。"

老铁心领神会，立刻回卧室，拿着装了和服和木屐的包出来了。那是前几天趁打折在商店里买的便装和服。

上午十一点，武泽他们坐常盘线一路晃到了上野，进了阿麦横商业街，钻进一条通向后面的小巷晃悠着。里面好些外国人不停打量他们两个，眼神都像是在探寻。武泽一个个凑过去问："手机？"问了三个人都是摇头。第四个人是个下巴凸出的外国人，终于应了一声"对"。

"新品，五千日元，能用九十天。"

"能打能接吗？"

"都能。这个七千日元的还能发消息。"

外国人从口袋里掏出一张皱巴巴的纸给武泽看。纸上印着手机的照片，手机上有S公司的商标。

"消息我不发的。"

虽然武泽这么说，对方却不肯罢休，抬起下巴争论说"绝对需要"，最后武泽只好让步，同意多花两千日元买这种。外国人把武泽他们带去更加偏僻的一条小巷，巷子里有几个看上去是同一国家的人正在哈哈大笑。外国人把刚才那张纸递过去，一个人接过来，从背后的背包里掏出一部手机，和纸上的照片一样。武泽付了七千日元，拿过电话，和老铁一同离开了。

"老铁，你会发消息吗？"

"哎呀，这个有点儿……"

"那这功能还是没用啊。"

不管怎么说，这样子算是有新手机了。

老铁看了一眼手表："做生意之前，去上野公园散个步怎么样？"

"赏花吗？好啊。"

两人从京成上野站对面爬上台阶，进入公园，路过西乡隆盛的铜像，向樱花盛开的地方走去。空气中逐渐带上了酱汁烧烤的气味。虽然天气阴沉有点儿可惜，但即便如此，上野公园的樱花还是漂亮。要是前一天没有下雨，应该更好看吧。两个人在露天摊位上买了章鱼烧和杂碎汤，并排坐在长椅上吃起来。

"我记得小时候的章鱼烧比现在的大太多了。"老铁用牙签戳起章鱼烧，灵活地蘸上积在泡沫塑料盒底下的酱汁。

"感觉有棒球那么大的，穿成一串。"

"小孩子本来就是看见什么都觉得很大。"

武泽一家三口只去赏过一次花。不是上野这么有名的地方，而是住处附近的公园，规模要小得多。当然也没有卖章鱼烧和杂碎汤的。樱花映照下的天空比今天还蓝，花瓣一片一片看得很清楚。武泽大口吃着雪绘做的饭团和土豆沙拉，抬头眺望樱花。当时四岁的沙代则在吃一个有点儿奇怪的饭团，她那个饭团里放了三种料。原本雪绘是想做三个小孩子吃的小饭团，可是沙代非要和武泽、雪绘吃同样的东西，怎么劝都不听。雪绘说："要是那么大的话，沙代的小肚子最多只能装下一个，菜也只能吃到一种了哟。"这下沙代当然不乐意了，结果最后做出来的就是这么个古怪的饭团。对武泽和雪绘来说，就算是普通尺寸的饭团，对那时的沙代来说，也一定是相当大的食物吧。在十二岁死去的时候，沙代是不是已经感觉饭团小了呢？还是说，对她而言，饭团一直都是很大的食物？

和那个时候比起来，自己的相貌一定凶恶了很多，武泽想。不然可不好办。不管怎么说，自己已经是无赖了，长相也要跟着变凶恶才行。武泽摊开手掌，抚摩自己的脸颊。

"老铁，我长得凶吗？"

"没有哦。"老铁吃掉了最后一个章鱼烧，"长得太凶，生意也做不成的吧？"

"是吗……"

不多工夫两人各自吃光了自己的东西，从长椅上站起身，接下来要开始干活儿了。老铁提着包去了公共厕所，出来的时候已经穿上了深蓝色的和服，脚上也穿了木屐。说起来他这副扮相倒是有模有样。老铁的角色是"嗜好瓷器的大款"，做这种打扮好像是在搞笑，但其实是很认真的。这种夸张的扮相很有效。正所谓人靠衣装，不管什么人，到底都是看外表的动物。

"我来拿包吧。"

"不好意思。"

两人来到商店街，先进了卖瓷器的店，打量了半晌放香炉的架子，武泽选了个奶油色的狮子形瓷器。价格是两千八百日元。狮子的肚子下面有个"无×"的印记。第二个字太模糊了，认不出来。

"老铁，起个什么名字，烧这玩意儿的人？"

"无……叫什么好呢？"

"无斋怎么样？比方说，小野无斋。听上去很有范儿吧？"

"嗯，这个不错。"

出了店门的两个人，瞄准了一家规模较小的当铺。老铁用布把刚买的香炉包好，向当铺入口走去。

"记住了，老铁，不是演那种人，而是要真的变成那种人。不然的话，这种生意可没法做好。"

"你不用每次都说，我都知道。好了，我去了。"

老铁一只手提着包袱悠然走进店里。武泽在稍远的地方等着。差不多过了五分钟，老铁从店里出来了，包袱已经空了。

"怎么样？"

"我觉得能行。"

两人又等了差不多二十分钟，接下来换武泽上场。他仔细整理过自己的西装，向同一家店走去。

"欢迎光临。"

店主看起来颇有些乖僻。武泽轻轻颔首示意，在店里转悠起来。他在陈列餐具类的架子前面颇有兴趣地挑眉探头看了一会儿，然后带着略显遗憾的表情走开了。他知道，店主正在里面高出一头的座位上观察自己的表情。武泽向店主走过去。

"您这儿好像不大收瓷器啊？"

店主点点头："那东西不好定价。"

"是吧。"武泽显出略带轻视的眼神，店主似乎感到有些无趣，移开了目光。武泽打量店主的周围，矮脚桌、账本、几片口香糖、没套笔套的圆珠笔，还有矮脚桌的旁边——

有了。刚才的香炉就那么随随便便放在榻榻米上面。武泽朝香炉探出身子，眼睛眯成了一条缝。

"那个香炉……是卖的吗？"

店主讶异地问了一声："香炉？"然后顺着武泽的视线望过去。

"啊，这是香炉吗？刚才那个人说是烟灰缸什么的。"

"是卖的吗？"武泽又追问了一次，几乎是抢着店主的话说的。

店主摇摇头："不是，还不是卖的。"

"什么叫还不是？"

"其实是刚才的客人说想卖，放在我这儿的。我说不是厂家的东西没办法标价，可那客人还是说想要早点儿出手，非让我买，要我无论如何先想个价格，然后匆匆忙忙就出去了。"

"那位客人为什么要把这东西出手？"

"说是会想起过世的夫人什么的。那个男的最近好像再婚了，新夫人不高兴，不让再放家里了。"

"啊哈哈……"武泽又一次探头仔细观察香炉。

"还有这种好事，真有点儿不敢相信啊……能帮我看看吗？狮子的肚子下面，是不是有'无斋'什么的印记？"

"哦。"店主把香炉翻了个身，隔着老花镜端详了一会儿。

"无什么的字，好像有？"

"哎！"武泽从咽喉深处发出一声，"请让我看看。"

武泽从店主手中接过香炉，翻来覆去观察了好一阵。从上到下，从前到后。特别是印字的部分，更是仔仔细细看了又看，嘴里时不时低声念叨"无斋""小野无斋"什么的。

终于，武泽抬起头，直截了当地问店主："二十万日元怎么样？"

"……啊？"

"这东西二十万日元卖给我行吗？"

店主望着武泽目瞪口呆。武泽向他解释："江户后期有位美浓烧的名匠，叫小野无斋。虽然不是世界级的知名人物，但在瓷器收藏家的圈子里却非常热门。这东西肯定是无斋的作品。黄濑户狮子形香炉。狮子的右眼比左眼大了一点儿，应该是他晚年的作品。"

"啊，是……这样吗？"

"二十万日元怎么样？"

"哎呀，这个，还不是卖的东西……"

店主嘴里虽然这么说，但是武泽知道他的鼻子已经闻到金钱的气味了。他的眼神不再沉稳，在武泽和香炉之间徘徊了半晌，终于试探着提议："刚才那位客人说，过了中午还会再来一趟，要不您再等一等行吗？"

"哎呀，接下来我要赶紧去益子町，那边有个陶瓷器振兴协会的会议。所以，最好现在就——"

武泽做出要从西服内侧口袋掏钱包的架势，店主赶紧摇头摆手拦住："这个，说到底只是为了估价放在这儿的，还没办法卖……"

武泽做出遗憾的表情，长长叹了一口气："那就只能费点儿工夫了，会议结束之后，我再来一趟。要是在那之前有别的客人说要买这个香炉，请务必给我打电话。我直接和他交涉。"

武泽借了便笺和笔，随便乱写了一个手机号码。店主看着武泽，脸上微微带笑，表情中既有困惑又有欣喜。武泽写完，向店主微微颔首，出了店门。他回到刚才的地方，老铁好像已经等得不耐烦了。

"怎么样？"

"应该能行。"

接下来就是再等一阵，然后老铁进店去问"能卖多少钱"就行了。店主知道自己手边的香炉能卖二十万日元，自然会出相应的价格把它买下来。五万？十万？具体多少要看店主的贪心程度。出五万的话，店主能赚十五万。出十万的话，店主能赚十万——当然，武泽不会再去那家店了。老铁一拿到现金，立刻就和那家店说再见。

两人在便利店买了茶水和饭团，躲到无人的小巷里，一边吃一边打发时间。一过中午，老铁便再次向当铺走去。和刚才一样，武泽在稍远的地方等着他。

武泽想最多十分钟就能拿着钱从店里出来了，但是老铁半天都没回来。

"真慢啊……"看看表，武泽忽然有点儿不安。老铁进店已经十五分钟了。莫不是这个把戏露馅儿了？老铁被店主抓住了，正在接受盘问？武泽偷眼打量周围，顿时吃了一惊。人行道的混杂人流中，出现了一个警察。那警察的去向正是当铺。

"喂喂……"武泽的腿下意识地退了半步。是该转身逃跑，还是再观察一阵？

　　幸好警察只是从当铺门前经过，继续向前走去。好像不是冲着自己来的。

　　虚惊一场。

　　又过了几分钟，老铁终于从店里出来了。穿着和服朝武泽慢悠悠走过来的老铁，像是圣德太子一样，带着装模作样的奇怪表情。看到那个表情，武泽终于放心了。每次要忍住心中得意的时候，老铁都是那种表情。

　　来到武泽面前，老铁向武泽偷偷展示了和服袖子里的现金。用眼睛数数，一共八张一万日元的纸币。

　　"哎，还算不错嘛。"

　　"那可是个贪得无厌的店主，一开口就说六万。明知道能卖二十万，那个浑蛋。"

　　"是啊，赶紧跑吧。"

　　两人并肩离开当铺附近，混进人群里。

　　"出来那么迟，我担心坏了。"

　　"从六万磨到八万，费了不少嘴皮子。"

　　"说起来老铁，小野无斋还是不错的。无论如何，听起来很唬人。"

　　"而且还有意义。"老铁颇为得意地报出八个英文字母：onomusay——原来如此。（小野无斋的英文拼写onomusay，反过来是yasumono，日文意为便宜货。）

　　"明摆着告诉店主这玩意儿很便宜了啊。"

　　"对头。"两人朝车站走去。

# （二）

看到那个"搞怪警察[1]"，是在做过当铺的生意之后。

在距离上野站很近的地方，那家伙迈步走在通向大路的人行道正中央。当然，"搞怪警察"是虚构的人物，不可能是真人，只不过长得很像。

"看起来很有钱嘛。"

"会走路的现金啊。"

他穿着似乎很高级的西服，背着LV的皮包，袖口里隐约可见金色的手表。说起来真是奇怪，有钱的家伙好像都对金色情有独钟。

"再做一笔生意吧。"

"怎么做？"

"先跟着再说。"似乎是因为当铺的生意做得不错，老铁情绪很高，难得地充满了干劲儿。

"古龙水的味道一直飘到这儿了。"

"像是在茅厕里一样。"

甜得过火的气味让人皱眉。武泽他们若即若离地跟在"搞怪警察"后面。

"哎哟，老武你看，进珠宝店了。那家伙果然有钱啊。"

"搞怪警察"推开玻璃门进去了。武泽和老铁靠在墙上，头碰头地商量。

"开个作战会议吧。"

---

1 搞怪警察是日本同名漫画里对主人公的称呼。

"好。"

但没等两人商量出结果，"搞怪警察"已经从店里出来了。他一只手拿着手机，正在和什么人讲电话。武泽做了个噤声的手势，竖起耳朵偷听。

"哎呀，没剩下什么好东西。才过中午……嗯，好看点儿的上午全卖光了。因为今天刚好打折。嗯，嗯……嗯？哎呀，没关系，肯定给你买个可爱的。"

听起来像是在和女人说话。"搞怪警察"一边沿着人行道慢慢往前走，一边在电话里不断许诺。武泽和老铁跟在后面。电话那头好像说了什么笑话，"搞怪警察"突然放声大笑起来，然后忽然换成很肉麻的声音："哎？嗯……好好，知道了。下午正好没事，我去别家看看就是了。"

武泽他们正打算继续跟踪，突然——

"……啊，对不起。"

在武泽他们前面几米远的地方，一个穿着牛仔服的少女惊叫了一声。少女留着齐肩的茶色头发，荷叶短裙下伸出两条雪白纤细的腿，手上的可丽饼里满满的冰激凌。然后，走在她前面的"搞怪警察"，西服背后也全是冰激凌，上面还粘着一片香蕉。那片香蕉在西服上一点点向下移动，移动，移动，最后吧嗒一声掉在地上。"搞怪警察"转过身。

"……对不起。"少女又一次道歉。消瘦的身子有点儿僵硬，像是很害怕的样子。"搞怪警察"这边好像还没弄明白发生了什么，直愣愣地盯着少女拿在胸前的可丽饼。看到可丽饼上半部一塌糊涂的样子，他才终于反应过来，猛然扭头，想要查看自己背后的情况，然而这种事情连瘦子都做不到，更不用说他这么肥的人了。

"搞怪警察"急躁地脱了西服，看到正中间盛大展开的白色冰激凌，细细的双眼一下子瞪了起来。

"喂喂喂喂喂！"

"对不起……我没注意看……"少女发出小鸟一样可怜兮兮的声音。

"干坏事了啊，那个小姑娘。"

"干坏事了啊。"

少女从自己的手提包里掏出粉红色的手帕，战战兢兢地擦拭"搞怪警察"的西服。白色部分变得更大了。

"喂喂喂喂喂！"

"对不起……马上就擦好了……"

在"搞怪警察"愤怒的目光下，少女拿手帕拼命擦拭冰激凌的痕迹。擦到一半，手帕已经不能用了，少女就用嘴叼住手帕，改拿小包餐巾纸出来擦。她的努力没有白费，西服背后的污渍终于慢慢消失了。与之相应地，"搞怪警察"的表情也渐渐和缓下来。当然，不管衣服还是表情，都还不能算没事了。

"……好了。""搞怪警察"有气无力地说。"可是……"少女举着脏兮兮的餐巾纸抬头看着"搞怪警察"，嘴里还叼着手帕。

看到这一幕，"搞怪警察"的表情完全松弛下来："没注意也没办法。"

"对不起……真的对不起。"少女缩着头把外套还给"搞怪警察"。"搞怪警察"先是晃晃脑袋，然后又点点头，以故作优雅的姿势接过衣服，开始往身上穿。

"看到了没，老铁？"

"看到什么？"

"抽走了钱包。"

老铁哎了一声向两人望去。"搞怪警察"这时候正要离开。就在他完全转过身去的同时，一直悄然垂首的少女突然动了起来。她先是悄悄抬头，紧接着迅速转身拔腿就跑，眨眼工夫便钻过了武泽他们的身边。

武泽再度转头去看"搞怪警察"，只见他突然停住了脚，直起肥胖的身子，急忙在衣服里上下乱摸。那动作越来越快，然后他猛然转身。这时候少女已经离他二十米了。不知是不是察觉了"搞怪警察"的动静，少女突然站住，回头一望，两人的视线撞在一起。

"喂！"伴随着一声喊叫，"搞怪警察"跑了起来。少女也跑了起来，可是不小心撞在了行人身上，扑通一声摔倒在地。这时候"搞怪警察"噔噔噔踏着脚步走近少女。少女眼见不妙，从手提包里掏出皮夹，用力朝后扔去。那是"搞怪警察"的皮夹。皮夹划出一道长长的抛物线，越过"搞怪警察"的头顶。"搞怪警察"脸上显出愤怒的表情，噔噔噔后退几步，把掉在人行道上的皮夹捡了起来。他站在原地犹豫了一下，似乎在想要不要就这么算了，但是突然又怒了，作势要继续追少女。少女爬起身，又要开始往前跑。

"都是同行，帮一把吧！"老铁喊了一声，向少女追去。

他撩起和服的下摆，木屐噔噔作响，扭头向武泽喊："老武，拦着那家伙！"

"哎？"武泽觉得哪有帮小偷的道理，但这时候显然没工夫犹豫了。他只得看准时机，猛然跳到"搞怪警察"面前。然后就好像被一个巨大的圆球撞上了一样，武泽的身子被重重弹飞出去，一屁股摔倒在地上。"搞怪警察"惊讶地站住，望向武泽。武泽双手用力抓住自己的胸口，急促地喘息，下巴咯咯打战。"搞怪警察"朝少女跑去的方向投去最后的一瞥，终于放弃了追赶的念头，小跑到武泽身边。

"你没事吧？"

"心脏……心……"

"要叫救护车吗？喂！"

看热闹的人逐渐聚拢过来。武泽担心演得太过，搞不好真有人叫救护车，赶紧做出没事了的模样。"搞怪警察"重重出了一口气，像是放下了心，伸着脖子向武泽鞠了一躬。

"对不起。刚才小偷偷我的钱包……"

"没事没事。"武泽轻快地拦住对方的话。

"撞在一起的事，谁都难免碰上。"

武泽站起身，前后看了一圈，向"搞怪警察"和看热闹的人示意自己没事，然后离开了。他稍微走了几步，回头一瞥，正看见"搞怪警察"在检查刚刚捡起来的皮夹。从他的表情上看，少女还没来得及把钱抽走。"搞怪警察"把皮夹放回西服里面的口袋，混入繁杂的人群里。

武泽从口袋里掏出手机，打算给老铁打电话，不过这手机是刚买的，还没存老铁的号码，只好从另一边口袋翻出旧手机，开机后拨给老铁。老铁立刻接通了。

"老铁，你在哪儿？"

"公园，上野公园。"

"小偷呢？"

"在一起。脚扭了，在休息。不忍池旁边的小店这边，外面有桌椅的那家。"

武泽知道那个地方，跟老铁说自己这就过去。

"对了老武，你现在是拿旧手机给我打电话的吧？"

"是啊，新手机没存你的号码。"

"啊，难怪。"

武泽挂了电话，向上野公园走去。


"这边这边。"

一身和服的老铁，手上还举着绿茶的塑料瓶，朝武泽招手。露天桌子的对面，坐着刚才那个少女。老铁向她转过头去，好像是告诉她自己的朋友来了。少女微微向武泽望了一眼，随即又扭回头。另一瓶茶放在桌上，像是老铁买的，盖子还没打开——是因为没得手而闷闷不乐吗？或是因为老铁自作主张地帮忙而在和他赌气呢？还是在提防老铁和自己？最后这种可能性应该最高。不管怎么说，自己这边是突然出现的奇怪中年二人组，而且一个穿西装一个穿和服，不提防才怪。

"脚没事了吗？"武泽在一张空椅子上坐下。少女连眼都没抬。武泽苦笑了一下，上下打量沉默不语的少女，然后愣住了。

"怎么了，老武？"

少女的眼睛，在茶色的头发下面，一直盯着桌子台面的少女的双眼，消瘦白皙的脸，紧闭的双唇。

"老武？"

武泽终于回过神来，张嘴勉强苦笑了一声，暧昧地应道："哎呀，没什么，那个……感觉和我女儿长得有点儿像。"

老铁垂下眼角，嘟起嘴，认真点了点头："这么说来，正好是和你女儿差不多的年纪哪！"

# （三）

少女的扭伤看起来不是很重，但可能是因为膝盖撞到地面之后又强行跑步的缘故，一走就很痛的样子。

"所以在这儿坐着休息了。嘿，老武你也先喘口气吧。喝不喝？"

老铁把刚喝过的瓶子递过来，武泽没接，自己去自动售货机买了一瓶。打开瓶盖，他一边把冰凉的绿茶灌进喉咙，一边再度观察少女。短短的荷叶裙，牛仔服，运动鞋，米老鼠图案的红色T恤衫，手表好像也是迪士尼的动画角色，不过不知道叫什么名字，是条大张着嘴的狗，两只胳膊指示时间。裙下伸出的两条腿，像是电视上的短跑选手一样紧绷着。其中一边的膝盖已经擦破了，难怪很痛的样子。

"来，稍微弯一下看看。"

武泽蹲到少女身边，想看看她的伤势，但少女仿佛受惊了似的，猛地合上双膝，挑起一只眉毛，脸上露出难以置信的表情。武泽只好鼻子里哼了一声，重新坐回椅子上。

"我可不是萝莉控[1]。"

"萝莉控都这么说。"这是少女第一次开口。沙哑的女中音，非常成熟的大人声音。

"这是真嗓子？"

"嗯。"

"刚才是做生意用的？"

---

1 萝莉指可爱的小女孩，萝莉控指非常喜欢萝莉的人。某某控表示极度喜欢某种东西的人，是一种源自日本流行文化的表达方式。后文出现的大叔控也同理。

"嗯。"

"迪士尼T恤，小狗手表，也都是为了让对手疏忽的道具吧？"

"小狗？"

少女惊讶地抬起头，然后又低头看看自己的手表。

"哦，高飞啊。"

"笨蛋。"老铁说。少女和武泽同时张开嘴，老铁自傲地接着说："goofy——笨，蠢。没在学校学过？"

少女盯着老铁的脸看了半天，终于带着一副"是吗"的表情，眼光落回到手表上。

"这样啊。"

"对了，你看起来才十几岁，好像已经不是素人了吧？"武泽回到刚才的话题。

"什么意思？"少女立刻反问。

"偷东西啊，感觉非常熟练的样子。"

"不是说这个，你说的'素人'是什么意思？"

"就是说不是玄人。"

"玄人？"

"靠这行手艺吃饭的人。"

"那，玄人。"

"哎，还是这么可爱的乌鸦哪。"老铁挺直身子，抱起胳膊上下打量少女。

少女转向他问："乌鸦？"

老铁解释："就是说玄人。乌鸦是黑的[1]，所以这么说。"

---

1 玄人的"玄"字有黑色的意思，所以有此联想。

少女和老铁对望了半晌。

"这么说，你们是干什么的？"

合情合理的问题。


知道双方是一丘之貉以后，少女好像解除了一点儿防备，开始生硬地介绍自己的工作。

她的工作内容大抵和预想的差不多。首先是利用天真无邪又可爱的外表，接近中年男性目标。接近的具体方法有之前那种古典手段，也有和凑过来搭讪的怪叔叔装成情投意合的，或者在边走边抽烟的怪叔叔后面用热情的声音招呼拉手什么的，总之就是根据当时的情况采取各种可能的方法。然后，再设法把怪叔叔的注意力集中到自己的超短裙上，最后就是嗖的一声偷了钱包就跑。

"可是刚才很危险啊！要是抓住了，会把你扭送警察局吧？"武泽说到一半就被少女拦住了。

"不会的，一般是提出交换条件才放我走。"

"交换条件？"

"身体。"少女神色不变地说。

"是吗？真的有人这么说吗？"

"多少回了。不过，那样子其实更好。"

"哎，睡觉吗？"

"睡觉？"

"所以说那个……不是要和你那个什么吗？"武泽换了个说法，少女的样子没有什么变化，反而是老铁好像很害臊地用双手遮住了脸。

"可没那么便宜哟。旅馆街的行人很少，我一般都是跟着走到那边，就冲他心窝狠狠来上一脚。"

少女用她没受伤的那条腿在地上重重一踩。"啊！"老铁夸张地捂住自己的肚子。

"原来如此。"武泽靠在椅子上，喝了一口茶。

不知道是不是说话说口渴了，少女终于拿起桌上的瓶子，打开瓶盖，一口气喝了半瓶，然后盖上盖子，看着瓶子侧面低声说："伊藤园的呀……"

望着少女的侧影，武泽困惑了，也该问问看了吧，可是他怎么也开不了口。等二十秒，对回答的不安，让武泽不愿开口。再等二十秒。武泽一面注意不让自己的紧张表现出来，一面小心翼翼地问出那个问题。

"对了，你……叫什么名字？"

"河合。虽说一点儿也不可爱。"少女依旧盯着塑料瓶回答说。（日语中"河合"的发音和"可爱"相同。）

"……河合后面呢？"

"真寻。"

心脏在武泽的肋骨内侧砰的一声巨响。

聚满了看热闹的家伙的公寓，有点儿脏的粉红色运动鞋。公寓走廊里，一直盯着脚尖的那双眼睛，水晶一般的眼睛。

"不行啊。"前一天听到的单身母亲的声音。

"已经……不行了。"

被武泽逼死的母亲，名字就写在门牌上：河合琉璃江。在那名字旁边，用油性笔写着"真寻"两个字。

"真寻啊……有点儿少见的名字啊。"老铁若有所思地摸着下巴。他好像没有注意到武泽的困惑，盯着少女的脸问："你的父母呢？”

“都不在了。”

“啊，不在了。死——过世了吗？”

“爸爸走了。”

“妈妈呢？”

武泽想把耳朵塞住。

“死了，割腕自杀了。已经是好些年前的事了。”

“是吗。”老铁噘了噘嘴。

“没去找你爸爸吗？你还小，靠偷东西过日子，总有点儿——”

“住哪儿也不知道，长什么样也不知道。而且就算能找到，也不想找他。”

“为什么？”

“因为他是干坏事的。妈妈这么说的，从别人身上扒钱。”

“搞诈骗的？”老铁认认真真地这么一问，真寻的嘴角露出笑意，似乎觉得他很蠢。

“我想应该不是。大概是混黑社会什么的吧。我很讨厌黑社会。”

“真云——”

“真寻。”

“真寻，那你现在是一个人过？”

“呃……嗯，差不多吧。”不知怎么，真寻回答得有点儿含糊。

“住在这儿附近？”

“也不是。足立区。”

“足立区？我们也住在那边啊。你住在什么地方？”

真寻大概说了下自己住的地方，距离武泽他们租的房子不远。

"反正眼下是住在那儿，下周在哪儿就不知道了。"

"什么意思？"

真寻拿起桌上的塑料瓶摆弄，穿着牛仔服的肩膀轻轻耸了耸："没付房租，本周要给赶出去了。欠了好几期房租了，这一回房东终于来了最后通牒，说是本周内再不把房租全部付掉就不给住了。"

"全部是多少？"

"三十万不到。"

"哎哟，"老铁咂舌，"有方向吗？"

"没有啊。其实本来今天是打算努力一把，搞到一半房租的。那家店今天打折大派送，传单上是这么写的。可是腿这样子，露馅儿的时候实在没信心能跑掉。"真寻看了看自己受伤的右膝。

"我说老武，借她点儿吃晚饭的钱吧，挺可怜的。"

武泽默默摇头。老铁似乎有点儿意外，不过也没再说什么，转过去对真寻说："老武倒也不是吝啬，实在是我们现在没那么多钱……"

"嗯，没关系。给我买水已经很开心了。"

"啊，那不是从生活费来的，是我的零花钱。"老铁有点儿得意地说。住在一起以来，武泽和老铁的生活费就变成了零用钱制。

从刚才开始，武泽就在想。一门心思在想。

必须做点儿什么。必须做点儿什么。他真的很想把真寻欠的三十万不到的房租全都付掉，不付不行。但是那样的话老铁会觉得奇怪，不解释清楚他肯定不同意。但是一旦向老铁解释清楚了，也就更不可能给真寻钱了。因为眼下手上的钱全都是和老铁一起辛苦赚来的。明明是为自己的过去还债，却要老铁帮忙，没有这种道理。绝对不行。武泽过去所做的逼死真寻母亲的行为和逼死老铁妻子的行为没有区别。这一点老铁非常清楚。他在非常清楚的同时，依然追随武泽。这一点和武泽追随火口一伙儿一样，和追随杀害沙代的同类一样。

现在的武泽，可以做些别的事情，唯独不能给钱。可是武泽什么也没有。除了有个住处，什么都没有。

——哎，等等。

"搬过来也行。"武泽下意识地脱口而出。

真寻和老铁同时扭头望向武泽。

"你在开玩笑吧？"

"实在没地方去的话，搬过来也行。"

"哎……老武，你是说，和她一起住？"

"暂且过渡一下。这不是没办法吗？都说要被赶出去了。"

"让她寄宿？"

"所以说是临时的嘛。虽然你这家伙可是一直赖着不走了。"

老铁来回打量武泽和真寻。"有必要做到这种程度吗？"这句话似乎就在老铁的喉咙里打转。

"老武你这么说，确实我也没有反对的道理。不过这样子她本人反而有点儿难办吧。对吧，你不想的吧？"

"没有不想，帮了大忙了。"

"咦？"老铁伸长了脖子。

"这可是两个大男人和你一个小姑娘啊，说不准会干出什么哦。"

"会干什么？"

"呃，其实也不会干什么。"

"那就没关系。"

真寻从椅子上站起来，慢慢把右腿屈伸几次，然后以鞋跟为轴，转身面对武泽："当然，首先我会尽可能赚钱。本周我会努力再试试。但是，也许有个万一。万一再努力也不行的话……"

武泽点点头，从包里拿出笔记本，用圆珠笔写下住处，撕下这一页交给真寻，然后又从钱包里抽出一张一万日元的纸币。

"这是什么？"

"回头还我就行。"

"老武，这，是你的零花钱？"

"嗯。"

真寻犹豫了片刻，接过武泽的一万日元纸币。

"万一我说的都是假话呢？如果刚才只是兜了个大圈子，其实是要骗你们呢？"

"咱们是靠这个吃饭的，真假好歹还能看得出来。"

真寻连声谢谢也没说，笑也没笑一个，打开提包，把一万日元纸币收进皮夹里。

"真是怪人。"丢下这一句，真寻便转身要走。武泽在她背后又叮嘱了一句："没地方去的时候就过来，别客气啊。"

# （四）

"但是你没想过我真的会来吧？"

第二周，下雨的星期一。

左手撑着蓝色的伞，右手提着一个巨大的旅行包，真寻在玄关外面抬头望着武泽。雨衣的下摆还在滴滴答答地滴水。武泽一只手扶着门，正不知道该说什么的时候，背后响起老铁的声音。

"老武，茶叶好像发霉了——"老铁在走道半当中猛然站住，瞪圆了眼睛。

"真云姑娘！"

"真寻。"

"真寻姑娘！"老铁捧着装茶叶的罐子，眨巴着眼睛来到玄关。

"门铃响的时候我还在想是谁。"

"到底还是被赶出来了。啊，这个还没用。"

真寻用脖子夹住伞，从裤子口袋里掏出一万日元的纸币递给武泽。

"先……进来再说吧。"在毫无心理准备的状态下，武泽把真寻迎进房间里。老铁接过旅行包，他好像也没想到真寻真的会来，一脸不知所措的表情。

"二楼只有一个六叠的房间，暂且先放那边？"

"嗯。"

"午饭呢？"

"还没吃。"真寻噔噔噔地上楼。

老铁小声说："连声'打扰了''请多关照'什么的都不说啊，这姑娘。"

"直性子吧。"

"这种态度可不怎么样啊。"

"你搬进我那公寓的时候，姿态也没那么低吧？"

"是吗？"

"好了，烧个中饭吧，咱们自己也还没吃哪。"

"哦……"

老铁去厨房泡了三袋方便面。武泽切长葱的时候，真寻从楼上下来了。她瞥了一眼老铁，低低说了一句"泡面啊"进了客厅，在矮桌前面盘腿坐下，扭了扭脖子。

"喂，你的伤怎么样了？"

"已经好了。"

真寻躺到榻榻米上，右腿屈伸了好几次给武泽他们看，像是花样游泳一样。在武泽和老铁两个人的房间里上下翻动的白色短袜，总觉得和整体的气氛不太协调。说起来最近小女生的袜子怎么都这么短了。

"只有两个碗啊。"

"我就着锅吃也行。"

老铁端上来两个热气腾腾的碗，武泽捧了锅过来，把三双一次性筷子放到桌上。真寻像是美国电影里的僵尸一样腾地坐起来，武泽和老铁两个还没坐下来，她就已经掰开筷子开始吃面了。老铁鼻子里哼了一声。

"真寻，这种时候——"

真寻仰头陶醉地对着天花板深深呼了一口气。

"啊……好吃。"然后她又低头冲着面碗，发出很威猛的声音吃起面来。老铁和武泽一下子都没话说了，只得无语地坐下来拿起筷子，在怪异的寂静中开始吃午饭。窗户外面春雨连绵。一时间只有三个人轮流吸面的声音。

"对了，在这儿能住多久？"真寻一口气喝干了碗里的汤后问。

"想住多久都行。"武泽这么回答的时候，老铁瞥了他一眼。武泽加了一句："呃，当然总不能永远待在这儿。"

"不会一直待着的。"

"接下来打算怎么办？"

"以后再说。"含糊应了一句后，真寻又躺了下去。

武泽把锅和碗送去厨房，仔细去掉茶叶上面的霉斑，泡了茶，然后掏出新手机试着按按钮，打算学学新手机的用法。

"在发消息？"真寻问。

"啊，不是，不知道有什么功能，我研究研究，消息可没发过。"

"不会吧，一次也没发过？"

"短消息这东西真有那么方便？"

"这还用说。给我，我教你。"

真寻伸手抢过武泽的手机，把屏幕转到两人一起看的角度，开始解释短消息的用法。最近的小女生都是这样子的吗？虽说也是自己提的建议，可是突然闯进自己家里，一口气吃光面条，然后开始解释手机的用法——武泽只得喏喏点头，听真寻给自己解释。

"反过来说，收消息的时候怎么弄？"

"自动会收的。收到了就按这个。"

"啊，那个按钮啊。"

"怎么样？"老铁好像也对短消息感兴趣，半路拿了自己的手机过来一起听。春雨连绵的午后就在这样的解释中过去了。怪异的一天。

到了晚上，老铁去超市买咖喱，武泽在家准备米饭。自从搬来这里以后，为了节约生活费，两个人一直都是尽可能自己烧饭吃。

武泽一边淘米，一边时不时回头偷瞄客厅方向。真寻一点儿没有帮忙的意思，还是躺在榻榻米上摆弄手机。手机上面缀着一条很显眼的挂件。是在给谁发消息吗？

武泽按下电饭煲开关的时候，口袋里的手机响了。屏幕上显示"有新消息"。有生以来的第一条消息。武泽回忆真寻刚刚教过的方法，试着打开消息，屏幕上显出一行短短的文字。读到这行字的时候，武泽不禁轻轻笑了起来。


十分感谢。能得到您的帮助，非常开心。


武泽扭头去看客厅。真寻在翻漫画杂志，一副什么都不知道的样子。偶尔抬头向武泽这边瞥上一眼，立刻又低头落回杂志上了。武泽忍着笑，从冰箱里取出麦茶倒进玻璃杯。

原来如此。短消息这样的东西确实很方便。有些无法当面传达的意思，就需要用到短消息吧。

这时候玄关门开了，老铁买东西回来了。外面好像又在下雨，塑料袋表面都是湿的。

"我买了啤酒，然后还有这个，柿种和牛肉干。是我自己的钱，不用担心。"

"这多不好意思。"

"没关系，没关系。"老铁连连点头，说了一句，"就像刚才跟你说的。"

武泽一头雾水："什么意思？"

难道说——

"哎，没收到？"

果然如此。

"短消息哟，短消息。白天被你一说我才意识到。确实自己没和你说过谢谢。真的很对不起。"

老铁装腔作势地鞠了个躬。

<h1 style="text-align:center">（五）</h1>

第二天从早上开始就是个大晴天。

伴随着更衣室方向传来的洗衣机轰鸣声，武泽和老铁头碰头凑在一起低声商量。

"可没想到这么麻烦啊。"

"所以我不是说了吗？让她住这儿不行的。"

被褥只有两套，夜里武泽和老铁只好盖一床被子。当然，这个问题只要买床新被子就能解决了，但真正让两人头疼的还是和一个年轻姑娘住在同一间房子里这件事本身。

首先，武泽睡醒了要去小便，可是洗手间的门紧紧关着，里面传来淋浴的水声，武泽不得不在客厅厨房来回打转，足足忍了四十分钟。中途老铁也起床了，也跟着忍了二十多分钟。两个人解决了生理问题后，看天气不错，打算要洗衣服，但这时候又开始面面相觑。"你去问。""不，你去问。"两个人来来回回谦让了半天，最终还是武泽去找真寻，装作若无其事的样子问她要不要洗衣服。"帮我一起洗了吧。"真寻一边说一边漫不经心地从旅行包里往外拿T恤内衣什么的，武泽赶紧拦住说，这事情可不行。真寻用看不出表情的脸瞅了武泽半天，最后说了句"那我负责洗衣服吧"。

武泽提议说自己和老铁的衣服与真寻的衣服分开洗，真寻说那样太浪费水电了。虽然被她这么说也挺奇怪，不过确实如此。最后武泽判断，比起自己洗真寻的内衣等衣服，还是她自己洗好一点儿，也就让她负责洗衣服了。

"总之今天先去买被子。和你睡在一起老是梦到海豚，而且夜里还抢被子。"

"被子是你自己掀开的好不好。"

"反正吃了早饭就去买东西吧。"

"知道了。那我去换个衣服。"

老铁从客厅的衣橱里取出裤子，睡裤刚脱了一条腿，真寻进来了。老铁一声怪叫，单腿跳着出了房间。


吃早饭的时候，真寻好像有点儿心不在焉。她埋头慢吞吞地啃面包，偶尔抬头看看大开的窗户，轻轻叹一口气，又低头继续啃面包。

"好像没精神嘛。"武泽被无视了。

"果然还是讨厌洗男人的衣服吧？"老铁也被无视了。

"真是喜怒无常啊，那家伙。"老铁一边在水槽洗碗，一边背着真寻说。

"她爸爸没给她起名叫'真云'，说不定还不错。"

"啊，真是啊。"

"真寻这个名字好像是父亲给起的。"昨天晚上吃着大碗咖喱，她这么告诉两个人。"从前的时候，对希望心无尘埃的孩子，会给起名真云，是洁白的意思。"

也就是说，老铁喊错的名字，也未必错得那么离谱。

"为什么你爸爸给你起名真寻呢？"

"嗯，是因为很难喊吧？"

老铁的啤酒罐凑在嘴边，真云，真寻，真云，真寻，反复念叨。

"不知道。反正妈妈是这么说的，她说一开始是叫真云的。"

吃过饭，三人一边吃着柿种，一边在客厅看智力竞赛节目。不知道是不是啤酒的效力，老铁慢慢开始打盹儿，然后身子倒下来，眼睛和嘴巴都半张着，睡着了。武泽委婉地向真寻开口："能问问你妈的事吗？"

真寻没有回答，不过也没有拒绝的表示。武泽便继续说："你妈为什么自杀？"

"欠债。"真寻还是看着电视，简短地回答。

"是吗……苦于欠债自杀了啊。"

"催债的跑到家里来威胁，妈妈最终受不了自杀了。公寓隔壁的邻居说的。"

"哦。"

电视里突然热闹了起来。武泽扭头去看，只见电视里的女演员好像很害羞地双手捂脸在说什么。

"这样的笑声，真的是，还以为都去哪儿了呢。"

"笑声？"

"嗯，不单是笑声，所有的。"

武泽看看真寻的侧脸，她只是依旧面无表情地重复了一遍刚才的话："大家，都去哪儿了呢？"

武泽默默听着电视里的笑声。

"那个逼你母亲自杀的人，要是以后遇上了，你会怎么办？"

真寻轻轻扭了扭头："也许会杀了他吧。"

电视的声音和老铁的鼾声此起彼伏。两个人静静听了一会儿。

"不过，这世上真是什么人都有啊。"终于，真寻把手放在屁股后面，用柔和的声音说，"本以为只有胁迫要钱的人，没想到还会有人主动帮忙，而且还是完全没关系的小偷。"

老铁在睡梦中打了个嗝儿。

"算起来这还是第一次有人帮忙。"

为了掩饰心中涌起的感情，武泽从桌上捡起一颗柿种，向老铁的方向扔去。他倒没有故意瞄准，不过柿种正中要害。老铁低低啊了一声。真寻笑了起来，这是武泽第一次听到她的笑声。真寻自己似乎也意识到这一点，立刻又沉默了。

"我走到哪儿都带着妈妈的遗物。"真寻从丢在墙角的手提包里拿出一个东西给武泽看。那是个小小的半透明塑料袋。武泽看到里面放着一张记事贴和几枚零钱。

"这是遗物？"

"嗯，遗物。"

几个一百日元和十日元的硬币，真寻说是妈妈割腕自杀那天放在公寓桌子上的。恐怕这就是当时的全部财产了。

"硬币下面就是这张记事贴，上面用铅笔写着'对不起'。"

真寻隔着塑料袋，把记事贴上写的几个字拿给武泽看。

"记事贴哟，难以置信吧。连张信纸什么的都没有。我那时候没出息地哭了。"

"我伸手去拿这张记事贴的时候，从纸边落下的硬币发出轻微的碰撞声，那声音至今都回荡在耳边。"真寻说。

# （六）

闯入者的出现，是在那天晚上。

打开电视围着桌子坐下，三个人一面叽里呱啦地说话，一面吃馄饨面的时候，老铁忽然唰地一下抬起了头。他紧闭嘴唇，视线落在天花板上的一点，动作和表情都显得很紧张。武泽感觉他连呼吸都要停止了。

"老铁，噎到了吗？"

"嘘——"老铁在嘴唇前竖起食指，狠狠瞪了武泽一眼。怎么了？真寻放下筷子。老铁保持着僵硬的姿势停了几秒钟，然后双手搭在桌边，悄无声息地站起身。武泽正要说话，老铁又飞快地做了个噤声的姿势，眼睛慢慢转向某个方向——墙。不对，被墙挡住了看不到，不过老铁的目光似乎指向墙外面的玄关。

一股茫然的不安让武泽的身子僵硬起来。

老铁动了。他蹑手蹑脚一步步移过去，出了客厅。武泽和真寻迅速对望一眼，目光随即又转回到老铁身上。老铁的身影消失在短短的走廊尽头，然后外面响起轻微的咔嗒声，似乎是老铁打开了大门，然后就什么都听不到了。

武泽有些担心，正要起身的时候，外面忽然传来老铁的叫声，紧跟着又有什么东西倒下的声音。

"老铁！"

武泽和真寻同时起身，奔出客厅，看见老铁倒在门前的地上。他的头朝着客厅，双膝着地，好像要说什么。就在这时，武泽的视线下方出现了某个奇怪的东西。白色的，速度很快。武泽朝那个东西移动的方向看。"超可爱！"真寻喊了起来。确实可爱，武泽也这么想。

那只白色的小猫在厨房里停下，神情呆滞地回头望着三个人。

"吓……吓我一跳……"老铁挪过来，他好像扭到了腰，"一开门，突然……那只猫，喵喵喵……"他嘴里嘀咕着，在走廊里一屁股坐了下去。

"它是从哪儿来的？还在吃奶吗？"

真寻四肢着地，把脸凑向小猫。小猫像是有点儿吓到了，不过并没有逃走，而是把嘴张成倒三角形，细声细气地叫了一声。

"啊——啊——听到了？"

真寻兴奋地回头叫道，然后立刻转回小猫那边，伸出双手，像是掬水一样把小猫小心翼翼地抱起来。小猫露出了困惑的表情，但还是老老实实地让真寻抱住，用刚才的声音又叫了一次。

"它不会还在吃奶吧？已经能跑了。"

"啊，是吗？"

纯白的小猫，两只眼睛里的黑眼珠像是埋了葡萄籽一样，鼻子是粉红色的。

"让我抱抱……"武泽伸手从真寻的胸口接过了小猫。小猫轻得好像没有重量一样，身体散发着微微的牛奶香气。

"收养它吧。"真寻自作主张地说。在武泽答话之前，老铁抢着连声说"不行不行不行"。

"饲料要花钱啊，饲料。赶紧赶到外面去。"

"猫粮什么的便宜得很啦！"

"可也是笔费用啊。"

"那……行不行嘛？"真寻把小猫抱在胸口，抬头看着武泽。这是"工作用"的声音和造型。这个太有杀伤力了，是故意的吧，要么已经成为一种习惯了？总而言之武泽算是彻底了解那些被她骗了的男人们到底是种什么心情了。

"喂，饲料什么的挺便宜的吧？"

"喂，老武。"

"没关系，没关系。"武泽一面含糊地点头，一面仔细端详小猫。仔细看，小猫的头上有一撮毛硬邦邦的。

"像鸡冠一样，这里。"

"那就管它叫鸡冠吧。"

武泽想这名字太不咋样了吧，没有别的名字了吗？武泽上下打量小猫的时候，它忽然用两只小小的后腿蹬了下真寻的手臂。武泽急忙弯腰伸手，但是已经来不及了，小猫灵巧地落到地上，向客厅跑去。

"鸡冠！"真寻开心地叫着，追在后面。小猫好像也很开心地跑。它想跳上放着三个碗的桌子，但是没跳上去，屁股落地掉在榻榻米上，被真寻再度捉住。

"你是男孩子吧？"真寻把小猫翻了个身凑上去看了看，"果然。"

"喂，老武，它是男孩哟。"

"哎哟，这种刚刚长毛的小家伙也有男女啊。"

"有哦，你看。"

"哪儿……啊，真的。小的一点点。"

"老铁也来看看。"

"行了行了。"

在真寻的胳膊当中，新住客鸡冠一副害羞的模样。

"我可不照顾它啊。"老铁气鼓鼓地盘腿坐在走廊里。

# （七）

"嗯……对不起，请问这儿有海豚的饲料吗？"

在中等规模的宠物店一角，武泽向人搭话。对方一下子转过身，皱眉盯着武泽。

"突然这是问什么哪？"

"哎呀，这个，我是快递公司的，正要把海豚的饲料送去池袋的水族馆，但是出了一点儿小问题。"

"嗯？"

"车上的空调坏了，冷冻的饲料全都坏了。还是因为一路漏水才发现的……"

"然后呢？"

"水族馆说他们的饲料已经没有库存了，要是不赶快送过去，恐怕海豚会出问题。我正头疼的时候，看到这边有家宠物店，就来这儿看看有没有办法。不知道这儿有没有沙丁鱼什么的……"

"你想要我？！"

这声音让周围五六个客人和收银台后面的年轻男性店员都望了过来。

"你是因为我长得像海豚才这么说的吧？"

"啊？"

"我可不是店员，只是顾客！这个一看衣服就知道吧？你是故意的吧？你在要我吧？"

"哎呀，对不起，我真的——"

收银台后面的店员慌忙跑了过来，招呼武泽说："对不起，我是店员，您有什么需要的吗？"

"啊，店员。嗯……我想问问有没有沙丁鱼什么的。"

"沙丁鱼……吗？"年轻男子先说了一声"非常抱歉"，然后以郑重的语气表示店里没有预备这些。在他和武泽对话的时候，老铁愤然离开了。周围客人的视线全都饶有兴趣地追着他的身影——更准确地说，是追着他的脸。

"是吗……那对不起，给你添麻烦了。"武泽深深鞠了一躬，也出了店门，沿着人行道走到不远处商店街的拐角，老铁和真寻等在那里。

"怎么样？"武泽这么一问，真寻打开旅行袋给他看。袋子看起来很重。

"五公斤的猫砂一袋。三公斤的固体饲料两袋。味道不同的猫罐头三种，每种三个。还有项圈，挑了红色的。"

"没想到你能扛这么多。"武泽赞叹道。

"果然厉害。"老铁也抱着胳膊说。

拉上旅行包的拉链，真寻扭头问："可是为什么要提海豚呢？连我都差点儿笑起来。"

"靠吵架吸引注意是常见手段。实际上一般人看和不看差不多一半对一半，所以不算是很好的办法。但是，一听那样子的话题，每个人都会盯着老铁的脸看了。"

"啊，原来如此。"三个人踏上回家的路。


"很重吧。"

沿着商店街走着，武泽伸出一只手，不过真寻只把旅行袋的两只提手中的一只递了过来。武泽怔了一下，然后才反应过来她大概是要两个人一起拎的意思。

"行了，麻烦。"

武泽从真寻手里抢过旅行袋扛在肩上。真寻虽然什么也没说，但表情显得有点儿遗憾。这个女生果然还是让人捉摸不透。

"顺路去趟游戏厅吧，那边。"真寻突然改了方向，朝一扇里面传出嘈杂声音的自动门走去。

"真是少有的自说自话啊。"

"因为年纪小吧。"没办法，武泽和老铁也只能跟在后面。

穿过自动门，真寻从牛仔裤口袋掏出钱包，四下打量了一番，然后向旁边的夹娃娃机走去。她往投币口扔了一百日元的硬币，以出人意料的认真表情按下按钮。机器爪子钩到了唐老鸭的屁股，可惜没抓上来。

"机器爪子用得还不够熟练嘛！"

真寻顿时显出怒色，转身就走，向排着电子游戏机的地方去了。接替她位置的年轻男子投入一百日元硬币，瞥了玻璃窗一眼，熟练地操纵机器爪子，轻轻松松地抓住了一只小飞象。

"老武，那玩意儿有什么窍门吧？"

"主要靠经验吧。"

"就是说，by rule of thumb？"

"八艾鲁奥夫萨姆？"武泽在头脑中贫瘠的英语知识里搜索，"萨姆是谁？"

"拇指。这是个谚语，指不通过理论证实，而是单纯基于经验来做的方法。"

"那咱们也体验一回怎么样？难得来一趟。"

"我还是头一回。"

"我也是。"

武泽先投了一百日元的硬币，带着小小的惴惴不安开始挑战一个宇宙人的毛绒玩具，可惜连头都没抓住。

　　"还真挺难。"

　　"哎，让一让。"

　　老铁挤开武泽，投进硬币，抱着胳膊往玻璃窗里观察了一阵，似乎找好了目标，然后像是下定决心一般按下按钮。他的动作很笨拙，但是让武泽没想到的是，老铁操纵机器爪子抓到了一个挺好看的动物娃娃。机器爪子缩回到上面的四方洞口里，娃娃从爪子上掉下来，落到机器下面的出口里。是个白色的小猫。

　　"哦哦，鸡冠的朋友！老武，是鸡冠的朋友！"老铁把毛绒玩具抱在怀里跳了起来。

　　接下来老铁玩夹娃娃机玩得不亦乐乎，转了五台机器，花了整整二十分钟，投了将近三千日元的硬币。可是最初的毛绒玩具看起来只是初学者的运气，之后除了一个毫不起眼的带骰子的钥匙圈，什么也没抓到。

　　"啊，抓到了啊。"真寻回来了。

　　"真寻，瞧，鸡冠的朋友。"老铁对小猫的毛绒玩具很骄傲，可是真寻并没表现出什么兴趣，反而是看到骰子钥匙圈的时候眼睛亮了。

　　"这个好可爱呀！"

　　"啊，是吗？那给你吧。"

　　"挂在鸡冠的项圈上说不定很好。"

　　真寻的手机接到消息，正是三人要离开游戏厅的时候。真寻掏出手机，盯着屏幕看了好一阵。老铁向武泽使了个眼色，显出"是谁？"的疑问神情。武泽摇了摇头。终于真寻合上了手机。

"包给我，我先回去了。想起来要喂鸡冠。"真寻突然说。

武泽虽然满心疑惑，但还是把包递了过去。真寻把两条包带背到肩膀上，丢下武泽和老铁，一个人出了游戏中心。

"什么意思？"

"谁知道。"武泽和老铁只得一头雾水地出了自动门。真寻的身影刚好消失在商店街远处的尽头。她是跑着离开的。

"哎，说到喂食，没有碗吧？鸡冠的碗。"

"啊，是没有哪！不过也不能回刚才的店买了。"

武泽他们决定稍微绕点儿路，去商店街另一头的一家小杂货店看看。一进店门，武泽的目光立刻被货架一头放的白色西洋式杯子吸引了。

"这个可以吧？"

"但是这个好像是汤杯。"

"看起来和鸡冠很配嘛。喏，刚才那个毛绒玩具借我。"

"啊，在这儿。"老铁把小猫玩具放在汤碗旁边，摆了个吃食的造型。

"真是很合适嘛。"

那是个浅浅的白色杯子，只有一只小小的把手，像耳朵一样。武泽用自己的零花钱把它买了下来。

出了商店街的拱廊，只见碧蓝的天空犹如涂了水彩一般，上面飘着几朵白云，充满了春天的气息。真是个让人安心的晴天。人行道的缝隙里探出小小的蒲公英，还开着黄色的小花，好看得简直不像真的。

"哎呀，有歌声……"下了石阶，刚走到家门口，老铁忽然抬头望向二楼。

大开的窗户里面确实传出了歌声。真寻还带了录音机来吗？歌声有点儿耳熟，好像是在便利店之类的地方听到过，是女性的声音。另外还有一个很可爱的声音在合着节拍一起哼唱。

"原来真寻不是只在工作的时候才用那种声音啊。"

"好歹也该关个窗吧。"

二人听了一阵越过二楼纱窗传来的歌声。旋律虽然很清晰，但是歌词有不少地方含混不清，尤其是英语的部分，明显全都是随便哼的。一曲结束，紧接着又响起了另一个旋律。

"心情很好嘛！"武泽一面轻笑，一面开了门进去。他尽力小心不发出声音，免得打断歌声，但是这种惬意的气氛，在看到玄关地板的瞬间消失得无影无踪。

"……这是什么？"

门口有一双从没见过的男鞋，是黑色皮革短靴。

"老武你别堵在门口啊。"老铁在背后催促。武泽横过身子，用眼神示意地上的靴子。老铁顿时伸直了脖子，脸都僵了，问武泽："谁？"

"我怎么知道？"

二人走过玄关，悄悄关门，各自脱了鞋子，蹑手蹑脚走上地板。武泽把给鸡冠买的杯子放在地上，竖起耳朵仔细听，二楼的歌声一直在持续。他把背贴在墙上，沿着走廊前进。老铁跟在后面。偷窥客厅，没人。探头看厨房，还是没人。水槽旁边，鸡冠正把小小的屁股对着门，吭哧吭哧地吃装在茶碗里的猫食。

"我上去看看，老铁你留在这儿。"

武泽回到走廊，踏上通往二楼的楼梯。录音机里的歌声，合着节拍的可爱歌声。武泽走上楼梯。紧挨着楼梯的隔门里面就是让给真寻住的房间。隔门关着，不对，没有完全关上，有一条缝隙。武泽膝盖着地，慢慢把脸向那条缝隙凑过去。歌声慢慢变大，空气中混着烟草的气味。武泽从隔门的缝隙向里面张望——

他不敢相信自己的眼睛。

房间一角是一个穿着黑色T恤的大个男人的后背，胖乎乎的，正在忙碌地动着。地上是黑色的皮夹克，好像也是男人的。然后还有吉他盒、小型CD唱机。男人的身子还在动。留着短发的后脑勺正在向下慢慢移动。移动的目标是对面裸露的胸部。她的歌声微微颤抖，交织着轻笑。

"喂喂……"

武泽的喃喃自语被CD的音乐声盖住了。两只纤细的白色手臂穿过男子腋下，抱住他的双肩，把他拉向自己。男子把她的身体压倒在地上。歌声终于断了。两个人简直像是互相咬噬一样吸吮对方的嘴唇，舌头也交织在一起。

"尽可能快点儿……要回来了……"

不是工作时发出的那种小鸟一样的声音，也不是平时的女中音的真声，而是武泽从没听过的声音——明亮的女声。"遵命。"男子用敬语回答，然后是咔嚓咔嚓的金属声，是男子的裤子拉链被拉开的声音。武泽静静后退。两人的身影从视野里消失了。

什么情况，什么情况，武泽的头脑深处反复念叨着这句没有意义的话，他茫然下了楼梯。CD的歌声渐渐淡去。在那空白的间隙中，可以听见带着笑意的粗重呼吸。接着，下一首歌又开始了。

是工作吧，是真寻的工作吧。那个男人，也许是她在某处找到的冤大头，接下来是要看准机会抢走那个男人的钱包吧。武泽试图

121

这样想，但他自己也很清楚，这几乎是不可能的事情。没有哪个小偷会把冤大头带到自己家来。

"怎么了？"

听到低语声，武泽才想起这里还有老铁。他无声地摇了摇头，催促老铁去玄关外面。

"没什么。那是真寻的靴子。"

"哎，但那是男式的啊？"

"最近好像流行穿男式的靴子。"

"老武，去哪儿？"

"吃饭。去外面吃拉面。"

"真寻呢？"

"在练习唱歌，她不吃了。"

"哎……"

带着脸上挂满惊异的老铁，武泽出了玄关。

在内心的深处，焦躁犹如黏稠的沼气气泡一样浮起。你是谁？在别人家里干什么？！应该朝房间里大吼才对的吧。但是，可悲的是，自己没有足够的理由那么做。真寻不是自己的女儿。不仅如此，她是被自己强行拖入了不幸人生的姑娘。如果不是自己给高利贷帮忙的话，真寻现在应该还过着更加普通的生活。所以，不管真寻做了什么，自己都没有半点儿置喙的资格。

"喂，老武，怎么了？"

"没什么。"

"上回去的马马亭，那边怎么样？"

"哪儿都行。"

怎么向老铁解释自己看到了什么？穿男式靴子之类的，连个像样点儿的借口都算不上。是一边吃面一边说，还是在面条送来之前先挑明？就在武泽这么左思右想时——

"难道……"

武泽忽然意识到某种可能性，可以解释刚才自己看到的那一幕的某种可能性。

# （八）

最终关于在二楼看到的那一幕，武泽什么也没说。他和老铁吃过面，踏上回家的路。

石阶上满是小草的气息。走到下面的时候，武泽看到了真寻的身影。她正背靠在玄关外面的墙上发呆。

"在这儿干什么哪？"

抬起头来的真寻，脸上怔了一下。

"……没什么。"

"不进去吗？"

"嗯，那个……"真寻朝武泽探出身子，正要说什么的时候——

咔啦一声，玄关的门被打开了。武泽和老铁同时转头，真寻也回头去看。

"抱歉！已经完了，可以进来了！"

一个和真寻长得一模一样的女孩。真的一模一样。

武泽口中低低说了一声"果然"。

"哎呀，房东也回来了？打扰了！"

武泽轻轻叹了一口气。真寻偷眼看武泽，像是在打量他的脸色。

老铁瞪大眼睛，张口结舌："你……是谁？"

在女孩回答之前，她背后又出现了一个胖男人。他看到武泽和老铁，赶忙点头示意。

"不好意思，打扰了。抱歉！"

这时真寻转向武泽和老铁，抢着说："这个……总之我先做个介绍。这是我的姐姐弥寻，这是她的男朋友石屋。"

"弥寻？石屋？姐姐？"老铁眨着眼睛，飞快地来回打量两个人。

"石屋可不是职业[1]，是我的姓。"男子这样说着，又点了点头。

"顺便说一句，我的名字叫贯太郎。这不是joke，就是说不是开玩笑，不过上了年纪的人基本上都会感觉我是在说笑话。"

那是个肥嘟嘟的圆脸男人，连声音都是圆圆的，仔细看来个头倒也不是很大，体形像是高大肥胖的缩小版。他的脸像个小学生，从T恤里伸出来的两只胳膊像是婴儿的手臂。整体上刚好可以用"小胖子"这个词形容。

"哎，真寻有姐姐？那，那位姐姐和她男朋友在这儿干什么？哎？"

虽然没有和老铁说，但是武泽当然知道真寻有个姐姐弥寻。七年前被自己逼去自杀的母亲有两个女儿，这件事他当然知道。

那时候姐姐弥寻已经高中毕业离开家了。母亲自杀以后，她把

---

1 日语中某某屋常指某种行当或从事该行当的人。

真寻接到自己的公寓一起生活。

七年前，在放弃了普通人的生活时，武泽首先调查了她们的情况。自己逼死的女性的两个女儿，在那以后变成了什么样子，这比任何事情都让他挂心。武泽伪装成亲属，给她们的母亲曾经工作过的地方打电话，询问两个女儿的情况，然后得知她们住在足立区的公寓里相依为命。武泽还去过公寓一次，亲眼见过两个人的情况。那时候武泽还很吃惊。她们两个年纪虽然相差不少，但长得很像。不过他从那之后一直没有见过姐姐，今天算是第二次。

在上野公园建议真寻搬来自己家住的时候，武泽一直以为弥寻理所当然也会一起过来。但真寻一个人来了。武泽当然什么也不好问，只能一直暗自疑惑弥寻的下落。他想弥寻大概会过几天再来吧。他已经打算好了，如果姐姐来了自己家里，自己一方面要装出有点儿吃惊的样子，另一方面也要把她接纳下来。

可是，那个弥寻居然以这样的方式带着男友一起来了。

这个胖子实在出乎武泽的预料。

"我啊，可是弥寻的保镖。"贯太郎鼓着河豚一样的嘴，回答刚才老铁的问题。

"弥寻说要和两个男人住在一起，我想要是有个万一可就糟了，所以一起来了。"

"哎？住在一起？和谁？"

"不就是——"贯太郎正要回答，真寻拦住了他的话。

"我一直没向你们说，其实我是和姐姐一起住的。"

真寻偷眼看着武泽他们，像是被训斥的孩子一样。

"所以就是说，我被赶出原来那家公寓的时候，姐姐也一起被赶出来了。我没地方去，姐姐也没地方去。"

"所以要住这儿？真寻的姐姐？"

"还有这位男友。"贯太郎用圆圆的手指指着自己。

老铁无视他的插话，接着说："为什么一开始不说啊，真寻？你和姐姐住在一起什么的。"

"我在想，要是一开始我就说自己不是一个人，说不定就不会让我一起住了。瞧，一开始还是一个人比较容易接受吧？"

"哎，这个……"老铁一副不知如何是好的表情望向武泽。武泽无言地抱着胳膊，盯着地面，摆出沉思的模样。

老铁又望向真寻："这两个人怎么知道这个地址的？"

"我发消息的。"

"消息里让他们赶紧过来？趁房东不在的时候溜进来？"

"不是不是。"真寻赶紧摇头。

"其实本来是想好好解释，恳求你们收留他们一段时间的。但是刚才出游戏厅的时候姐姐发来消息说，已经到门口了。所以我赶紧急着先回来了。"

"哎，然后呢？"老铁的话里很罕见地带上了刁难的语气。

"然后，在玄关遇到了姐姐。我说房东很快就回来了，让她等一下，但是姐姐说走累了想先进去，所以我就开了玄关的门。结果姐姐就随随便便跑去厨房喝茶，吃了剩下的柿种，跑上二楼拿出CD，让我出去十分钟。"

真寻一副欲言又止的语气，老铁拦住问："为什么姐姐赶你出去？"

"因为就是那种人啊，没常识的。"

"是哟。"弥寻自己也用遗憾的口气附和道。

真寻接着说："我觉得老武和老铁要是回来就糟了，赶紧原路

126

返回，想要找个什么适当的理由拖你们一阵。比起跟姐姐说这说那的，还是那么做更简单。"

"你姐姐会那么没常识？"

"是哦。"又是姐姐自己很遗憾地回答。

"但是哪儿都没找到你们。我没办法，只好回家，结果看到玄关放了一个汤杯一样的东西。哎呀，你们已经回来过了，这下我完全不知道该怎么办了。"

"嗯，大概经过算是知道了。"

老铁向贯太郎说："真寻的姐姐怎么也用不着保镖。我和老武是出于同行的情谊让她们住进来的，绝对不会对这种女孩动什么坏心思。但是你不行，出去。不对，是出来。"

"你们两位是同志？"

"不是！总之你一个人回去。长这么肥头大耳，不知道一顿要吃多少东西，谁养得起你啊！"

"不要。"贯太郎的脑袋摇得像拨浪鼓。老铁恨恨地说了一声"你这小子"。

"你这算是什么保镖？你为什么不帮帮自己的女朋友还有她妹妹啊？让这两个人住到你家去不就行了吗？连你都一起搬到这儿来住，这不是很奇怪吗？"

"我也没地方住啊。"贯太郎一本正经地解释。

"我和弥寻、真寻一样，也是付不起房租，已经被赶出来快一个月了。因为没处可去，所以上个月开始就寄宿在弥寻她们的公寓。on stage，就是上台的时候，好歹还能有些收入，但是现在完全没人来找我干活儿，基本上算无业状态。"

武泽想起放在二楼的吉他盒。这圆圆的手指和河豚一样的嘴，到底能唱出什么样的歌曲呢？

"也就是说，你也没地方住是吧？"老铁放低了声音，探寻般地问。

"您说对了。"贯太郎挺了挺胸。

"我要和贯贯在一起。"弥寻任性地插话说。

"老武，怎么办？怎么说也不行吧？完全没地方塞两个人，而且其中一个还是这种。"

老铁努努嘴示意说，看上去很不喜欢的样子。对他的动作，贯太郎拿一只手拍了拍自己的肚皮以示回应。

武泽在思考，接纳真寻、赶走弥寻，这么做当然没有道理。但是接纳弥寻、赶走贯太郎，弥寻肯定也不同意。要是一般的房东，这个那个总能抱怨几句，但武泽是心怀歉疚的房东，是欠了巨债的房东。不过这一点老铁并不知道。

"嗯，房子挺大的……我觉得也不是不能住。"武泽含糊地说了一句。

"肯定不行。"老铁强硬反对。他会这么坚持自己的意见，也是少见。

没办法，老武只好想办法试着找点儿歪理说说看了。

"我给你说个原始人和陷阱的故事吧。"

"啊？"

"怎么样，老铁？想象一下我接下来说的情况——包括你在内的六个原始人，在草原上奔跑，追一头小鹿。"

"什么意思？"

"没什么意思。在原始人的编队当中，你是领头的。"

"原始人是变态的意思吗？"

"不是。你们预先在小鹿逃跑的路上挖好了五个陷阱，但是小鹿很灵巧地跳过了陷阱，跑在第一个的你反而没留神要掉下去。不过第二位的原始人超过了你，掉进了陷阱。你换了个方向继续跑，要掉进第二个陷阱的时候，第三位的原始人掉了下去。你又换了个方向，眼看要掉进第三个陷阱的时候，第四个原始人掉进去了。你继续换方向，要掉进第四个陷阱的时候，第五个原始人掉进去了。你又改方向了。最后剩下来的第五个陷阱，第六位的你掉下去了——喏，你瞧，这样一来，五个洞就掉了六个人了。"

"……哎？"老铁伸手托住自己的下巴，很不解地抬头望天，摸着下巴，又说了一声"哎"。

"老铁，只要想装，五个洞也能装下六个人。这个房子里住五个人加一只猫，也不是真不行吧？"

"哎呀，但是老武，不管你怎么说得天花乱坠——"

"所以说，看你思考问题的角度啊。"

接下来又费了半天口舌。到最后发现堵在大门口讨论终究不像样子，大家也就全都进去了。真寻倒了麦茶；弥寻看到衣橱旁边钻出来的鸡冠，娇声尖叫；贯太郎随手抄起桌布擦拭头上的汗，惹得老铁一阵怒吼——不知怎么就变成了一种"哎呀这样不是也不错嘛"的氛围。讨论来讨论去，说到最后还是看氛围吧。

"虽然有点儿挤，但也不是什么问题吧？不管怎么说，只是临时的。"

"他们总没有一直住在这儿的道理嘛。"

"仓廪实而知礼节？"

"好像没什么关系吧？"

就这样，这个小房子里的住客增加到五个人和一只猫。

# 椋鸟

STARLING

# 鸟

# （一）

"哎呀，好像昨天也——"

床上用品店的老板露出饶有兴趣的表情，武泽装作没看见，付了钱。昨天在这家店买了真寻的被子，这一回则是来买弥寻和贯太郎的被子。

"要送货吗？四百日元。"

"有这家伙，没关系。"武泽用大拇指指着身后的贯太郎。贯太郎脸上闪过一道不情愿的表情，不过弥寻一用粉红色的声音说"贯贯加油"，贯太郎顿时意气风发地冲到柜台前面，一下子扛起两套被褥，像是一开始就打算这么做一样。

"贯贯好了不起耶！"

"你男朋友真蠢。"

"可爱吧？很单纯。"

"别说我可爱嘛，弥寻。"贯太郎开心得连魂都没了。

三人出了床上用品店，踏上回家的路。老铁和真寻现在应该正在超市里买三人份午饭和五人份晚饭的原料。

武泽问走在身边的弥寻："买被子归买被子，你们真打算一直待在这儿了？"

"不知道。"

背后传来贯太郎呼呼的喘气声。

"我只说一句，在我们家里可别和那个贯太郎调情。"

"不会发生那种事情的哟！"

"我今天在二楼可看见了。"

"你偷窥。"弥寻看着武泽的眼神好像发现痴汉一样。

"我可没从头到尾看——对了，喂，你。"武泽喊贯太郎。

"你有打算找工作吗？"

"当然……在找。"贯太郎一边擦脸上的汗，一边慢吞吞地走在后面，好像被被褥压垮了一样。

"因为就像刚才说的……表演的委托……已经基本上没有了。"

"你的表演也没人愿意掏钱看吧。"

"贯贯的表演超帅的哟！"

"哎，是吗？我知道了。说是表演，其实就是缩在角落里吧，要么就是躲在后面的。"

"不对……中心……就是正中。"

"唱歌？"

"唱……过。"

有点儿意外。

"什么歌？唱唱看？"

"国王陛下，王后陛下，在箱子上……"

童谣一样的曲调，好像以前没听过。

回到家，老铁和真寻还没回来。鸡冠一边喵喵叫，一边围着武泽脚边打转。武泽给它喂了吃的让它闭嘴，然后指示贯太郎说：

"房间在二楼，你们两个和真寻睡一个房间。"

"哎哎哎，不是单独的房间吗？"

"废话。你也有点儿自知之明好吧。"

"我们和真寻睡一个房间吗？可是，晚上的那个，真寻不高兴的吧？住在公寓的时候就一直抱怨个不停。"

"那种事情别在家里做。这条咱们事先可说好了，绝对不行！"

"哎哎哎，不行吗？"贯太郎向武泽翻了个白眼，"打鼾都不让打啊？"

"你这小子……"

贯太郎是在戏弄自己吧。被耍固然也是自己不够小心，但贯太郎这是什么态度？明明还是自己收留他的。对真寻和弥寻，自己固然怀有很大的愧疚，但对贯太郎，可犯不着这么低声下气地陪他玩。武泽正想说点儿什么狠狠讽刺他一顿，玄关的门开了，老铁和真寻回来了。

"老武，新闻！大新闻！"老铁双手各提着一个超市的塑料袋。什么东西买了那么多啊？

"真寻实际上是个烧菜的高手！"

"说了不是高手。"真寻一脸不高兴地走进来，一只手还提着塑料袋。她抱起刚吃过东西的鸡冠，拿鼻子顶顶它的鼻子。鸡冠在空中摇摆小小的躯体，高声鸣叫。它看起来比武泽他们回来的时候更高兴。红色项圈的咽喉处，挂在小锁上的骰子也在摇晃，就是那个玩夹娃娃机时得到的东西。而小猫的毛绒玩具，因为没人玩，鸡冠好像也没什么兴趣，就被丢在厕所窗台上了。

真寻拿的塑料袋上印着百元店的商标，里面好像是用报纸包着的碟子、饭碗什么的。

"真寻和弥寻住的时候，好像就是专门负责烧饭的哟，一切菜肴都是手到擒来。"

"我说了只会日式的。因为姐姐什么都不做，只好我来做了。烧多了就会了。"

"真寻烧的菜超好吃。"用小指头挠着眼角的弥寻说。

"哎？"武泽半信半疑地去看老铁提的塑料袋。一只袋子里有鱼刨片、日本酒、三温糖、麹味噌、干海带、大蒜、生姜，还有个什么海带茶，然后还有红茶茶包和两大瓶可口可乐。另一只袋子里则是许多蔬菜、猪肋排、木棉豆腐、两条整的青鱼。鱼的袋子上写着"石鲈"。这是真寻自己挑的吗？

"还买了醋啊。"

"嗯，老铁吃面的时候要放。话说，还真花了不少钱啊。"

"一开始把基本的东西备齐，以后就只要买菜就行了。比起净菜划算很多哟。"

"哦，这样啊。"

真寻不知怎么突然像是变了个人。

"嗯。这也是日式料理用的？"武泽把藏在鲈鱼袋子下面的大罐头拿出来看。

"whole tomato……这是西红柿吧？"

面对这个显而易见的问题，真寻略显疑惑地看了看老铁。

"老铁说下回想吃意大利面。我都说了我没做过西餐。"

"那个回头再说，回头再说。"老铁喜笑颜开地把西红柿罐头从武泽手上拿过来，放到厨房的洗碗池下面。

真寻做的三人份的午饭，是炒蔬菜和小茄子的味噌汁。因为武泽和老铁在马马亭吃过面了，真寻只做了三个人的分量。

"高手吗……"

这两个菜自己也能做嘛，武泽略微有点儿失望，从贯太郎的盘子里夹了一点儿炒蔬菜尝了尝。

"嗯……"

"用海带茶稍微调下味，就变成这个味道了。一开始是用生姜和长葱炒，香味也很不错。最后又放了一点儿三温糖，口感醇厚。"

太好吃了。武泽无视贯太郎的抱怨，顺便也尝了尝味噌汁。这个不知道是不是没有什么发挥的余地，就是很普通的味噌汁。不过虽说普通，对武泽而言依然是一种难以抗拒的美味。虽然刚刚吃过拉面，但这时候不禁又觉得肚子有点儿饿了。正好还剩了一点儿味噌汁，武泽盛了一碗，在桌子旁边坐下来一起喝。老铁也是一样。

"真寻、弥寻、真寻、弥寻。"老铁低声自语，把味噌汁里切成长条的小茄子哧溜哧溜吸进嘴里，"容易混淆啊。没人这么说过吗？"

长相相似的姐妹一起摇头。

"我忽然想到，说不定弥寻一开始是叫弥云吧？"

"哎——为什么？"

"因为你看，你父亲不是想管真寻叫真云吗？所以我觉得弥寻是不是也这样啊？"

"啊，有可能。老铁很聪明啊。"

弥寻的态度完全不像是刚认识的样子，不过老铁一点儿都没感觉别扭，这是因为和真寻长得像吗？

"这么说可能有点儿失礼，老铁说不定比外表看起来要聪明啊。"

贯太郎说的这话确实很失礼。难得心情愉快起来的老铁顿时满脸不高兴。不过他喝了一口味噌汁，立刻恢复了平和，又开始向弥寻搭话。

"弥寻今年多大？"

"马上就要二十六了。"

哎？老铁端着碗瞪大了眼睛。

"这么大了？我以为和真寻就差一岁。"

"弥寻是永远的公主。"贯太郎莫名其妙地说了一句，软软的眼睛眯成了缝。

"弥寻也是做这个的？和真寻一样靠这个赚钱？"老铁把食指弯成钩子形状。

"姐姐什么都不做哟。工作也不做，家务也不做，东西也不买，连之前和贯太郎用的避孕套都要我去买。"

这简直像是漫画里的搞笑台词。噗的一声，老铁嘴里的味噌汁喷了出来。

"我可没让你去买哟，明明说的是去偷一盒。我是因为没有真寻那样的技术，才拜托你的嘛。特意花钱去买都是你自作主张。"

"那种东西怎么能偷啊，虽然不大可能失手，但真要被店员看见了，我羞也要羞死了。"

"买的时候就不羞啦？"

"到底有点儿不一样。"

"好了好了。"贯太郎以极其平凡的方式劝说两人，不知道是不是被他那菩萨般的沉稳相貌安抚，姐妹俩立刻恢复了无忧无虑的表情，各自埋头吃饭了。贯太郎露出心满意足的表情，似乎很满意。他得意扬扬地自夸"这也是争风吃醋啊"。

"那种东西本来该你自己去买，年糕。"

武泽隔着桌子说。贯太郎歪过头，向旁边的弥寻低声问："年糕？"弥寻把男友肥嘟嘟的下巴摇得噼里啪啦作响说："贯贯可不是年糕！"

"不是年糕哟！只是有点儿阳痿！"

噗的一声，老铁又喷了一口味噌汁。这一回武泽也喷了。

"什么啊……喂，我说，你真是那个什么？"武泽这么一问，贯太郎连连点头。

"是的，我是阳痿，也就是性功能障碍者。中学的时候，被妈妈说我是未婚先孕生下来的小孩，从那以后就没办法勃起了。"

"被吓到了呀！"弥寻又在摇晃他的下巴。

"啊，真像屁股。超好玩。"

"不要哦。"下巴像屁股有什么好玩的。

"可是，今天在二楼……"

"那是治疗。我在治贯贯的阳痿。"

"治疗……？"

"嗯，治疗。想让他兴奋勃起。虽然还是不行。"

"那种事情不该在别人家里做吧？"

"我是进来的时候忽然想到的。要是和平时不一样的话，贯贯的兴奋度肯定会猛然增加，说不定可以做得很好啊。所以我就让真寻出去了，不过还是不行。"

"阳痿为什么还让妹妹去买避孕套？"

"那也是我想到的点子。因为未婚先孕什么的，贯贯被吓到了。要是营造出不会未婚先孕的情况，是不是就能勃起了呢？这是个很了不起的点子吧。想到的时候，连我自己都很吃惊呢。虽然还是不行。"

"是吗……"武泽瞥了贯太郎一眼。

贯太郎伸手摸着后脑勺说"还是不行"，垂下眼睛。

"呃……总而言之，别再在家里治疗了。"武泽又喝了一口味噌汁。

# （二）

"诈骗是gentlemanly crime，也就是绅士犯罪。这是英国作家亨利·詹姆斯说的。"这天晚上，坐在真寻做的豪华晚餐前，贯太郎一边比手势一边说。

老铁把筷子伸向日式豆腐沙拉，哈地吐了一口气。

"作家懂个屁，说得像真的一样。你让那小子来趟日本，给他来个'绅士犯罪'尝尝。"

"这个豆腐超级软，像屁股一样。"弥寻不自觉地突然打断别人的话，而且她似乎很喜欢屁股。

"完全不一样吧。"

"是啊。总之我喜欢骗子。不管怎么说，骗子是靠技术骗人的，很帅嘛，跟变魔术一样。对了，说到魔术，理想的诈骗和理想的魔术之间的区别，各位知道吗？"嘴里的汤还没咽下去，贯太郎就开口说话，搞得汁水飞溅，不知道是唾沫还是什么。坐在对面的真寻伸手盖住自己的碗。

"嗯，理想的诈骗啊，是对方没有意识到被骗。这是完美的诈骗。但是，魔术要是也追求这种效果可就错了。魔术和诈骗完全相反。要是对方没有意识到自己被骗，魔术可就没有意义了。"

武泽觉得挺有趣，但他又实在不喜欢贯太郎居高临下的口气。

"我说，有没有人喊你死脑筋啊？"

"有啊。还有人喊我死胖子。"

"那还真是可怜。这儿有哑铃，你可以拿它锻炼。总而言之那个什么，什么都不懂的门外汉，别装得好像很牛逼一样，一口一个理想什么的。咱才是靠那个吃饭的。"

"是啊是啊，咱们才是专业的骗子。"旁边的老铁也附和道。然而就在这时候，贯太郎的回答让武泽大吃一惊。

"我说过我是门外汉吗？"

"什么？"

"什么？"

武泽和老铁同时发问。

"专业哦，贯贯。"弥寻一边喝汤一边说。

喵的一声，鸡冠叫了。啊的一声，贯太郎喊了起来。

"我忘了。我听说家里有猫，带了礼物过来。"他一下子站起身，出了客厅，啪嗒啪嗒走上楼梯。

"喂，那家伙是干什么的？和我们是同行？"

弥寻正要回答的时候，贯太郎回来了，自己说了一声"对头"。他身上穿着燕尾服，不过只有上衣。这副模样让武泽不禁吃了一惊，挑起眉毛。老铁张大了嘴。鸡冠迅速转了个身子，做好了随时逃跑的准备。

就在这时，贯太郎突然唱起了歌。

"某一天……小小的房子里……吃晚饭——"还是之前那首听起来像是童谣的奇怪歌曲。贯太郎哼着歌词字数严重超标的歌，重重坐到桌子前面，推开桌上自己的碗碟，腾出一个小小的空间。看起来要搞什么东西。

"蟑螂啊，在那里，豆腐沙拉的旁边……"

"啊？"老铁下意识地望向豆腐沙拉，哪里有什么蟑螂。回头再看贯太郎，不知什么时候，他在面前空出的桌子上放了一个正方形的木箱。

"国王陛下，女王陛下，在箱子上——"

贯太郎慢慢摆动起肥胖的手臂。那手臂像是车子的雨刷一样，在木箱上面晃过了好几次。武泽正疑惑他要干什么，结果看见他在木箱上摆出两张牌——国王和王后。两张牌排在一起，正好把木箱盖住。

"这样一下，那样一下——"贯太郎的歌声在继续，手臂也继续像雨刷一样摆动。

"生了哟——"贯太郎猛然拿走了两张扑克。本该是空空的木箱里面，出现了某个东西。是罐头吗？武泽不禁探头去看。

"是的，给鸡冠的礼物！"贯太郎从木箱里取出罐头，是猫食，而且盖子已经打开了。贯太郎把罐头放到地上，鸡冠露出"哎呀"的表情，凑过来嗅了嗅味道，呼哧呼哧地吃了起来。

"贯太郎，你怎么会这一手？"

"哎，我不是说过，我之前一直都在舞台上表演的吗？"

"舞台……你是魔术师？"

"我没说吗？"

"没听你说过。你不是搞音乐的吗？"

"我什么时候说我是搞音乐的了？"

是没说过。

"可是，你不是说你唱过歌吗？"

"是唱过歌呀，就像刚才那种。"

"贯贯的舞台表演超级好玩哟。一边唱刚才那种歌，一边变好多东西。"弥寻用石鲈的生鱼片蘸着酱油说。

"老武你是不是看到贯贯的吉他盒子，理解错了？"

"理解错了。"

"那个啊，"贯太郎解释说，"那个吉他盒子也是一个魔术道具，还有放道具的功能。也就是说，其他道具全都放在它里面。"


贯太郎好像从小就受欺负，人人都喊他胖子。

"唉，胖也是事实，这么叫也没办法。不过像是鞋子被藏起来、课桌里被人倒麻婆豆腐什么的，到底还是很烦啊。"

贯太郎像个孩子一样抱着胳膊，若有所思地回忆道。

"最不能理解的是炮仗。我被带到公园去，然后大家一起朝我扔炮仗。胖子和炮仗之间到底有什么关系啊？到现在我都害怕炮仗，连花火大会都不敢去看。"

"所以贯贯去学了魔术哟。"弥寻加上一句。

贯太郎很开心地继续说："是的，我想我要是学会了什么本事，就不会被人欺负了。可是实际上学了魔术之后再看，被人欺负其实也算不了什么事嘛。我虽然胖，但是会变魔术；大家虽然瘦，但是不会变魔术。比较起来都一样。各人都有各人的好。现在的我只有一个难以实现的愿望——做个瘦瘦的魔术师。其他就和大家一样了。"

似通非通的逻辑。

桌子上的饭菜差不多都吃完的时候，老铁开始催贯太郎表演魔术。贯太郎装模作样推辞了一分钟，然后仿佛施恩一般说了声"下不为例"，兴高采烈地从二楼拿着吉他盒子下来了。接下来的时间里，客厅里响着贯太郎的古怪背景音乐，桌子上的零钱忽增、忽减、忽而消失，扑克牌站起来、飘起来、走动起来。每个戏法结束的时候，贯太郎都是一副露骨的自傲神情。不过每个戏法都很有看头，武泽最喜欢的一个，是把手帕放在榻榻米上，然后用那种类似赶潮时候用的塑料耙子在上面挠，就会挠出浅蜊来。

"那个……浅蜊小子……榻榻米……的关系……"

耙出来的浅蜊虽然是肚子里塞了纸浆的假货，但要是事先做好准备，似乎也可以耙出真的浅蜊。

"这些道具都是从哪儿买的？"

武泽问的时候，贯太郎露出得意的神色，摇了摇头。

"全都是自己做的哟，全部。"

"那倒真是挺了不起的。可是贯太郎，你为什么会没工作呢？我觉得很好玩啊。"

身穿燕尾服的贯太郎抱起胳膊，显出严肃的表情："我这些戏法，都有一个严重的缺点。"

"什么缺点？"

"观众无法参与。他们只能看我一边唱歌一边变魔术。要说怎么样能让观众兴奋、吃惊，说到底还是让他们自己亲身参与更好。可惜我的魔术做不到这一点，所以是个缺点。"

"那你偶尔也换个方式不就行了吗？让观众一起参与。"

"不要，"贯太郎立刻说，"我喜欢现在这样。让观众欣赏我的歌声和魔术，而不是参与进来。"

"死不肯改，到最后没了工作不也没意义吗？"

"没工作就在这种地方表演表演不也挺好嘛！房东赶不赶我走、能不能赚到钱，这些我才懒得管。"

"不管怎么说，还是早点儿找工作去。唉，难得会变魔术，要是有能靠这个赚钱的生意就好了。"

武泽随口说了这一句。这时候的他并没想到，不久之后自己真的会和贯太郎一起"做生意"。

"说起来，那家公寓的房东赶我们出来，说不定也是件好事呢。"弥寻说着，从KOOL的盒子里抽出一支烟叼在嘴上。贯太郎立刻递过打火机点上。

"什么，都被人赶出来了，还说是好事？"

"嗯。那家公寓啊，最近总有古怪男人在附近转悠，躲在树荫里，我和真寻出来的时候，就会鬼鬼祟祟朝我们看，感觉很讨厌的哟。"

"嗯，感觉很讨厌。"

"变态男？"

"对。本来想让贯贯去把他赶走，可是贯贯胆小得要命，一点儿用也没有。"

"哎呀，那家伙太壮了，绝对打不过他嘛。我本来就讨厌暴力。"

"喂！"武泽拦住了他们的对话，"那是个什么样的家伙？长什么样？"

"没看到长相哟。我们一朝他看，他就立刻把脸背过去了。我眼睛又不好。"

"是谁？"

"所以说不知道啊。"

武泽看了老铁一眼，老铁也在朝武泽看。

"有个高个子的奇怪男人来到店里，问了好多——"这是豚豚亭的店主说过的话，据说是在问武泽的情况。

还有"我家里也好几次接到奇怪的电话。那个人说话带着呲呲的声音，非要我告诉他你在什么地方""是的是的，是一个叫火口的人"。

会有关系吗？这几件事情之间，会有某条线把它们串在一起吗？不，不会的。虽然知道火口是在调查武泽的情况，但他完全没有理由在真寻和弥寻的公寓附近出现。她们是当初武泽在火口手下"拔肠子"的时候被逼自杀的母亲留下的孩子。火口应该没有理由在这两个人附近转悠。

武泽慢慢地深吸一口气，掩饰内心的惊慌问："你们来这儿的时候……没被那个男人看到吧？没人偷偷跟在你们后面吧？"

弥寻和真寻对望了一眼，然后一起向贯太郎望去。三人分别点了点头。

"应该没有吧。"弥寻回答。

"因为那种感觉很讨厌，所以出来的时候我们很仔细地看过四周。"

"是吗。"虽然心头依旧笼罩着暧昧的疑惑，不过武泽总算暂且放了心。但是，到底对什么放心，武泽自己也不知道。

咔嗒咔嗒的，老铁的手指神经质地敲着桌面。

# （三）

后来，武泽、老铁、弥寻三个人开了真寻买来做菜的日本酒，真寻泡了袋红茶，贯太郎在玻璃杯里倒上可口可乐。问他要不要喝酒，贯太郎举起可口可乐的瓶子一脸得意地说"我只喝这个"。老铁没用阿拉蕾的杯子，武泽悄悄问他原因，老铁说"不好意思"。确实，在这种场合拿出那种杯子，天晓得会被嘲笑成什么样。

"说起来有点儿什么，那个，好像一家人哪！"

贯太郎像是喝糖水都能喝醉，一只手举着玻璃杯，嘿嘿地傻笑。武泽哼了一声，没理他。不过的确，这个世界上，有血缘关系却又形同陌路的人太多了，偶尔能有几个陌生人像是亲人一样也不错。

喝得差不多的时候，真寻和弥寻借了贯太郎的扑克，开始在榻榻米上玩二十一点。贯太郎又挥舞筷子开始收拾桌上剩余的饭菜。老铁刚刚还苦着脸一副若有所思的模样，现在已经躺倒在榻榻米上，张着嘴睡得好像死猪一样。在他肚子上面，鸡冠的眼睛眯成两道缝在睡觉，好像也是吃猫食吃饱了。老铁从来不像喜欢动物的人，收养鸡冠的时候也很反对，但不知怎么鸡冠总是喜欢黏着他。真寻一边打牌，一边时不时抬起头张望，看到鸡冠在老铁肚子上睡得正香，一脸无可奈何的表情。

深夜，大家都睡下了，关了灯的客厅里，武泽听着旁边老铁的鼾声，睁着眼睛望着昏暗的天花板。就在这时，他忽然听到有人低语。

"睡了吗？"穿着T恤和短裤的真寻站在客厅门口。

"怎么，上厕所吗？"

"不是。贯太郎打鼾的声音太吵，我逃出来了。"真寻的手指插在头发里乱挠，打了个大大的哈欠。

"可是，没别的地方睡了。"

"没关系，这儿就行。"真寻接下来的举动让武泽一下子没有反应过来。因为她的动作非常自然，简直就像理所当然的一样。

"……喂！"武泽支起身子，盯着钻到自己被子里的真寻。

"嗯？"

"嗯什么？你干吗？"

"在这儿睡觉。不行吗？"

"不是行不行的问题。你在想什么哪？"

真寻没回答，枕着自己的胳膊，闭上眼睛。

"在这儿睡，老铁打鼾也吵啊。"

真寻的头发散发出甜美的气息。武泽不知道怎么办才好，僵着身子愣了好一阵。在这期间，真寻的呼吸变得缓慢而规律，好像睡着了。武泽把手脚一只只小心翼翼地挪开，静悄悄地移出被子，把真寻的头轻轻抬起，在下面放上枕头。真寻没有动。

武泽在昏暗的客厅里盘腿抱着胳膊坐了五分钟，终于钻进老铁的被子闭上眼睛，但是因为没有枕头，只好又爬起来，叹着气把扔在房间角落里的五公斤铁哑铃塞进垫被下面。

# （四）

"喂，你妹妹怎么回事？"

吃过早饭，趁着真寻去更衣室开洗衣机的空隙，武泽悄悄问弥寻。厨房方向传来老铁指导贯太郎怎么洗碗的声音。

"什么怎么回事？"弥寻盘腿坐在矮桌前，正在喝餐后的速溶咖啡。她挑起没有描过的眉毛，似乎很不解。

"昨天晚上她突然钻进我的被子了。"

昨天夜里，因为老铁的鼾声近在咫尺，武泽几乎一直没睡着。今天早上一大早真寻爬出了旁边的被褥，上了二楼，武泽才终于回到自己的被窝，小睡了一会儿。武泽简单介绍了经过，弥寻啊了一声，显出恍然大悟的神色。

"难怪昨天夜里没找到她。我醒过一次，看到她不在旁边，当时还觉得奇怪，原来是在你那边啊。"

"什么叫原来是在我这儿……这也太奇怪了吧？贯太郎的鼾声再怎么吵，也没有突然钻到我被子里的道理吧？"

虽然武泽苦着脸，但是弥寻好像并没觉得有什么奇怪。

"那孩子是大叔控哟！"

"大叔控。"武泽跟着重复了一句。弥寻点头说："对，大叔控。"

"而且控得很极端。看电视电影什么的时候，那孩子只看大叔主演的。例如悬疑片之类。CD也只听大叔的。"

弥寻举了好些具体的"大叔"名字。其中既有演技派，也有偶像派，种类颇为丰富，但上年纪这一点是共通的。

"那孩子偷钱的对象也全是大叔。很难说是不是故意想惹大叔生气，被大叔原谅什么的……因为你看，她还从来没有经历过这些事哪。所以，昨天晚上只是和你一起睡觉，也没做什么奇怪的事吧？"

"这是肯定的。"

弥寻把马克杯举到嘴边，含混地说："那孩子想把你当成自己的父亲哪。"

"你们的父亲，是什么样的人？"

"完全不记得长相了，不过不知怎么就是有种非常巨大的印象。记忆当中好像话很少……"

"那和我完全不一样啊。我个子又不高，而且基本上就是靠一张嘴吃饭。"

"这我可就不知道了，大概是某种感觉吧。不管怎么说，那孩子对父亲的了解比我还少。父亲走的时候，她还是个小毛孩呀！"弥寻放下马克杯，低头望着杯子里微微散出的热气，换了一种语气，"我觉得比起真正的父亲，你要好太多了呀！"

"什么意思？"

咚的一声，弥寻把马克杯拍在桌上。

"我到现在也不能原谅父亲。就因为父亲走了，妈妈才会那么辛苦，到最后还被债主逼死。"

"啊……好像是，我听说了。"武泽不禁垂下了头。

"我们连和妈妈都相处得不太好。家里没钱，连笑声也没有。我们看到的，永远都是为生活操劳、焦躁、叹息，因而日渐消瘦的女人。没有半点儿妈妈该有的那种感觉。"

弥寻微笑着望向武泽，武泽别过脸抱起胳膊。春天的朝阳从窗户照射进来，洒在矮桌的桌脚上。

"我从小学的时候开始，基本就不怎么和妈妈说话了。为什么只有我家是这个样子，为什么家里没有爸爸，为什么妈妈的眼神总是那么可怕，我一直都在想这些问题。然后，因为想来想去都想不明白，我就不说话了。从学校回到家里，直到睡觉，我都一直不说话……"

"两个人都是这样吗，你和你妹妹？"

弥寻想了想，摇摇头："真寻可不一样。那孩子很喜欢笑，经常和妈妈说话，很外向的。"

"原来妹妹和妈妈更亲呀！"

年长七岁的姐姐，感觉到自己家的怪异，然而对此无能为力，只好放弃，一直保持沉默。而妹妹因为还不懂事，想不了太多，所以快乐生活。是这样的吧？不过事实并非如此。

"完全相反哟。"弥寻的眼睛望着别处说。

"那孩子是在演戏哟。每天都是演着戏过日子的。她想只要自己快乐了，这个家就快乐了——不对，说是演戏也不对。总而言之，那孩子在自己建造自己的世界。这一点我是知道的。但是什么也不能说，说了她就太可怜了。"弥寻用力眨了好几下眼睛，转过来看着武泽。

"偷钱什么的，简直可以说是她的天职。我想，在她最后伸手偷钱的那一刹那之前，真寻都不认为自己是在骗人，或者说是在演戏。她编出了一个故事一样的世界，然后自己全身心地投入进去了。所以一般人绝对看不穿。"

确实，"搞笑警察"那次，在看见她从对方上衣口袋掏走钱包之前，武泽一直没看出她是小偷。

"你最好也小心一点儿，别被那孩子骗了。"

武泽正不知道回答什么的时候，弥寻笑了起来："现在再小心也迟了，你已经被她骗了。"

"被骗，我吗？"

弥寻点点头，一口气喝干了咖啡："贯贯虽然长得那样，其实不打鼾哟。"

# （五）

"果然还是父母都在最好啊。阿嚏……"

"不管怎么样的父母，在都比不在好啊。阿嚏……"

在勉强能称为套内走廊的狭小地板上，武泽和老铁两个犹如一对老夫妻并排坐着慢慢品茶。屏风前面，瑞香花的叶子在春风中摇摆。

武泽正把从弥寻那里听来的她们孩提时代的事情说给老铁听。

"我说老武，伸手给我看看。"老铁忽然把茶杯放到一边。

"跟贯太郎学魔术了？"

"不是不是。啊，一只手就行了。以前听人说过一件事儿。"

武泽不明白老铁葫芦里卖的什么药，不过还是照他说的伸了右手出来。

"老武，你知道每根手指都叫什么吗？"

"你当我是傻子啊？拇指，食指，中指——"

"不是这个，是另外的叫法。喏，就是大人教给小孩子叫的那种。"

"哦。"武泽把右手手掌举到面前，一根根数过去。

"爸爸指，妈妈指，哥哥指，姐姐指，小孩指——是说这个？"

"对对，就是这个。"

一直到上小学，沙代都是这么叫自己的手指的。

"爸爸指和妈妈指能贴在一起吗？"

听老铁这么一问，武泽把拇指和食指贴在一起给他看："这个很简单吧。"

"那，爸爸指和哥哥指？"

"能行哦，瞧。"武泽把拇指和中指的指尖轻松贴在一起。

"爸爸指和姐姐指，还有小孩指，也能贴在一起吧？"

"能啊。"武泽照做，都很简单。

"好，现在用妈妈指来做同样的事情。"

"这样？"武泽把食指依次和中指、无名指、小指贴过去。

武泽不禁轻轻哼了一声。只有小指很难和食指接触。虽然也不是不行，但手指的倾斜角度很勉强，肌肉也感觉绷得紧。

"妈妈和小孩，不太好凑到一起吧？"

"嗯，很难。"

"那，拿爸爸指帮妈妈指看看。"

武泽用拇指压住食指的中间。

"啊，贴到了。"

借了拇指的力量，本来很难触到的小指，可以用食指触到了。

老铁把茶杯拿起来，长长地轻声吁了一口气，像是空气从轮胎里漏走的声音。

"果然还是父母都在最好啊。"

武泽也喝了一口茶，低头盯着自己的手，再一次让爸爸指和妈妈指合力贴向小孩指。分开、贴上、分开、贴上。反复做了几次，武泽渐渐感觉自己好像能在指尖看到人脸了。拇指是武泽，食指是雪绘，小指是沙代。与此同时，拇指是身份不明的无脸人，食指是那个在公寓玄关前抬头看自己的母亲，小指是真寻，无名指是弥寻。

　　武泽用自己的手指模拟两个家庭。拇指和食指搭在一起贴到小指上，这是武泽以前的家。后来，三根手指中的一根——雪绘死了，武泽把食指从家里移开，拇指和小指还紧紧贴在一起。然后，沙代被杀了，武泽把小指从拇指上移开。孤零零剩下的一根是武泽。膝头的拇指又短又粗，看起来飘摇不定的模样。再来一次。拇指、食指、无名指、小指，聚拢到一起，做成四个人的家。这一次一开始就把拇指移开，于是剩下的三根手指之间出现了小小的缝隙。接着把食指移开，只剩下无名指和小指，弥寻和真寻。这两根手指，现在和刚才剩下的拇指一起生活。

　　武泽抬头仰望天空。越过生着青苔的矮墙，天空中飘着几朵淡淡的白云。

　　"啊，对了老武，现在住在这个家里的人刚好也像手指。一共五个人，从小指开始数，真寻、弥寻、贯太郎、老武——"

　　"喂，我说——"

　　"嗯？"

　　"我不要当妈妈指，我可不是同性恋。"

　　"老武是食指哟。"

　　"我讨厌同性恋。"

　　老铁笑了："不要这么认真啦。"

　　他一边笑，一边盯着自己的手掌。

　　"只是说手指而已。"

　　武泽也再一次低头看自己的手掌。

　　"是说手指啊。"

两个人断断续续交谈的声音，越过矮墙，融入天空。

这天晚上，吃过晚饭，武泽嘟囔了几句，说生活费有点儿不够用了，老铁立刻拽出他的工具箱。

"我到附近小做一笔生意吧。"老铁把工具箱里的开锁工具偷偷给武泽看了一眼。

"撬锁？"

"偶尔我也一个人去做它一笔。老武你就在家里喝茶吧。"

"不过……"

武泽很不喜欢盗窃。但是眼下没工作的房客这么多，这话也说不出口。不管怎么说，诈骗和盗窃其实也没什么区别。贯太郎说什么"诈骗是绅士的犯罪"，其实如果说撬锁是鼻屎，诈骗最多也就是眼屎罢了。

"哎呀，老铁，要出去？"正在洗衣服的贯太郎扭头问，"我有事要你帮忙，能等一下吗？"

"有事找我？喂，贯太郎——啊，浑蛋，地板又湿了。"

老铁从水池下面拿出抹布，一边抱怨，一边跟在贯太郎后面擦地板。贯太郎不管老铁，咚咚咚跑上二楼，过了一会儿又跑了下来。还湿着的手上提着一个纸巾盒大小的铁箱，看起来很结实的样子。箱子上没有任何装饰，是个四四方方的黑色箱子，正面正中有个锁孔。老铁问这是什么，贯太郎说是魔术的小道具。

"帮忙开一下这个箱子吧，钥匙丢了。"

"自己开。"

"我开不了啊。"

老铁板着脸，从工具箱里拿出开锁工具，盘腿坐到地上，开始摆弄铁箱的锁孔。途中鸡冠也凑过来盯着老铁的动作看，那眼神好像看着父亲修理电风扇的儿子。但是不知道是不是锁的构造不同，贯太郎的箱子最终也没能打开。

"这玩意儿不是普通的锁，开不了。放弃吧。"

"唉。"贯太郎发出遗憾的声音。老铁把铁箱推到贯太郎的胸口，朝鸡冠挥挥手，提着工具箱径直出了家门。

"里面是什么？"武泽这么问的时候，贯太郎咧开厚厚的两片嘴唇，嘻嘻笑了。

"这可是秘密。"

果然是让人搞不懂的家伙。

过了大约一小时，老铁带了十二万现金回来了。武泽、贯太郎、真寻、弥寻，全都鼓掌欢迎老铁和现金，老铁一副既害羞又自豪的模样。看起来不甚可靠，其实很靠得住，这就是老铁吧。

# （六）

"老武，有件事要和你说说。"

武泽在客厅看智力竞赛节目的时候，老铁凑过来一脸严肃地说。这是第二天傍晚时候的事。真寻和弥寻在二楼听音乐，贯太郎拿了本填字游戏的杂志钻进浴室，已经待了快一个小时了。武泽虽然很想说买它不如买本求职杂志，不过目前还在忍着。

"是真寻和弥寻的事。"老铁放低声音，用食指指指天花板。他的另一只手上拎着东京都指定垃圾袋。

"我刚才看到了很不得了的东西。"

"不得了的东西？"

"喏，明天是扔垃圾的日子，我就去二楼收垃圾。然后她们房间的门刚好开着一条缝，里面传出音乐声，还听见她们说话的声音。"老铁把手掌搭在耳朵上，做了个侧耳细听的姿势。

"她们的谈话里啊，我听到说起钱什么的。两个人说话好像特别小心，反而惹得我好奇了。然后就像刚才那样，房门开了一条缝——"

"你就偷窥了？"

"只是看看而已。我就偷偷凑过去——"

"这不就是偷窥吗？"

"哎呀，你别打岔。"老铁说着，上半身凑得更近了，一只手搭在武泽肩膀上耳语，"我从门缝里偷偷一看啊，不得了，看到好多钱。"

武泽不禁瞪住老铁的眼睛，老铁也保持着手搭武泽肩膀的动作，一脸严肃地回瞪他。两人就这么对瞪了半晌，忽然间传来啊的一声，从浴缸里爬出来的贯太郎正站在客厅的入口，一只手拿着填字游戏的杂志，套着T恤的肩膀上还冒着热气。他口中低低说了声"果然"，转身就要离开，武泽赶紧叫住他："你别想歪了啊。"

"哎呀，我什么都没想。我只是不想打扰你们二位。"贯太郎圆圆的脸扭过来说。

"那，我和你们一起待在客厅里行吗？"

"啊，当然没问题……呃，最好还是不要。"

"瞧，果然吧。"

贯太郎把地板踩得咚咚作响去了厨房，在水池上拿了一个玻璃杯，打开冰箱门。鸡冠从他身边钻过，正要跑进客厅，贯太郎一只手抱起它，在它耳边低声说什么"不能过去"之类的话，武泽也懒得再解释，重新转过来问老铁。

"那，有好多钱？"

"对对，有好多。"老铁压低声音说，不让厨房里的贯太郎听到。

"就在真寻带过来的那个旅行包里面随便放着。全都是一万日元的纸币，恐怕有两三百万日元。说不定更多。"

"不懂会话礼节的鸟，叫什么来着？"贯太郎从厨房回来了。他把冒着热气的填字游戏杂志放到榻榻米上，大约一半的格子里填着铅字一样工工整整的字。

"这里，竖的第十二个。这个提示怎么也搞不明白。有种鸟会突然飞过来嘎嘎叫几声就飞走，江户人由此把不懂会话礼节的人叫□□□□。"

老铁咂了咂嘴："这不是在说你吗？"

"'贯太郎'字数不对，而且也不是鸟。"

"那就是starling。赶紧出去。"

"请说日语。我说英语只是装装样子，其实完全不行。"

"我们现在在说要紧事，别烦我们。"老铁不耐烦地这么一说，贯太郎歪着头说了一声"哇，真凶"，也没拿榻榻米上的杂志和铅笔，垂头丧气地出去了。

武泽对老铁说："你看错了吧？她们不可能有那么多钱啊。"

"确实有那么多钱。"老铁虽然声音低，但说得斩钉截铁。

"而且她们在商量很奇怪的事。那些钱放在她们两个中间，两人在说什么'扔掉''不扔'之类的。"

"钱……没有扔掉的道理吧？"

"你的表情别那么吓人啊。她们这么说的，我也没办法啊。我说老武，你觉得这是怎么回事？那两个人明明很穷，还要扔钱？我本来还想继续往下听，结果我在偷窥——呃，不是，是我在看的时候被真寻发现了，她怒气冲冲地过来用力关上了门，所以只听到这么多。"

"是你什么地方弄错了吧？"

老铁似乎对武泽这种不太拿自己的话当真的态度有点儿不高兴，嘴里吐出长长的一声不满的叹息，手里拎着垃圾袋重新站直了身子。

"反正我是不知道怎么回事，搞不好会被卷进什么莫名其妙的事里。那两个人肯定隐瞒了什么事。我已经告诉过你了，以后就不关我的事了。要是遇上什么事情，你自己一个人解决。"

老铁像是赌气的孩子一样一口气说完，出了客厅。不过他立刻又转回来，把客厅垃圾桶里的垃圾倒进袋子，又出去了。

武泽仰面躺倒在榻榻米上。一直压抑着的沉重情感，缓慢而黏稠地流入心中。

"是要扔掉吗……"

果然如此……这是武泽真实的想法。


真寻的旅行包里装的钱是从哪儿来的，武泽很清楚。

那正是武泽自己送去的。那是在这七年里，自己送给两个人的东西。七年时间，每次武泽只要弄到了钱，除了留下自己必需的生活费，剩下的钱全都会送到两个人的住处去。

装钱的信封上没有署名，不过在第一封信里附了一张纸，坦白当年正是自己害死了她们的母亲。不这么解释清楚，这钱就显得不明不白，她们恐怕不会用。所以七年间不断收到的这些钱，她们应该知道是什么钱。

但是两人似乎一直都没动过武泽送的钱，哪怕是在缺钱缺到将要被赶出公寓的时候——虽然武泽心里也知道会有这种可能性，但亲耳听到的时候，心中还是禁不住异常苦涩。然而随后武泽又意识到，连这种感情里也有某种狡猾的反面情绪，心中更是痛苦莫名。

武泽的头侧到一边，看见鸡冠正趴在榻榻米上看着自己，表情似乎很惊讶。

比起迷路跑来这里的时候，鸡冠已经大了一点儿，胡须、尾巴什么的也有点儿像猫的样子了。"孩子"的成长很快啊。

武泽躺在榻榻米上，盯着鸡冠看了半晌。鸡冠转了个身子，屁股朝着武泽，跑去了窗户旁边。它斜着身体，开始用前爪咯吱咯吱地挠窗框。它是要去外面吗？

"外面危险哦。"

榻榻米上放着贯太郎丢下的填字游戏杂志和铅笔。武泽把它们拉到自己身边，在竖的第十二条上写下"白头翁"（日语ムクドリ）几个字。

以前租的地方也有棵不知名的小树，每到夏天就会结出许多红色的果子。和这里的瑞香花一样，刚好也是种在房间和外墙之间的地方。武泽记得那棵树只要一结出果实，必定有白头翁飞来，一边叫个不停，一边拼命啄食。雪绘死的第二年，某个夏日的星期天，武泽和沙代躺在房间里，模模糊糊地看着白头翁啄果子。窗玻璃上还隐约残留着年末大扫除时雪绘擦玻璃留下的痕迹。

"它们最后都会带一个回去呢。"沙代忽然说。

每只白头翁，在树上吃了一阵之后，最后必定会在嘴里叼上一颗果实飞走。

那一定是给窝里的孩子们带回去的食物吧。白头翁的孩子们，看到爸爸妈妈带回给自己的红色果实，一定会一边发出口齿不清的鸣叫，一边开心地吃吧。吃完以后，白头翁又会从窝里飞出去，寻找新的食物。

如果有一天，白头翁被散发着血腥气的猛禽袭击了，然后那只猛禽爪子上抓着白头翁的尸体，嘴巴里叼着红色的果实出现在鸟窝，孩子们会吃那果实吗？

绝对不会吃的。

孩子们绝对不可能从杀害父母的可恨猛禽嘴里接受果实的。


日头西倾，新闻节目结束的时候，真寻来到厨房，开始准备晚餐。弥寻在客厅里无所事事地抽着KOOL烟，贯太郎在她旁边随时听候吩咐，等着给她的新烟点火。

上过厕所，正要回客厅的时候，武泽看见老铁在走廊对面朝自己一个劲挥手。武泽探头露出疑问的神情，老铁没说话，只顾着招手。

"什么事啊？"武泽来到老铁身边。老铁伸出食指指着头顶。

"刚才那个钱的事。你不是说我看错了吗？那就请你自己去看看。趁现在大家都在下面的时候，应该能看到。"

武泽一下子不知道怎么回答。自己送出去的钱，不管自己再怎么看，也只是徒增伤感。

"可是随随便便偷窥别人的房间总不太好吧，而且还是年轻姑娘的房间。"

"那房间贯太郎也在用，不是三个人住里头的吗？而且这是我和你租的房子啊。"

"嗯，话是这么说……"再要找借口的话，老铁说不定会起疑心。

武泽偷偷回头扫了一眼。真寻正越过水龙头向客厅探头张望。电视里好像正在放什么好笑的节目，弥寻和贯太郎笑得前仰后合。

老铁努努嘴，示意武泽上楼："又不是去看人家的日记书信什么的，没关系的。"

"嗯，那……"武泽无计可施，只得慢慢往楼上走，老铁紧跟在后面。不知什么时候鸡冠也跑过来跟在老铁后面，老铁回头小声"嘘"吓唬它。鸡冠被吓到了，笨手笨脚地跑下了楼梯。

房间的隔门开着。

"装钱的旅行包就在那堵墙边上。"

六叠的房间，好像是按照真寻、弥寻、贯太郎的顺序从左到右分配的，对面左边放着真寻的东西，右边是弥寻的衣服用具，乱七八糟地堆在一起。贯太郎的吉他盒也在里面，乱放的衣服都要把吉他盒盖住了。

武泽挑起眉毛。不知从哪里传来些许让人怀念的气息，微酸的、人工的气息。

"哦。"房间左边角落的垃圾桶里扔了一张口香糖纸。揉成一团的银色纸和细长的紫红色包装——乌梅口香糖，沙代喜欢的口味。那是真寻吃的吗？紫红色包装纸上的图案，和沙代那时候吃的没有什么不同。武泽不禁跪在垃圾桶前，伸手去拿包装纸。

"老武……"

武泽顺着这一声往回看，只见老铁正在房间外面，用一种难以置信的眼神望着自己。武泽赶忙缩回手。

"不不不，我不是对垃圾感兴趣，是因为看见口香糖……"

老铁的表情显得更加惊愕，眼珠瞪得都要掉出来了。武泽觉得再说下去只能越描越黑，只好闭上嘴，朝本来的目的地转过去。

"是这个？"拉过真寻的旅行包，武泽抛开犹豫，拉开拉链。只见最上面有一个扎起来的塑料袋。

"就是那个，就在那个袋子里。"

"哪个？"武泽一边明知故问，一边解开塑料袋。袋子里面确实装着好多钱。和老铁说的一样，放得很随便。

"哪，真的吧？里面真有两三百万吧？"

"啊，说不定真有。"

"'说不定真有'是什么意思……老武，你怎么一点儿都不吃惊啊？"

武泽越发生出一种无地自容的情绪。看着未被使用的自己的钱，他的心中苦涩不已。事到如今，再在老铁面前演戏，实在太愚蠢了。武泽轻轻吐出一口气，把塑料袋塞回旅行包，正要拉上拉链——

他的手停住了。

那个小袋子塞在旅行包的角落里，装着记事贴和零钱的袋子。装着被武泽害死的母亲的遗书和全部财产的袋子。透过有点儿脏的半透明塑料袋，可以看见记事贴上的字。似乎是用铅笔写的"对不起"。胸口一阵针刺般的痛苦，武泽闭上了眼睛。然后，再次睁开眼睛的时候，武泽注意到包里还有一个同样的塑料袋。那是什么？是折成细长条的信笺般的纸。武泽悚然而惊，难道那也是遗书？真寻说母亲的遗书只是一张记事贴纸，也许当时她说的只是那个袋子里面的东西，也许她的母亲在别处还留下了一封长长的遗书。塑料袋口仅仅扭了几圈，并没有扎上。武泽近乎下意识地打开袋口，伸手取出里面的纸。那是竖版格式的信笺，按照同样的方向折了两道。

"老武，你在干什么？"

武泽展开信笺。似乎是用圆珠笔写的，很有特点的文字，长长短短地铺展在信笺上。

"这……"

不是遗书。


琉璃江：

　　关于我的工作，一直在骗你，非常抱歉。

　　我并没有想要一直瞒你。从很久以前开始，我一直想找别的工作。

　　如果你下定了决心，我也没有办法。随信附的离婚协议已经盖好了章。你可以直接寄去民政局。

　　我很想看弥寻的学艺会，也想听真寻叽叽呱呱说话。

　　对不起。


　　　　　　　　　　　　　　　　　　　　　光辉


武泽像擦窗户一样反反复复地读这封信。琉璃江是弥寻和真寻的母亲。不会错的，这是被武泽害死的女性的名字。这样说来，这个光辉——

"是她们的……父亲吗？"

"父亲？"老铁也在偷看这封信。他读过上面的文字，喉咙里发出一声低低的叹息，脸上显出苦涩的神情："是离家之后不久写的吧，总觉得有种悲哀的气氛啊。"

真寻是把这封信和母亲留下来的记事贴、零钱一起小心收藏的。也许对她来说，这也是如同遗物一般的东西吧。在抛弃女儿的意义上，她的父母是一样的。

不能看太久，武泽迅速把信笺重新折好，正要放回袋子的时候突然又停住了。他的目光再一次落在圆珠笔写的字上。

"怎么了？"

"嗯？"头脑的某个角落里生出一种奇怪的感觉。仿佛钩到了某个东西，好像是贴在墙上的海报破了一个小洞，汗衫上留了一点儿汗渍，虽然都是很小的地方，可是一旦注意到了就很难再无视。但那种感觉究竟因何而起，骤然间还真弄不清楚。不对，等等，是了。

"这个字……我见过。"

武泽终于想到这种感觉从何而来了。这个笔迹自己曾经在什么地方看到过。是在哪里呢？

"是你的错觉吧。这明明是她们的父亲写的字啊。"

"哎……是吧。"说不定真是错觉。

嗯，是错觉吧。武泽再次把信折好，放进塑料袋里。


"认识你这么久，这一次是最让我吃惊的一回……啊，对不起。"

"一直都没什么机会说……哦，不好意思。"

昏暗的厨房里，武泽和老铁两个人直接坐在地上，互相给对方杯子里倒酒。家里的电灯都关着，从磨砂玻璃外面照进来的月光，让两个人中间的一升装酒瓶浮现出苍白的颜色。

　　等到客厅里的三个人上了二楼、静静睡着之后，武泽借着酒意，把一连串事情——与之重逢、邀来同住的那一对姐妹，其实是被自己逼去自杀的女人的孩子——逐一向老铁道明。

　　"那，刚才书信上那个'琉璃江'就是……"

　　武泽点点头。老铁长长吁了一口气，露出笨拙的微笑。

　　"你让他们三个住在这儿，就是因为这个原因吗？贯太郎算是买二送一吧。"

　　"嗯。所以就是说，为了给自己赎罪，把老铁你也给拖进来了。嗯……贯太郎算是买二送一吧。"

　　"真寻包里的钱，就是老武你送的啊。"老铁双手捧着玻璃杯，盯着里面的酒发呆，沉默不语。

　　地上月影婆娑。

　　老铁在想什么呢？自己和以前杀了老铁妻子的人本就是同类。虽然说一直在忏悔，但犯下的罪行不会消失。这样的自己为了给过去赎罪，却把老铁也牵扯进来了。月光下，老铁颀长的脸庞上看不出半点儿表情。武泽默默把杯子里的酒一饮而尽，然而喝下去的酒在到达胃部之前，似乎就已经不知消失在哪里了。

　　外面传来汽车发动机的声音。轻微的声音由远及近，随后是开关车门的声音，还有男人低低的说话声。武泽有点儿不放心，正要起身的时候，又是一声开关车门的声音，发动机声远去了。

# （七）

"这房间怎么回事？一股酒味。"

武泽努力睁开沉重的眼皮，只见弥寻站在客厅门口皱着眉头。透过薄薄的窗帘照进来的朝阳映出混浊的空气，更衣室的方向传来洗衣机的声音。

"昨天晚上老铁喝酒喝到很晚啊。"

老铁在旁边发出震耳的鼾声。

盯着模模糊糊的天花板望了一阵，武泽爬起身，开始叠被子。不知是不是扬起了尘埃，老铁的鼻子抽了半天，然后打了一个喷嚏，睁开了眼睛。他短短道了声早安，也开始慢吞吞地叠被子。

正要把被子塞进壁橱，把竖在墙边的矮桌放回榻榻米上的时候，贯太郎端着放了烤面包的盘子进来了，嘴里还哼着歌："爸爸啊……爸爸……男人……"

横摊着的粉红色T恤上印着"We ♥ People"，搞不清是什么意思的商标。

跟在贯太郎后面的真寻端着放了四个茶杯、一个玻璃杯、一盒牛奶的托盘进来了。只有贯太郎每天早上不喝咖啡喝牛奶。

"老武，老铁，你们也改喝牛奶吧。乳糖可以消灭坏细菌，改善肠道内环境，喝多了就会有效果。对了，你们两位说不定喝那种牛奶不错。就是那个，homo milk，啊哈哈。"

真寻咬了一口烤面包。今天早上她一直没说话，可能因为房间里的酒气吧。

但是，她不说话并不是因为房间的酒气。

"我想我差不多该从这儿搬走了。"真寻突然开口说。武泽和老铁，还有弥寻和贯太郎，同时朝她望去。

"对老武，对老铁，都很不好。"

"没什么不好啊。"

"没事啊，真的。"老铁也这么说。

"你要是搬走，我和贯太郎怎么办呀？"

"是啊。这不是没人烧饭了吗？"

"等找到地方再三个人一起住就是了。"

"找到地方是哪里？"弥寻噘起嘴看着妹妹。真寻轻轻摇了摇头。

"这个我还不知道，不过不管怎么说，总不能在这里住太长时间吧。继续努力工作，想办法三个人过过看吧。"

"工作是说这个？"武泽把手指弯成钩子形。真寻点点头。

就在这时，窗户外面传来汽车发动机的声音。说起来，昨天晚上和老铁两个人在厨房的时候，房子旁边好像也停了车来着。

"好了，到底搬不搬，回头慢慢商量吧。"

武泽向真寻说了这么一句，站起身走到窗边，向矮墙外望去。一辆白色轿车停在马路对面。车身很低，车窗上贴着车膜。司机的位置上好像坐着一个男的，但是看不到长相。不对，看得见。那人摇下了车窗，四十多岁的样子，坐在车里也能看出是个小个子男人。一手拿着手机，正在和什么人通话。那双眼睛突然朝这边看过来，那是毫无感情的、像是乌贼一样的眼睛。男子好像没有发现武泽正在家里看他，视线没有撞在一起。

"怎么了，老武？"老铁在后面探头问。

"啊呀，一个奇怪的家伙。"武泽正说着的时候，轿车里的男子摇上了车窗。那张脸重新隐藏到黑色的车膜后面去了。然后，很快地，轿车开走了。

品味着心中涌起的黑色异样感，武泽转头向老铁说："不知道怎么回事，一个眼睛贼大的小个子，刚才在往这边看，还和不知道什么人打电话。"

老铁没有搭话，眼睛一直盯着轿车开走的方向。然后突然间，像是头脑中有什么东西活动了一样，那双眼睛一下子闪亮起来。

"喂，老铁——"

但是老铁一句话也没说，只是一直盯着道路尽头直勾勾地看。

那个人是谁？他盯着这座房子的时候，到底是在和谁通话？

望着躺在榻榻米上看漫画的真寻，还有拿盘子当球拍打乒乓球的弥寻和贯太郎，武泽回想起两个星期前的情景。喷出黑烟的公寓大门、消防车。

"因为纵火的事，纵火啊。中村先生，你没干什么事吧？"

"是从门上的报纸投递口倒了灯油之类的东西进去，点着了火。"

"另外据说起火之前，公寓附近有不三不四的人转悠。"

"而且我家里也好几次接到奇怪的电话。那个人说话带着咝咝的声音，非要我告诉他你在什么地方。"

"是的是的，是一个叫火口的人给我家打了电话。"

啪嗒一声，乒乓球打在武泽的脑袋上。

"对不起，老武。贯贯打到界外了。"

"别在矮桌上打乒乓球啊，这也太没常识了吧。"武泽把乒乓球扔给弥寻，叹着气望向老铁。老铁似乎也一直在想什么。武泽非常想把心中涌起的不安和老铁说说，但是一来不能让另外三个人听见，二来他感觉一旦真把不安说出口，好像就再也没办法冷静了，所以只能沉默不语。

鸡冠塞塞窣窣地挠着窗框。

话说回来，老铁现在在想什么哪？他和自己一样，担心这个地方也被火口找到了吗？但是，老铁一直都是很乐观的，一直都很意气风发地说那些家伙找不到这里来。可是现在他的脸上却显出如此严肃的表情，一直盯着自己的膝盖，像是在想某件具体的事情。

那是日落西山时候的事。

最先发现异常的是贯太郎。

"哎，那边怎么这么亮？"站在走廊里，贯太郎望着没人的厨房说。

"亮？"

武泽在客厅应了一声，贯太郎只是抿着厚厚的嘴唇点点头，没说话，脸上的表情颇有些奇怪。武泽顺着贯太郎的视线望过去。确实很亮。厨房水池上面的小窗很亮。是外面经过的汽车车灯照在上面了吗？不对，那边应该没有马路。窗户上的亮光摇晃着，越来越亮。

咝——武泽的心底一片冰冷。

老铁短短叫了一声，跳起身来。那时候武泽已经踢翻了桌子，没穿鞋子就向玄关冲了过去，顺着围墙内侧绕到后院，踢开茂密的杂草，肩膀蹭着墙壁飞奔。

"畜生！"

贴着房子的墙壁，地面上火焰腾腾。

"水！老铁，水！"

武泽回头大叫。赶到身边来的老铁，伸手按住围墙，停住身子，随即猛然转身跑了回去。武泽站在向前方延伸的火焰前面，用只穿了袜子的脚不断去踢，像在拍打。火焰刹那间顿了一下，但立刻又像喷发一样烧了起来。一股灯油般的浓重气味直冲鼻腔。墙壁的下半部分已经熏黑了，遮雨棚都被烤得变了形。

"老武退后！"

听到这声音，武泽赶忙退开，提着塑料桶的老铁接替上来，对着火焰迎头浇水上去。伴随着呲呲的声音，着火带只稍微短了一点儿。

"真寻，过来帮忙！弥寻也来！"

真寻和弥寻抱着装了水的饭锅和脸盆赶过来，把水猛倒在火焰上，着火带又短了一点儿。两个人立刻又抱着饭锅和脸盆跑回去。武泽也跟在两人后面。就在这时，头上有什么黑色和白色的东西飞过。原来是买了存在家里的可口可乐和牛奶，贯太郎扔的，塑料瓶和纸盒扑通扑通掉在火里。

"你在干什么，笨蛋！"

武泽不禁大声喝骂，贯太郎却继续把肋下夹的一瓶可口可乐扔进火里。伴随着扑哧的声音，第一只塑料瓶上烧开了洞，漏出的液体浇灭了周围的火焰。紧接着牛奶盒子也涨开了口，周围的火被白色液体扑灭了。

"抓住机会！"

面色通红的贯太郎突然脱了T恤，迅速卷成一团，摁在被水打湿的地面上，然后又继续向前，把剩余的火焰一下下摁灭。火焰眼看着消退下去，剩下的差不多只有篝火的程度了。

"贯贯让开！"

抱着脸盆赶回来的弥寻再度泼水。脱了T恤的贯太郎本来躲过了好几次攻击，这次随着啊的一声大叫，背上终于被浇了个透，还好剩下的水把最后的火苗彻底浇灭了。

提了水桶跑回来的老铁大口喘着气，浑身都没了力气。

"灭掉了……太好了。"

水桶从老铁的手中掉下，哐哐在地上弹了几下。夕阳已经落山了，周围一片黑暗。四下里微微传来像是上了发条的虫豸鸣声，混在其中的只有五个人的呼吸声。大家全都在喘着粗气。

"嘭！"远处传来一声响。

武泽猛然抬头望向老铁，老铁也瞪大了双眼看着武泽。两个人差不多同时跑了出去——这肯定是关车门的声音。

他们沿着围墙跑到玄关，冲出家门来到马路，路上一个人也没有，扭头向右边看，是那辆轿车。白色的轿车挂着油门停在那里，司机位置上的男子探出头，头顶上路灯的光线照出他脸上诡笑的表情。

"经常失火真是麻烦哪。"乌贼一般的眼中闪过一丝寒光，小个子男人说。

"武泽先生。"

男子的脸消失在车窗后面。呜的一声，发动机响了，轿车转眼之间便开走了，剩下的只有再度的寂静。

"老铁，那家伙……是今天早上那个男的。"武泽努力张开僵硬的嘴巴，挤出这样一句话。

"那个家伙……知道我的名字。"

武泽的旁边，老铁也全身僵直。他望着轿车开走的方向，头稍稍探出，嘴里不断重复着某句话。

"是……"伴随着呼吸的频率，老铁无数次地重复着这句听不清的话，"是……"

另外三个人带着不安的表情，从玄关向门口靠近。突然间，只有那么一次，老铁说的话清清楚楚传到武泽耳朵里。

"是那家伙。"

武泽一开始还没有意识到老铁的话有什么奇怪的地方。他以为老铁的意思是在说刚才的男子就是今天早上看见的那个人。但是不对，今天早上老铁没有看见那个人的长相。他去窗边的时候，那个男人应该已经摇上了贴着车膜的车窗。

"喂，老铁——"在武泽发问之前，老铁已经把脸转向了他。

"那家伙……我认识。"

"你认识？"

"今天早上听你说是个眼睛很大的小个子男人的时候……我还没想起来是谁。"

"是你的熟人？"

但是老铁摇摇头。

"不是，不是熟人……"

"那是谁？"

"那张脸我忘不了，永远都忘不了，到死都不会忘。他骗过我，骗过我和我老婆。"

喘气般地说完这几句话，老铁再度向昏暗的马路尽头望去。

"那家伙，就是那时候的债务整理人。"

# （八）

静静的客厅里，五个人围坐在桌旁。

"老武，怎么办？"低头盯着桌子，老铁低声问。

"只有逃了吧。趁着晚上收拾东西，明天一早逃走。"

武泽也刻意避开老铁的视线说。老铁没再说话。完全不知道发生了什么事情的三个人看看武泽，看看老铁，再相互看看，全都是一副迷惑不解的神情。本来就连武泽自己也不知道事态怎么会发展成这样。

"痛恨的对象是同一个。"

唯一知道的只有这一点。当年欺骗老铁夫妻、把他妻子逼入自杀境地的债务整理人，也是火口一伙的。说起来，火口的组织那么庞大，一伙的可能性本来就不低。不过从刚才的情况看，对方好像已经不记得老铁了。那个乌贼眼睛的男人应该看到了老铁，但是没有做出任何反应。

"那些家伙疯了。他们是打算一直追着你烧，直到烧死你为止吗？"

"不知道啊。"武泽声音小得连自己都听不见。

"喂，我说。"弥寻焦躁的声音插进来。

"债务整理人是什么东西？是那家伙放的火？痛恨又是什么意思？"

武泽和老铁飞快交换了一个眼色，不能说实话。不管是老铁的事，还是武泽和那个组织的关系，都不能对她们挑明。因为这会导致武泽不得不坦白自己害死她们母亲的事。就算隐瞒这个部分，一旦知道武泽曾经在高利贷组织做过催债的事，她们也必然会大受冲击。

"我和老铁……以前都被同一个高利贷组织骗过。"品着心中某部分的自责情绪，武泽含糊地回答。

"后来我偷了组织的机密文件，交给了警察，组织因此解散了，所以那些家伙一直恨我。债务整理人这个……是骗了老铁的骗子。那家伙好像也是他们一伙的。"

"这样啊……"弥寻吃惊地来回打量武泽和老铁。

"你说那个组织解散了，"真寻追问道，"是不是七年前的事？"

武泽不禁挺直了身子："为什么这么问？"

真寻没有回答，向弥寻望去。两人对望了片刻，她们似乎在想同样的事。

"如果是七年前的话，也许和杀害我们妈妈的家伙是同一伙人。"真寻开口道。

"七年前妈妈不在了以后，我和姐姐一起住在公寓里，后来有警察来找过我们，问了好多那个高利贷组织的事。我从来没听妈妈说过，只是从邻居那边听说'被来催债的人逼得自杀了'，所以很多都回答不上来。就是那时候警察告诉我们说是组织解散了，现在在调查受害者的情况。因为我当时还是小学生，警察是向姐姐说的，我在旁边听到了，一直记得。"

真寻看看姐姐，像是寻求她的确认。弥寻面无表情地点点头。

"说过的，解散了。如果都是七年前，应该不是巧合吧。"

"哎，那要是这么说的话，是这样子的吗？"贯太郎抬头望了一阵天花板，像是在头脑中整理思路一样，然后开口，"老武和老铁，还有弥寻和真寻，都痛恨同一个组织？"

武泽一时间不知道如何回答。其他三个人的确如此，但自己却并非单纯的受害者，也是迫害者。不单是痛恨别人的人，也是被痛恨的对象。但是——

"好像是吧。"

武泽只有如此回答。面前两姐妹的眼睛里顿时流露出同是天涯沦落人的神色。那眼神让武泽心中一阵痛苦。他抿紧嘴沉默不语，忍耐着自己以及面前两个人投来的感情。他也只能如此。

"老武，我咽不下这口气……再这样下去，也太……"

老铁的心情，武泽很明白。就在不久前，他刚刚见到那个曾欺骗自己并将妻子逼上绝路的人。此刻老铁心中正激荡着痛恨与窝囊的感觉吧。换成武泽自己，假如再看到火口的脸，也一定会想起沙代并生出同样的感受。

但是，就算会有那样的感受，又能怎么样呢？

"老铁，别做蠢事。那些家伙不好对付，别把自己也搭上了。"

"把命搭上又怎么样？反正我老婆死的时候，自己也已经死了一半了。"

"别这么说。"

"我要说，本来也是事实。那些家伙不单杀了我老婆，也杀了我。这不是杀人什么是杀人？虽然没有拿刀砍、用枪打，但实际上都一样。杀人，或者逼人自杀，肯定也会连周围的人一起杀了。因为人不是孤立的人，不可能只杀一个人。"

"老铁——"

武泽虽然不禁出声打断老铁，但接下去也不知该说什么，只好重新低下头，沉默不语。在武泽面前，老铁还是第一次说这种话。

他是顾及武泽以前"拔肠子"的时候有过把一个人逼去自杀的经历，一直没有说出这些话，但其实一直都闷在心里的吧。这样的想法，这样的感情。

"杀人——哎，老铁的妻子被杀了？"

弥寻目不转睛地盯着老铁。真寻和贯太郎也无声地瞪大了眼睛。老铁先是点了一下头，然后垂下脸，微微摇了摇头。三个人似乎把他这种不清不楚的动作理解为肯定，再没有追问下去。

"总之……我觉得很窝囊哪！"老铁依然垂着头说。

"再继续窝囊下去总没有个头，是吧？真寻和弥寻也觉得窝囊吧？不窝囊吗？"

老铁的声音里带着热泪。从真寻和弥寻的表情可以看出，她们心里某种强烈的感情正急剧膨胀，几乎可以用肉眼分辨出它的形状。武泽不禁有些畏缩。

"那个……总之，先吃晚饭吧。"贯太郎的声音平静得近乎不自然。这还是第一次看到贯太郎硬生生挤出一个笑脸。

"我去泡方便面。"

包含武泽在内，所有人的视线全都散了开来，各自带着暧昧的神情逐一点头。


贯太郎煮的面很难吃。水明显放得太多，汤味很淡。面条好像还没变软之前就被搅动过，全断掉了，还煮得稀烂。虽然放了鸡肉做配料，但放的是炸鸡块用的带骨肉，又硬又难吃。

"哎呀，我终于知道真寻有多厉害了。烧饭这种事，果然还是要有天分和技术啊，对吧？"

贯太郎故作轻松的话被掩埋在沉默中。

五个人默默吃着面条，真寻突然抬起头。

"忘记给鸡冠喂饭了。"

"啊啊，是啊，还没喂它。"

真寻放下筷子站起身，一边喊着鸡冠的名字，一边向厨房走去。之后喊鸡冠的声音又持续了一会儿，渐渐地，那声音之中带上了一点儿疑惑的气息。随后声音又向楼上移去。又过了一阵，只有下楼梯的脚步声传来，真寻回到了客厅。

"不在。"

"没有躲在哪儿睡觉吗？壁橱什么的里面？"

"壁橱全都关着。"

"那浴缸呢？"

"看过了，没有。"

啊，武泽想起来了。

"说起来那小子好几次都想开窗户哪。"

"哎，跑到外面去了吗？可是它那么小，开不了窗户吧？"

就在这时候，老铁放下筷子说："着火的时候大家都把玄关的门开着，匆匆忙忙进进出出的，说不定就是在那时候——"

"跑出去了？"

"在这附近找找看吧！"武泽一句话，全体都站了起来。大家出了门，向马路左右张望，却看不到鸡冠的身影。老铁指着左手边的石头台阶说："我去斜对面草丛找找看。"

"那我到对面路上看看。"

五个人分头行动。"鸡冠——""鸡冠——"的叫喊声，如同不安的鸟鸣在夜色中回荡。

最终还是没能找到鸡冠。

然后，再见到鸡冠的时候，它已经不是武泽认识的那个样子了。

武泽他们趁夜收拾行李。钱包、衣服，还有其他最低限度的必需品被逐一塞进包里，集中到厨房。他们决定等天蒙蒙亮的时候出门，暂且先坐上电车再说。是大家一起坐车，还是各自分头坐，暂时还没得出结论。真寻问鸡冠怎么办，对这个问题，大家都沉默不语，面面相觑。

如果今天夜里那些家伙再来搞什么动作，自己就出去让他们抓走好了——武泽心里实际上已经做好了这样的打算。他们的目标是自己一个人。如果自己不再逃跑，老老实实让他们抓的话，其他人也就没什么要担心的了。

闹钟设到黎明时分。为了尽早动身，大家穿着衣服各自钻进了被窝。但是武泽根本睡不着，就算闭上眼睛也完全没有睡意。老铁那边也听不到睡着的呼吸声，取而代之的是不间断的深沉叹息。枕边的闹钟平静地一秒一秒地走着。那些家伙今天夜里还会过来搞事情吗？来吧，抓了自己教训一顿，自暴自弃和想要自保两种截然相反的情绪，在武泽的心中纠结不休。远处传来犬吠，身边又响起窸窸窣窣的声音，老铁弓着背坐了起来。

"果然睡不着啊。"武泽朝老铁说话的时候，老铁扭过头，好像吓了一跳。

"哎呀，你醒着哪。"

黑暗中，老铁低头望着武泽，沉默了半晌，终于慢吞吞地站了起来。

"要喝麦茶吗？"

可是拉开门正要出去的时候，老铁哎的一声，停住了脚步。

"你一直在这儿吗？"

"我在想鸡冠说不定会回来。"真寻的声音。

武泽也起身来到走廊里。昏暗的玄关门槛上，穿着牛仔裤和运动衫的真寻孤零零坐在那里。老铁有点儿担心地靠过去："我知道你牵挂鸡冠，不过还是去睡一会儿吧。鸡冠回来的时候我们会开门的。"

真寻默默摇头。老铁没再多说，轻轻点点头，向厨房走去。他打开冰箱门，里面的灯光映出老铁疲惫的脸。

"抱歉，拖累你们了。"武泽在真寻身边坐下，胳膊肘搭在膝盖上。

"没关系，你也帮了我们不少忙。"

本来是打算帮忙的，结果却弄成现在这样。真寻的话让武泽更是一阵揪心。

背后传来洗手间关门的声音。

"之前一点儿都不知道。老武，还有老铁，原来都和我们的经历差不多。"

被同一个组织用同样的方式扰乱了人生，是这个意思吧。武泽不知道该说什么才好。真寻瞥了武泽一眼，显出抱歉的模样，不知道她把武泽的沉默理解成什么了。

"鸡冠会不会变成野猫？"

武泽挠挠头："夜里回来就好了。"

沉默了半晌，背后洗手间的门开了。老铁穿着汗衫苦着脸，双手捂着肚子走出来。

"这……是贯太郎的拉面搞的吧。"老铁冲着并排坐在玄关的武泽他们勉强挤出一个笑脸，径直进了客厅，拉上了门。武泽感到玄关的沉默仿佛被加强一般，于是故意大大打了一个哈欠。

门外传来轻微的发动机声。武泽不禁紧张起来，不过似乎只是路过的车辆，随即又远去了。

"果然还是要就此分别了啊。"

武泽还是第一次听到真寻的声音如此寂寞。他不知该如何回话，只得装成理解错了的模样。

"鸡冠吗？说不定夜里会回来的。那样的话，还是找个能让养宠物的公寓吧。"

真寻没有纠正武泽。

接下来外面又传来好几次发动机的声音，每一次武泽都会张望门的方向，不过每次都只是路过的车辆。几次下来，武泽对发动机的声音渐渐不那么敏感了，他不再侧耳细听，而只朦胧地感觉身边真寻的情绪。不过，他错了。

咚的一声，紧接着是汽车离去的声音。

"什么声音？"真寻抬起头。

武泽在嘴上竖起食指，嘘了一声，屏住呼吸盯着门看。什么声音也没有。等了片刻，什么也没发生。刚才的声音是从门外传来的，好像是什么东西掉在地上的声音。武泽悄悄挺直身子，站起来，赤着脚向门口走了一步，把门上的链条拿下来，握住门把手。不锈钢的触感让他全身发冷。武泽慢慢推门，眼前生出纵向的细长黑暗。那黑暗慢慢展开……展开……

武泽碰到了什么东西，有某个东西挡住了门。武泽向真寻看了一眼，旋即又转回头，手继续放在门把手上，上半身探出门缝。挡住门的东西就在昏暗的门口。塑料袋，红白相间的袋子。不对，袋子是透明的。红白色是装在里面的东西的颜色。

武泽一下子没明白里面是什么，像是白色的毛皮、西红柿，还有鸡肉乱七八糟混在一起的怪异东西。袋子的一角有个又黑又圆的东西，蚕豆大小，只有一颗。在那东西上面又排着四个红豆大小的圆。武泽弯下腰，摸摸塑料袋，还有点儿热，可以看到红色的、细细的东西。然后，还有方方的骰子。

"鸡冠……"

刚一说出口，武泽不禁暗叫了一声"不好"。他还没来得及补救，真寻已经带着欣喜从武泽的身体和门之间挤出上半身，探头到外面看。然后，她的侧脸还残留着笑容，呼吸却停住了。武泽感觉接触到自己的身体在微微颤抖。紧接着，真寻尖叫起来，那声音长而激烈，伴随着急促的呼吸喷涌而出，中途又化作了呜咽。她双手捂住自己颤抖的嘴唇，痉挛着无力地跪倒在地上。

背后响起啪嗒啪嗒的脚步声。从客厅里飞奔出来的老铁瞪大了双眼来回打量武泽和真寻。接着是沉重的脚步声和轻盈的脚步声依次从楼梯上下来。贯太郎和弥寻也像老铁一样，不停打量武泽和真寻。武泽什么也没有说，视线落在真寻身上，然后越过她的肩头，落在塑料袋上。

真寻双膝跪在门口水泥地上，双手一直捂着嘴，反复呼唤鸡冠的名字。然而塑料袋里没有回音。这是当然的。眼睛适应了黑暗的武泽，透过透明的塑料袋，看见雪白毛皮的肚子上有一道大大的裂口，裂口里面露出桃色的肉。

"老武，到底怎么回事？哎，真寻，怎么了？"

武泽默默努嘴。老铁像是在把感情小心翼翼释放出来一样，慢慢地、慢慢地呼出气息，脸上毫无表情地又一次向下望去，然后弯下膝盖，手搭在真寻肩头。真寻似乎完全没有感觉到，还在不停地呼唤鸡冠。贯太郎和弥寻都是一脸了然的表情，闪出门来，垂下头。谁都没有出声。

过了很久很久，实际上只有一分钟左右，然而武泽却有恍如隔世的感觉。有一股沉重的情感，仿佛握紧的拳头，堵在咽喉，震颤不已，似乎马上就要喷涌而出。武泽用力咬紧牙关，拼死阻挡那份感情。

"那些家伙……在找乐子哪。"老铁用毫无起伏的声音说。他把手轻轻伸到塑料袋下面。真寻的肩膀微微颤抖着。

"咱们越害怕，他们越开心，是这样吧，老武？他们正开心着哪。什么报仇雪恨，什么找你算账，根本没那么复杂。他们只是在找乐子。"

声音虽然还是很低，然而在那低低的声音背后，却别有一股炙热。老铁像捧水般双手捧起塑料袋。

"傍晚时候的火灾也是。那些家伙偏偏跑去后院什么都没有的地方放火，还特地挑了一个不容易烧起来的地方。公寓的火灾也是，那时候房间虽说全烧光了，可老武不是正巧外出了吗？"

老铁抬起沉郁的眼睛："他们是在耍咱们啊！"

# （九）

"怎么办，老武？"

几个小时前刚刚在这个客厅里问过一次的问题，老铁再度投向武泽。

"还是……只有逃啊。"

天花板上的灯没开，两套被褥还铺在榻榻米上，五个人在昏暗的房间正中围坐成一个圆圈。

"嗯……我本来就是老武收留的人，没有多嘴的资格。"老铁抬头望天，疲惫不堪地说。

"听你的。"

仿佛是要追随回响在空虚黑暗中的那个声音一般，旁边响起了细微的声响，是从一直在默默呜咽的真寻喉咙里发出来的。那是她拼死压住喷涌的感情而发出的悲哀声音。

"还要……继续忍下去吗？"

静静的疑问，是不忍卒睹的真寻发出的低语。武泽不知该如何回答，只好咬紧牙沉默着。真寻慢慢抬起了头，视线中强烈的坚决，仿佛在黑暗中闪烁。她右手紧握的是鸡冠的项圈。那是在把鸡冠埋在瑞香花下面之前，老铁从塑料袋里拿出来，在水池仔细洗过之后交给她的。

"贯太郎，你有耙子吗？"在昏暗的玄关前面，老铁问道。贯太郎似乎知道老铁想说什么，轻轻点了一下头，回去拿了之前从榻榻米上挖出浅蜊的塑料耙子。老铁双手捧着塑料袋站起身，向真寻投去确认的眼神。真寻沉默了半响，终于微微点点头。

消瘦的瑞香花畔，贯太郎挖出一个洞。老铁轻轻把塑料袋放下去，然后打开袋口，伸手进去，从里面拿出鸡冠的项圈。项圈已经成了一条带锁的红绳，中间已经被割断了，骰子在绳子的中间摇晃。

弥寻从厨房拿来用作饲盆的汤杯，放进洞里。

最后埋上土的是真寻。她始终没有说话。

"珍贵的东西一个个被抢走……这么忍耐下去真的好吗？我们本来就一直在忍耐……忍耐到遗忘为止。"

真寻重复了许多遍"忍耐"这个词。在这时候，武泽才终于明白她是在忍耐中活下来的。忍耐着母亲被杀的愤怒，忍耐着没有父母的寂寞。不仅是真寻，弥寻也是这样的。两个人一直忍耐到现在，还在不断忍耐。

"只知道忍耐的话——"真寻刹那间咬了咬牙，随即以强烈的语调继续说，"永远也摆脱不了这样的生活吧。"

弥寻用懒洋洋的语气接下去说："我也不想再忍下去了。我想是时候反击了，转换情绪，过一种更普通的生活。不工作的自己也好，做小偷的妹妹也好，都够了。本来啊，在妈妈去世之前，我都是很努力的。虽然只是打零工，但至少可以养活自己，偶尔也能给真寻买点儿零食什么的。"

弥寻无力地笑了："但是，发生了那样没天理的事情，我也就不想再那么认真生活了，因为没意义啊。妈妈也只是想像普通人一样生活，可是被威胁、被逼迫，临死时只剩下几个硬币。这种事情哪里有什么天理呢？"

弥寻向真寻望去。这是武泽第一次看到她做姐姐的神情，心中不禁一痛。

"可是……只有忍耐吧。"武泽费力地挤出这句话。这不是因为害怕高利贷组织或者火口，而是因为真寻她们想的事情太过危险。

"就算报复，也改变不了什么。只有忍耐……只有逃走啊。"

"老武，已经无路可逃了呀。"老铁说。

这一点武泽当然也心知肚明。那些人会一直追到天涯海角吧。

一旦追上，又会拿自己寻开心吧。而且武泽自己也不想再逃了。他受够了东躲西藏的日子。每次身边发生什么怪事，头脑中就会出现火口的脸，他已经受够了。每次强行把那张脸抹去的时候，最后的刹那总会浮现出沙代的脸，这一点他也已经受够了。可是——

"那，怎么办才好？去找他们打架吗？有什么别的办法报复吗？"

谁也没有回答，这也是当然的。对手是近似黑社会的组织，能让他们反过来吃到苦头，这样的事只发生在电影和小说里，不可能照搬到现实中来。但就在武泽刚这么想的时候——

"我有办法了！"贯太郎突然一拍大腿。

他站起身啪嗒啪嗒向厨房走去，在收拾起来的行李当中倒腾了半天，不知道在翻什么，最后拿了一个东西回来了。仔细一看，是个纸巾盒大小的黑色铁箱，就是他原来说钥匙丢了，打不开的那个。

"封印解除。"伴随着夸张的台词，贯太郎把箱子放到榻榻米上，然后猛然间全身扑了上去。在大家都大吃一惊跳起来的时候，伴随着哐的一声，贯太郎的右肘下面，铁箱的盖子裂出了惨不忍睹的形状。贯太郎把手伸进盖子和箱子之间，拿出一个黑色的东西。

"用这个吧。"

说出这句话的贯太郎，手里握的是——

"贯太郎，你……"

泛着黑光的手枪。

"呀，不用那么吃惊吧，老武。这是以前从一个混黑社会的朋友那儿弄来的。实际上一次都没用过。"

186

贯太郎摆弄着手枪，其间枪口有一阵正对着武泽，武泽不禁缩起脖子往后退了退。

"我那朋友好像拿这枪杀过人，后来不知道怎么处理这把枪，就给我了。免费，免费，就是白送，哈哈。"

武泽呆呆望着贯太郎笑得直抖的脸，老铁也一样。但是真寻和弥寻的表情没有任何变化。为什么呢？答案很简单，她们本来就知道。

"我开一枪试试。"说着贯太郎双手握枪，对准房间的隔门扣下扳机。

"喂！"

老铁惊叫的同时，隔门上出现了一个洞。伴随着啪的一声轻响。

"你！"

无力感从脚底升起。武泽狠狠瞪了贯太郎一眼。贯太郎用河豚一样的嘴吹了吹枪口，回头狡黠一笑。

"吓了一跳吧？"

"浑蛋，别开玩笑！"老铁好像真的生气了。

贯太郎用右手掌一边颠着气枪一边说："可是你们瞧，这个和真的一样吧？做得真的很好哟！"

"做得好不好先不说，你真是个浑蛋！"

贯太郎哎的一声，露出不解的神色："怎么了？拿假的当成真的卖给人家，不是你们的拿手好戏吗？"

"哎呀，这个——"

老铁忽然停住，转头去看武泽。武泽也望向老铁。两个人对望了一会儿，然后几乎同时望向贯太郎。

"以暴制暴，做得就有点儿过分，而且对手本来就是这一行的专家。我们必须以己之长，攻彼之短。不能靠武器和蛮力，而是要使用头脑。不是取他们的性命，而是取他们的钱。之所以如此，是因为你们两个是这一行的专家。完全不需要害怕，他们除了会搞什么暴力恫吓，别的什么也不会，所以我们可以说胜券在握。或者应该说，正因为他们没拿我们当回事，所以形势对他们才更不利。"

　　房间里一片沉默。过了良久，也没有人开口说话。

　　但在最后，还是武泽打破了沉默：

　　"怎么做？"

信天翁

ALBATROSS

# （一）

作战第一日。

"还没打过来？"老铁一从洗手间出来就揉着肚子低声问。武泽低头看看自己右手里的手机，无言摇头。

"哦，时间还早吧。"老铁在对面的椅子上坐下。

"肚子怎么样了？"

"唉……拉了好几回，还是不见好啊。鬼知道贯太郎这家伙到底在面条里放了什么东西。"

这是上午十一点。武泽和老铁坐在一家小咖啡店的一角，面向纵贯足立区、联结埼玉方面和都心部的国道四号线，小口啜饮咖啡。他们在这儿等贯太郎的电话已经三个小时了。

"老武你没事吧？"

昨天夜里，五个人连夜召开作战会议，一宿没有合眼。虽然状况无比紧张，但头脑怎么也无法保持清醒。大脑好像被裹在蒸笼里似的，有一种迷迷糊糊的感觉，不管喝冰水还是喝咖啡，那种感觉都挥之不去。

"小眯一会儿怎么样？"

老铁好像有点儿不放心。武泽挥挥手，应了一声"没事"，视线转向旁边的窗外。来往车辆很多，向都心方向开去的车流之中，也有许多空驶的出租车。这样看来，贯太郎来电话的时候，应该可以立刻跟上。

"不过，出租车司机会帮咱们跟踪吗？"

"会的。不愿意的话，多给点儿钱就是了。眼下到处都不景气，司机不会拒绝的。"

"是吗？"

"是哦。"武泽微微点头，视线落回右手的手机。

贯太郎还没来电话。

＊

贯太郎此刻正蹲在斜坡上，身子躲在一人高的杂草丛里，目不转睛地盯着下面的小路，时不时吃一口弥寻让自己带着的爆米花。他已经盯了三个小时了。

但是从三十分钟前开始，贯太郎遇到了一个很大的问题——他被迫面对一个作战会议时没人想到的极其严重的事态。

便意。

此刻猛烈的便意正在折磨贯太郎。

他伸手抓了一把爆米花塞进自己嘴里。也许有人会想，明明已经忍不住要大便了，还继续吃东西，这简直是自杀行为，但贯太郎并不这么想。人不是气枪，不是说上面塞了东西进来，下面就会有东西出来。从物理上说，两者其实完全没有关系。而且不如说摄取食物会有缓解便意的作用。原因很简单，没有人会在吃东西的时候排便。从道理上说，嘴巴咀嚼食物吞咽下去的刺激，会引起某种条件反射，使得目前感觉到的便意被认为"弄错了"而被忽略。所以想要消除便意的时候，还是吃点儿东西为好。这是最具效果而且起效最快的缓解便意的方法。然而这只是贯太郎的一厢情愿，实际上越吃爆米花，贯太郎的下腹越是窘迫。他发出无声的呜咽，额头渗出冷汗，手脚逐渐麻痹，稍不留神就会精神恍惚。每到此时，贯太郎只能拼命摇头，无声怒斥脱力的肛门括约肌。

不能离场，自己被分配的任务必须完成。为了弥寻和真寻，为了鸡冠，还有，为了武泽和老铁。他们虽然经常抱怨，但还是收留了无处可去的自己。可毕竟没听说能忍住便意的，贯太郎感觉自己仿佛都听到屁股传来"忍不住了"的声音。忍不住了，忍不住了，忍不住了！这声音合着心脏的跳动，无数次、无数次地重复、变大。贯太郎又抓了一把爆米花塞进嘴里，咯吱咯吱地嚼了一会儿咽下去。忍不住了，忍不住了，忍不住了！

拉了算了。
· · · ·

怀着殉道者一般的心情，贯太郎这样想。拉出来就舒服了。自己的任务是在这里一直等着那些家伙，一旦出现，就联络武泽他们，告知这边的情况。这并不是什么困难的工作。臭气也好，做人的尊严也罢，都不会妨碍这项工作。拉吗？拉吗？拉吧。
· ·

贯太郎做好了觉悟，一只手动了起来，像是被操纵的木偶一样。他把爆米花的盒子横放在草丛里，手搭上裤子的皮带。

就在这时，传来了低低的发动机声。贯太郎顿时停住手，凝神细望斜坡下面。透过茂密的杂草，大片尖尖的叶片上慢慢出现了白色轿车的身影。

来了！贯太郎在心里暗暗叫了一声。终于来了！武泽和老铁的推测没错，那些家伙果然又来这儿了。

有个人一边打量周围，一边从司机的一侧下了车，是那个整理人。在昨天夜里的作战会议中，来的那个男人不知怎么就被叫成了整理人。贯太郎赶紧打开手机，调出武泽的号码，正要按下呼叫键——

"哎……"他忽然低低喊了一声。从轿车上下来的不只整理人一个，后面还有一个人。副驾驶位置的车门打开了，弯着身子下来的是一个猩猩一样相貌和身材的大个子男人，右手还拿着一根长长的东西。那是什么？管子吗？不对，贯太郎手机举到一半，眯起眼睛，仔细分辨"猩猩"手里的东西，然后他不禁大吃一惊。

那是高尔夫球棒。贯太郎对高尔夫球所知不多，不过也知道那是所谓的铁头球棒。头的部分是用金属做的，略有倾斜，所以叫这个名字，主要用于在高尔夫球场击飞高尔夫球，特别是相比于击球距离更重视控球的时候会常用。但偶尔在高尔夫球场以外的地方也会使用。比如说，黑社会流氓殴打对手的时候。

眼睛像乌贼一样的小个子整理人离开汽车，走到住处的玄关前，毫不犹豫地按下门铃。小型报警器一样的声音隐约传到贯太郎这边。整理人等了一会儿，里面没有回音。这是当然的，因为里面已经没人了。提着铁头球棒的"猩猩"站在整理人旁边，在宽阔的肩膀上不停敲击球棒，像在按摩自己的肩膀。两个人似乎在说什么，内容当然听不到。整理人嘶哑的高音尖笑突然传了过来。他一边笑一边后退，来到围墙外侧，向周围打量了一圈，然后招呼了"猩猩"一声。紧接着的一刹那，"猩猩"没有丝毫的犹豫，猛然举起肩头的铁头球棒砸向房门。一次，又一次，再一次。不知道砸了多少下，球棒砸在门上的声音开始变了。用胶合板和贴面做成的便宜房门似乎被铁头球棒砸破了。"猩猩"的一只手伸进刚砸破的洞里。这时候整理人也走了回来，手搭在门把手上。"猩猩"扭开门锁，房门毫无抵抗地被打开了。两个人一边说着什么，一边向室内走去。

"哎……哎……"

昨天老武对自己说的可不一样啊。"躲在斜坡上，看看那些家伙会来玩什么把戏。"武泽是这么给贯太郎布置任务的。那时候他说："万一被他们发现也不用害怕。光天化日之下，那些家伙绝对不会直接施加暴力。我知道他们有这条底线，所以万一被发现，只要大喊大叫，撒腿逃跑就行了。"

可是老武完全想错了。

不管怎么看，现在这两个人不是正在施加赤裸裸的暴力吗？

家里传来某种坚硬的东西被打碎的声音。贯太郎屏住了呼吸。不行，不行，作战不成功。自己的想法太简单了。明明不了解对手，却被撺掇着揽下了这份活儿。

但是，总而言之，此刻的贯太郎只能先完成交付的任务。他重新举起手机，按下武泽的号码。电话那一头立刻接通了。

*

"是住一晚吗？"

服务生这样问的时候，真寻不知道怎么回答。她瞥了旁边的弥寻一眼，向服务生竖起两根手指。

"先住两个星期吧。"

服务生脸上闪过"哎"的表情，随即恢复了工作用的微笑。她敲击手边的键盘，望着液晶屏幕说："五位客人住两周是吗？好的。有行李吗？"

"有的，在外面。"

弥寻拇指指向身后，五个人的行李全都堆在玻璃自动门的外面。那是塞在出租车后备厢还有座位之间运过来的。

这里是距离上野站很近的一处商务旅馆。从今天开始，这个旅馆的某个房间就是真寻他们的作战本部了。

服务生报出房价。

"原则上是预付费，可以吗？"服务生来回打量真寻和弥寻，视线落在年长的弥寻身上。

弥寻点点头，向真寻说："用了也没问题吧？"

真寻在回答之前犹豫了片刻，最终还是没有推翻昨晚思考了一夜的答案。

"事到如今，想太多也没用了。"

现在是该用的时候了，从一开始就是这样决定了的。

真寻把挂在肩头的旅行包的拉链拉开，打开里面的白色塑料袋，拿出所需金额的一叠一万日元纸币。服务生接过钱，消失在里面的事务室。收银机似乎在那里面。真寻的目光一直追随着她手中的那几十张一万日元的纸币，直到她的身影消失在里面为止。这是七年间痛恨的对象不断送来的钱，也是第一次拿来用的钱。

真寻和弥寻向武泽他们坦白钱的事，是在昨晚的作战会议中。作战计划需要一定资金，大家在讨论该从哪儿弄钱。真寻坐在抱起胳膊喃喃自语的武泽和老铁身边，偷眼向姐姐望去。姐姐也正看着她。两人在想同一件事。

"我们出。"插嘴进来的是真寻。

"非常对不起，我们一直瞒着你们。其实我们身上有很多钱。"

也许为了尽可能消除武泽他们的惊讶，弥寻仿佛演戏一样夸张地俯首致歉。武泽和老铁先是一怔，然后飞快地交换了一个眼神，紧接着一同发出哎的一声。

"你们？有很多钱？"老铁瞪大双眼，显得非常吃惊，那样子像是故意做出来的。

"为什么又……那个……"武泽则是嘴里嘟嘟囔囔地不知道在说什么。

"请听我们解释，"像是在演独角戏一样，弥寻继续说，"我们手里的钱，和接下来要反击的高利贷组织有关。事情发生在大约七年前……"然后，关于钱是怎么来的，弥寻把一切都毫无隐瞒地说了。

"我领你们去房间。"

紧紧盘着头发的年轻服务生走过来，伸手指向电梯。虽然是经济型旅馆，但也会对大主顾提供领路服务。真寻和弥寻进了电梯。

"行李会由搬运工送到房间。"

"啊，贯贯的吉他盒小心一点儿，里面放了各种东西。"

"明白。"服务生面带亲切的笑容点头，伸手去按电梯的关门按钮。正要按上的时候，弥寻突然抓住她的手。"咦？"服务生不解地望向弥寻。弥寻飞快伸出另一只手拦住了正要关上的门。

"光说明白没有用，关了门就没意义了吧？好好去告诉那边的搬运工啊。小心贯贯的吉他盒。"

"啊，是……抱歉。"服务生慌忙出了电梯，向门口同样年纪的搬运工交代好行李的事情后才折回来。

"十分对不起。"

"里面放的都是贯贯很宝贝的东西，要小心哦！"弥寻瞪了服务生一眼。

姐姐真是打心底喜欢贯太郎啊。

真寻感受着电梯上升过程中短裙底部传来的震动，一边悄悄把手伸进旅行包。塑料袋里有母亲留下的零钱和记事贴，现在增加了鸡冠戴的红色项圈。零钱和四方形骰子坚硬的触感传到真寻的手上。隔着塑料袋，真寻悄悄握紧那些遗物。

*

"咱们好像猜错了。那些家伙没打算继续玩下去啊。"

挂掉贯太郎的电话，武泽立刻把内容告诉了对面的老铁。

"说是砸坏了玄关的门，闯进家里去了。而且不单整理人一个，还有个体型粗壮像只猩猩的家伙也和他在一起。"

老铁的表情顿时变得僵硬起来："那可怎么办，老武……放弃吗？"

"不，"武泽摇摇头，从椅子上站起来，"照计划行动。走完这一步，再讨论是不是继续。目前没时间改计划。"

武泽把咖啡钱放在收银台上出了店门，老铁落后一步跟在后面。面前是交通繁忙的国道四号线。武泽向右边张望，等待空驶出租车开过来。

"来了，老铁，上车吧。"

坐上出租车，武泽先递给司机一万日元的纸币，请他在这里等一会儿。司机头发花白，看起来很耿直，没有显露任何困惑的表情，理所当然地接过纸币收进口袋。武泽扭过身子，注视后窗外面，等待贯太郎说的刚刚从住处离开的整理人和"猩猩"开的车。

"会从这儿过吧，老武？"

"不从这儿过就没辙了，作战失败。不过我想会从这儿过。虽然不知道他们的事务所在哪儿，但从咱们的住处出来，不走这条四号线，应该哪儿也去不了。"

白色的轿车会经过这里，然后会超过这辆出租车。

"那个，客人，还要再等——"

"再等一会儿，"武泽拦住司机的话。

"再等一小会儿。不好意思。"

"这个，等倒是没什么关系，但是在路边停的时间太长会影响到其他车辆。万一被撞到也很麻烦。"

"来了！"老铁叫道。

"司机，追那辆白色轿车！低车身、黑色窗户的那辆。"

"哎，要追车？追那辆？"司机的表情骤然一变。恐怕是因为刚刚从旁边开过去的轿车看上去像是政府机关的车辆。

"拜托了，快！"

"可是——"

"快！"

司机犹豫不决地放开手刹，打起方向灯，驶入车流中。轿车已经开过去很远了。武泽凑到窗户上查看对方的位置。好在他们没有变更车道，顺着车流一路往前。

"司机，再帮忙开近点儿，赶上去。"

司机没有回武泽的话。那双不安的眼睛透过后视镜扫了武泽一眼，明显是在犹豫。就在这时，老铁以沉着的声音说："老武，把我们的身份告诉司机吧。请他帮我们保密就行了。"

"身份？"

"我们在秘密搜查，请不要告诉任何人。今后我们也绝不会给您添任何麻烦。"老铁飞快地说完，从上衣的内侧口袋掏出黑色的记事本在司机面前一晃。司机的脸朝着前面，只用眼睛扫了一眼。

"啊，警察——"

"请追那辆车，拜托了。"老铁迅速收起记事本，用事务性的语气说。司机好像终于下定了决心，双手用力，紧紧握住方向盘："知道了。"

司机打起方向灯，踩下油门，驶入旁边的车道，加快了速度，一看到旁边车流出现空隙就穿插进去。这样来回变换了好几次车道，出租车终于慢慢接近了轿车。老铁转向武泽，微微一笑。奇怪，他是什么时候准备的警官证？生意做到现在，还从没有伪装过警察。武泽向老铁投去疑问的眼神，老铁悄悄从口袋里掏出记事本，把封面朝向武泽。那只是个黑色的普通记事本。老铁又摊开手掌给武泽看，在越过窗户的光线中，老铁掌心里有颗金灿灿的星星在闪烁，那是老铁从公寓的黑烟里抢出来的圣诞树上的星星。

"还带着那玩意儿啊。"武泽小声说。老铁噘起长长的嘴，有点儿害臊地缩了缩脖子。

虽然如此，也幸亏司机不懂行。如今真正的警官证，表面并没有樱花的纹章。

"我还真不知道，你们警察对话也都是叫绰号的啊。"好像是一路的跟踪让司机意气风发，他的声音里颇有欢欣鼓舞的情绪，

"'老武''老铁'什么的。"

"嗯，都是这样的。"老铁含糊地应道。

"'工装裤'啊'花格布'什么的，不是也有叫那种的嘛。以前电视上放过的。"

"咱们还有叫'肥肉'的。"

"'肥肉'可真胖啊。"

"还有叫'鸡冠'的，殉职了。"

前方的白色轿车沿着右车道笔直前进，出租车在左车道稍后的地方开。他们会去哪里？会乖乖返回事务所吗？刚这么想的时候，轿车突然在一个大十字路口前面亮起了右车灯，开进了右转的车道。

"啊！"司机叫了一声，想要跟着换道，但被别的车挡住了，只能朝前开。

"对不起，警察先生，那车突然拐弯。"

"糟糕，老铁，怎么办？说不定被发现了。"

"我想不至于，又不是紧跟在后面。"

"右转过去是什么地方？"

"司机，先停下车。"

依照老铁的指示，司机把车停到路边。

"从那边转过去，是文京区和丰岛区。我们现在在台东区。"司机似乎认为跟踪失败是自己的过错，抢着解释。

"文京区，丰岛区……"

他们的事务所在那一带吗？还是去那边办点儿什么事？武泽和老铁对望了一眼。

"怎么办？"

"嗯……"

毫无头绪地过了两分钟，老铁的手机忽然响了。看到屏幕上的显示，老铁咂舌道："是贯太郎，这时候打来干什么？"

"喂？"老铁把手机贴在耳朵上，不耐烦地喊。

"哎，什么？所以让你联系真寻她们去旅馆啊。不是说了吗？现在那辆车……哎呀，跟丢了，突然拐了个弯。现在出租车就停在继续往前的地方……贯太郎，是不是你被他们发现了？我们应该没有被发现。"

老铁说了一会儿，突然发出奇怪的声音："嗯？……啊！"武泽和司机都朝老铁望去。

"什么？老铁，怎么了？"

"那边那边那边！在那边！"

老铁的食指直直指向窗外，是那辆白色的轿车。它回到四号线了，刚才拐弯过去，可能只是在那边有点儿什么事情。

"司机，继续跟上，快！"

武泽一说，司机似乎觉得这是自己挽回失败的机会，兴奋地踩下油门，连方向灯都没打，就冲进了车流里。

"好你个'肥肉'！多亏你的电话，敌人又回来了！"

老铁高兴地叫着，挂了电话。出租车再度开始跟踪。虽然多少有些风险，不过这次武泽还是请司机紧跟在后面。之后，轿车沿四号线径直前进，一直来到秋叶原附近，然后又向右转去。出租车也跟着转弯。武泽和老铁在车里低下头。

"这前面是新宿方向啊。"

司机的话让两人对望了一眼。

"他们还把事务所设在新宿吗？"

好像确实如此。之后轿车又转了好几个弯，终于离开大路，最后停在新宿小巷里的一处旧楼下面。稍微往前开了一点儿，出租车也停了下来。

武泽和老铁通过后视镜盯着轿车。一个大个子男子从副驾席上慢吞吞地下来，是贯太郎在电话里说过的那个人，确实像猩猩。他走进微暗的楼门。整理人没有下车，他发动汽车，向旁边的升降式停车场开去。在入口处闸机上插进一张磁卡后，前面的铁门便向左右打开，轿车像是被吸入一样消失在里面。过了一会儿，整理人弓着身子，一只手颠着钥匙走出来，按下控制盘上的按钮，关上铁门。接着他走回大楼，进了门里。

从窗户的数目看来，这栋楼一共十层，每层四户的模样。入口处有个混凝土拱门，上面装腔作势地刻着花体拉丁字母"Maison de Shinjuku"。

"Maison de Shinjuku是？"

"新宿公寓。'Maison'是公寓的意思。"

"真是个装腔作势的名字，而且这么旧。"

"那些家伙也用不着太好的事务所。"

这样说来，七年前武泽用自己的住民票签合同的地方也都是旧楼的一室户。

武泽和老铁付过钱正要下车，司机把一万日元的纸币递了过来。

"你们既然是警察，刚才的这个钱我就不能要了。不好。"

"没事。"

"不行不行。"

"这是我们的业务经费。"两个人最后还是硬把钱塞回给司机，下了车，向大楼走去。在采光不足的入口左边，只有一部电梯。本来只要看过表示电梯位置的灯，就能知道那些人的事务所在几楼，但是现在电梯好像在整理人上去之后又被别人用过了，灯是向下的。老铁不禁小声抱怨："都是那个司机浪费了时间。"

"唉，这也没办法。喂，来了。"

电梯接近了一楼，武泽和老铁躲到邮箱旁边的空间里。门开了，出来的是个一身夜店打扮的年轻女郎。身材纤细，五官端正，长得很不错，不过现在不是看美女的时候。

"怎么找房间号？"

"看邮箱……哎，也搞不明白啊。"

排得密密麻麻的邮箱上没有像样的名字。不知道是不是因为入住者都不用心，几乎所有邮箱上面都没写名字。

武泽和老铁出了大楼，向刚才整理人停车的升降式停车场走去。闸机旁边有个简易厕所大小的预制装配房，开着的小窗里面有个脸颊消瘦的老人在抽烟，看上去像是停车场的管理员。

"请教个事情。"武泽搭话道。

老人像是吓了一跳，把烟放到从窗户看不见的地方。烟顺着工作服的胸口冒上来。

"刚才有辆白色轿车从这儿开进去了，是旁边那幢楼里的人吧？"

"哦，"老人应了一声，他把堵在喉咙里的痰咳下去，接着说，"是啊。"

"知道是几号房间的吗？"

武泽这么一问，老人立刻显出为难的神色，嘴皱得像个荷包，又拿起刚收起来的香烟抽了一口。

"知道是知道，我是这儿的管理员嘛。不过啊，最近出了一个什么……什么保护法的东西，可不能随便告诉你，不能哦。"

老人在手边打开了某份登记册，哗啦哗啦地翻着。那上面应该写了签约人的住址吧。

"我们有事找他们。"

"有事？"

"我们的车被撞了。"

"啊，撞车，哎呀呀，这可糟糕。"老人的表情显得颇感兴趣，探出头来。是太闲了吧，这老人的表情还真丰富。

"可是我刚才也说了，因为有个什么信息什么什么的东西啊，而且那个什么，那辆车的车主不像正派人啊。"

"哎，是吗？"武泽做出吃惊的神情。老人夸张地挺直身子。

"是啊，看见汽车就知道人品。那人是黑社会的，所以有点儿那个啊。"

"黑社会确实有点儿那个。"武泽和老铁一起应道。

"不过还是告诉我们一下房间号吧。"

"确实不行。有个什么规定。"

"真的吗？"

"哎呀，真的不行。"砰的一声，老人把手边的登记册合上了。

"求你了管理员。其实之前我们自己去查过，可是忘记了。只记得是那边大楼的二楼，几号房间就记不得了。"

"二楼？"老人露出不解的神色，再度翻开手边的册子，然后不知从哪儿掏出一副老花镜，仔细查找。

"不是二楼吧……"

"哎？那，是我把那边的数字看错了吗？"武泽装作比画门牌号的样子。

"看上去写的是2啊。数字2。"

老人显出猜谜一样的表情，用右手食指在自己左手上慢吞吞地写字。"2""10""2""10"，分辨出老人的动作，武泽啊了一声。

"不对，不是二楼，是十楼。"

老人抬起头，露出一副"是吧"的表情。

"想起来了。十楼二号。"

老人的嘴角微微扬起。

"不是，是四号。"

老人的表情没有变化。

"不对不对，终于想起来了。是了，三号。1003室。"

老人的表情还是没有变。

"好了，管理员，我想起来了。麻烦您了。"

老人像是要说什么，武泽已经催着老铁离开了。

"十楼一号吧？"

"应该就是了。1001室。"

\*

老铁和武泽一踏进经济型旅馆的房间，不禁惊讶地挑起眉毛。

"这房间很不错啊，是吧老武？"

"好得都有点儿浪费啊。"

五张床，两张写字台。房间门的里面大概是洗手间。小小的碗橱上面放着电水壶等物品，旁边还有绿茶和红茶的茶包，还有速溶咖啡的小袋。

"欢迎回家。"坐在床头的真寻抬头说。开了窗在抽烟的弥寻也回过头。

"情况怎么样？"弥寻的声音里半带不安，半带兴趣。

"嗯，很好。哎呀，算是还行吧。"

"听贯贯说，那些家伙冲进房子砸了东西？"

"好像是，说是带了高尔夫球棒过去的。"老铁刚说完，似乎又觉得不能让两人太担心，又加了一句，"不过不用怕，就算我们在房子里，他们最多也就是拿球棒砸墙、破坏家具什么的，吓唬咱们罢了。"

"真的吗……"弥寻把KOOL烟放到唇边，朝妹妹的方向望去。真寻还是坐在床上，双手撑在身后，一直盯着自己的膝盖。

"哎，说起来贯太郎呢？"老铁这么一问，弥寻朝房间门努努嘴。

"一直蹲在厕所里。说什么自己的理论错了。"

"什么意思？"

"不知道。"

里面传来水流声。贯太郎叹着气从门里出来了。

"啊，你们回来了……跟踪得怎么样？"

"贯太郎，你瘦了点儿嘛！"

"忍过头了，肚子不行了……哎，怎么样？找到他们的车了吗？"

"放心，顺利找到他们的老巢了。"老铁得意地说。

"是吗……太好了。"贯太郎一边说，一边皱起脸，像是在忍耐什么似的，又消失在门里。

"我去前台找点儿药。"弥寻把烟掐灭在烟灰缸里，出了房间。老铁把手边写字台下的椅子拉出来，一屁股坐在上面。

"老武，先坐下来歇歇吧。"

"嗯，然后重新规划今后的作战计划。每个细节都要仔细想好。"武泽也精疲力竭地坐在一张椅子上。

途中多少有些没有预想到的部分，不过到目前为止计划还是顺利的。真正困难的还是接下来的部分，必须预算出一切情况，厘清所有细节。

"是啊老武，信天翁作战，终于要真正开始了。"

"信天翁作战是什么？"

"哎，我没说过吗？"

老铁告诉武泽这是自己给这次作战起的名字。

"信天翁是什么啊？"

"笨鸟。给那些家伙挖坑设套，拿他们当笨蛋耍。"


# （二）


第二天中午刚过。

武泽在阿麦横商业街的某条小巷里走，周围的外国人一个个带着百无聊赖的神色，时不时向他望上一眼。武泽在其中看到一个下巴凸出的男子，他从男子这里买过东西，于是走过去。

"手机，手机。"武泽摆出拿手机打电话的样子，男子挑起浓浓的眉毛，点了点头，从口袋里掏出印有手机照片的纸。

"这个新品，五千日元。能用九十天。"

"便宜点儿？买好多。"

"好多？多少？"

"十一部。"

男子的脸色微微一变，从口袋里拿出另一张纸。看照片，和前些日子武泽买的那个手机一样，同样有S公司的商标。

"这个能发短信，七千日元。买多的话六千日元给你。"

"这回用不着短信。"

"短信是必需的。"

"不要，刚才五千日元的那个足够了。十一部四万日元怎么样？"

男人把紧身T恤里伸出的两只粗胳膊抱在一起，夸张地伸直了身子，露出不明所以的神情。

"五千日元，十一部，是五万五千日元。"

"所以说便宜点儿嘛。"

两人的讨价还价又持续了一阵，最终以一部手机四千六百日元的价格定了下来。武泽付了五万零六百日元，男人朝更深处的小巷伸伸下巴，示意跟他进去。和上回一样，巷子里面有几个好像和他同一国家的人在说笑，其中一个背着帆布包的人交给武泽十一部手机。武泽把它们塞进事先准备好的皮包里，离开了上野。

他坐上山手线去往新宿。出了站，按照昨天电话里说的路线钻进一个胡同，最终来到一处已经破败不堪却还取了个装腔作势的名字的二层小公寓。入口处不知为什么有个狗窝。武泽提心吊胆地在低低的犬吠声中走过狗窝，乘上一部声音很吵的电梯，上了二楼。倒数第二个门上，贴着要找的侦探事务所的牌子。

这家以窃听为专业的侦探事务所是老铁找到的。昨天老铁和武泽两个人翻了一晚上的电话黄页，寻找能在手机里安装窃听器的地方。问了好几家侦探事务所，每个地方的回答都是一样的，说是技术上做不到。只有老铁最后打通的一家说可以，不过条件是不管发生什么情况，都不能说出他们事务所的名字。问他们装窃听器要多少天，对方的回答远比预期短。

"两天就够了。"

虽然价格不菲，而且要先付款，但因为没有别处接这笔单子，所以也没别的办法。

按下门铃，门里传来细细的应答声，招呼武泽进去。昨天晚上联系的老板好像不在，坐在前台桌子后面的事务员给人一种豆芽菜的感觉。他好像已经知道了委托的内容。武泽把刚才买的十部电话交过去，付了钱。剩下的一部有别的用处。

"改装好的电话送到哪里？"

"请送到这儿。"武泽在记事贴上写下旅馆的地址交给事务员。

离开侦探事务所，武泽给老铁打电话。

"我这儿结束了。大楼的空房间找到了吗？"

"嗯，问过中介了，他们事务所1001室斜下方的902室是空的。"

"正是用来窃听的绝好场所啊！传单和名片呢？"

"真寻和弥寻已经做了个漂亮的传单设计，一下就能抓住人的那种。名片也已经准备了像模像样的公司名和人名。接下来只要拿去文印店就行了。啊，对了，印在传单上的手机号码知道了吧？"

武泽把之前留下的一部手机的号码报给老铁。

"那就是把这个号码印在传单上吧？"

"你说你有认识的文印店？"

"嗯，就是那个，以前做锁匠的时候，一直找他印的传单。"

"那个骗人的传单吗，万能胶的？"

"别总说那个成不？反正这个事情已经好了，接下来去一趟文印店就行了。顺便去把902室的锁开了。"

"小心点儿。贯太郎那边怎么样？"

"他买了各种东西，正在做那些小玩意儿。"说到这儿，老铁的语气稍稍有些变化。

"那个贯太郎啊，好像有点儿不对头。"老铁的声音有些发闷，似乎是用手捂着手机说的。

"不对头？"

"话很少，眼神也特别跳。"

"昨天拉肚子还没好吧？"

"我本来也这么想，还问他了，好像不是。我也小心问过弥寻，弥寻什么都没说，只是摇头。"

"难道……说不定是那个原因，那个，他昨天亲眼看到那些家伙闯进房子了。"

"吓破胆了？"

"有可能啊。"

吓破胆了也没办法。仔细想来，这一回武泽他们要干的事，唯独和贯太郎没有半点儿关系。虽然他赞成作战，但也只有他不是为了自己。贯太郎是为了心爱的弥寻和她妹妹真寻才去做的吧。但不管怎么说，为自己和为别人，动力是完全不同的。不管贯太郎的身体和大脑里塞了多少赘肉，害怕也不是没有可能。

"那老铁，继续让那小子这么下去行不行？做点儿东西没什么关系，把他带去那些家伙的事务所也没问题吗？"

老铁回答的语气很慎重，他也在考虑同样的问题吧。

"今天晚上再问问本人看看吧。"

挂上电话，武泽轻轻叹了一口气。

现在不是担心别人的时候，他自己其实本就害怕，在这七年多的时间里，武泽之所以一直过着隐姓埋名的生活，当然有放弃人生的意思，但更多的还是因为害怕被组织报复。但是，现在自己却要向那个组织布下大胆的圈套。

问题不止这一个。除了老铁，真寻、弥寻、贯太郎都只知道自己是那个组织的受害者。贯太郎就罢了，如果那一对姐妹知道了武泽的过去，她们会怎么样？要是她们知道同吃同住并肩作战的武泽其实是逼死她们母亲的直接凶手，她们会怎么样？自己还要继续隐瞒吗？能瞒得下去吗？武泽有一种预感，就像智力游戏里只要移动一根火柴棍，拼出的狗就会朝向完全不同的方向一样，只要一个小小的契机，就会生出最坏的结果。他和老铁私下商量好了，这一次的作战，要趁火口和整理人这些认识武泽的人不在的时候进行。但这只是一厢情愿，在作战计划实行的过程中，难保对手不会发现武泽的身份。一旦被发现，武泽的过去也就暴露了。到时候，自己又该怎么办？

两天后的上午，发自新宿侦探事务所的包裹到了旅馆。老铁找文印店印的传单和名片本来也应该送来的，但是一直没来，武泽打了个电话去催。就在这时候，快递员把包裹送到服务台了。

"啊，很好，超华丽。"打开包裹，对比里面的传单和名片，弥寻开心地叫起来。

"'限时促销！限量促销！预付费手机，处理品跳楼大贱卖！一千日元一部！需要请联系——''处理品'这个词是我想的哦，便宜货总要有点儿理由才行。对吧，老武，我的头脑不错吧？"

"嗯，不错。"

武泽敷衍了一句，把名片盒分给各人。每盒至少有五十张，不过最终也就用一两张。

"不光是自己的名字，所有人的都要好好记住。"

接下来武泽打开侦探事务所寄来的箱子，里面放的是十部手机和一部步话机一样的接收机。老铁伸手取过接收机。

"这一部接收机，能听到全部手机吧？十部，全部？"

"下单的时候就说过了。不仅能听到电话里的交谈声，连周围的声音都能收到。"

武泽大致浏览了一遍附在里面的A4纸大小的说明书，显示接收最大距离约五十米。因为体积小，发不出强电波，所以接收范围并不广，而且电池寿命也短。不过似乎有装置保证在手机接上充电器的时候也会给窃听器充电。说明书上还说，手机关机后，只要没取下电池，窃听器就能一直工作。说明书的空白处以潦草的笔迹写着：依照委托，已将窃听器发射电波的频率设为互不干扰了。

这就是他们讨论出的作战计划第二步——窃听对手事务所的方法。

首先把装了窃听器的十部预付费手机卖给他们。这些手机里的一部分恐怕会被拿去别的据点，不过总有几部会被留在这里。哪怕事务所里只留下一部，把接收机与那一部的窃听器频率调为一致，就可以窃听事务所里的声音了。武泽他们是这么打算的。

"先试试看吧。贯太郎，拿着这个到门外面去窃听。"

老铁把一部手机递给贯太郎。但是贯太郎盘腿坐在地上，心不在焉地看着装手机的箱子，没有回答。

"贯太郎？"

"啊，什么？"贯太郎终于抬起头，好像完全没察觉是在和自己讲话。

"抱歉，你说什么？"

"让你拿着这个出去。"

老铁把手机递过去，贯太郎面无表情地点点头，慢吞吞站起身，默默走了出去。武泽和老铁对望一眼，又向真寻和弥寻望去。弥寻她们也一脸担心地看向贯太郎刚刚出去的方向。

两天前的晚上，吃着拿热水壶烧水泡的泡面，武泽若无其事地问贯太郎："要是担心的话，不干也行。"

贯太郎停住嘴边的一次性筷子，翻起眼睛看着武泽。

"你看，你本来就和这些人没关系，不用勉强。"

贯太郎转向泡面，吃了口面喝了口汤，又吃了口面喝了口汤。然后头也没抬说："我可不会不干。"

"可是你——"

"以为我害怕了是吧？你和老铁。"

武泽和老铁对望一眼，谁也没说话。

"我干，因为和我有关系。我干，为了弥寻、真寻，还有鸡冠，我干。"

虽然如此，武泽对贯太郎的状态还是非常在意。当然，这一次的事情，没有哪个人能泰然处之，但是贯太郎好像哪里有点儿不一样。具体说不上来，不过似乎不是对这一次的作战本身感到不安或者害怕，而是对更加具体的、特定的某种事物有所顾忌。就是这么一种感觉。虽然也许是想多了，但武泽没办法不想，又不能直截了当地问，真的是如鲠在喉，就这么一直堵在心里。

"国王陛下……"

老铁手边传来贯太郎的声音，是从接收机的扬声器里发出来的。

"王后陛下……"

"哦，听见了。很清楚。"

老铁的嘴凑到接收机旁边回答贯太郎，但是这东西只有外形像步话机，并不是真的步话机，说也没用。

"现在走到走廊尽头了，还能听见吗？"贯太郎的声音稍微远了点儿。

"把电话机放在地上，我人离开了。现在大概五米……十米左右……现在十五米……现在……米……"

声音越来越远，不过一直到十五米左右，还能清楚听见贯太郎在说什么。

"超出预期啊，老武。"

老铁的侧脸浮现出兴奋的表情。

# （三）

那天傍晚，武泽他们在房间正中围坐成一圈。圆圈当中是从上野买来的十一部手机当中没装窃听器的那部。翻盖的盖子打开着。

"没打来嘛。"老铁从刚才开始就一直不停在看时间，盘腿坐的脚趾神经质地抽动着。

"嗯，不会马上就来，说不定还没看到传单。"

拿到手机和传单之后，老铁立刻去了新宿公寓，往1001室的邮箱里塞了传单。

"不看的话怎么办？"

"再塞就是了。不管怎么说，一千日元一部的预付费手机，对他们来说应该挺有诱惑力。我觉得迟早会联系。"

"我说老铁，你那脚趾还是别动了吧，搞得我这儿都着急。"

被弥寻一说，老铁立刻不动了。但也只是安静了一会儿，随后又动了起来。弥寻叹了口气，点起一支KOOL烟。她抽烟的样子也没有平素那么自然。真寻从刚才开始就在咯吱咯吱吃着海带，现在还在吃。

贯太郎很安静，在弥寻身边坐着，手放在盘起的双膝上，像个静静的佛像一样沉默不语，已经有很长时间没听到他说话了。弥寻叼起烟的时候，他也忘记该递打火机过去了。明明不热，但大滴大滴的汗一直从贯太郎心不在焉的脸上往下滑落。武泽的目光追随着汗珠的轨迹，从大大的耳朵周围出发，淌过鬓角，流到河豚一样的脸颊——

突然手机响了。所有人的目光一下集中过来。屏幕上显示出"未知号码"四个字。老铁神色僵硬地给了武泽一个眼色。武泽拿起电话机，按下通话键。

"你是卖手机的？"

武泽朝另外四个人望了一圈，微微点点头。全员的神色都紧张起来。

"嗯……是问预付费电话吗？"

"我看到传单了，真的卖一千日元？"

"数量有限。"

"有几部？"

那是一种似乎咄咄逼人，但又透着挑逗的语气。那语气以前听到过，是给自己打过电话来的那个整理人。没错。

"您问还有几部是吧？请稍等，我看一下。"

武泽用手捂住电话，静候了几秒。听筒里传来整理人向别的什么人说话的声音，对方笑着低声回答了句什么。

"让您久等了。"

"几部？"

"嗯，十部。刚好剩了十部。不过这是目前的剩余数量。我们这里电话一直响个不停，东西很抢手，如果想买，最好——"

"全都买了，十部都要。"

肋骨内侧，心脏咚地跳了一下。

"啊，买十部？"

武泽的话让另外四个人都不禁凑近了些。

"不是说了吗？十部一万日元，其他什么都不用吧？"

"嗯，不用，虽然是处理品，不过请放心，功能都没问题。那么手机送到哪里？"

"啊，等下。"

整理人的嘴巴好像离开了手机，声音远了。武泽用力握紧手机。

"这里……是吧？"

好像是在向什么人确认送货地点。对方回答了，应该是比整理人位置更远的地方发出来的声音，但不知道是不是因为声音低沉，在武泽听来却更清晰。

"问问……随便……"

下一句话传入武泽耳朵的刹那，武泽不禁全身僵硬。

"……火口还……也许……"

手机和耳朵之间微微渗出汗水，对方半晌没有回答。微弱的对话声还在持续，但是声音比刚才轻了，听不到说话的内容。

"久等了。"过了好久，终于传来整理人的声音。

"我告诉你地址。钱怎么付？"

"啊，稍后会单独发一份通知，上面会有转账的账号。"

"哦，那我报地址了。"

整理人说了新宿区的地址，正是前天跟踪到的那幢楼的地址。

"这边的1001室。"

"1001是吗？客人的名字，写谁收好呢？"

"名字无所谓，你们随便写个吧。"

"这样啊。那我们随便写个……"

武泽向四人望去，真寻面无表情地指着自己的T恤低声说："三木忠太郎。"

"三木忠太郎行吗？"

"啊，行。"

对方说完就挂了电话。在真寻T恤的胸口，米老鼠正张口大笑。武泽想，说不定在这些人里最有胆量的就是她了。

# （四）

第二天。

新宿公寓902室的门已经开好了。房间是2DK[1]的格局，因为完全没有家具，看起来地方很大。

"暂且先泡杯咖啡吧。我把旅馆的速溶咖啡拿来了，还有纸杯。"弥寻悠然说道。

"水、电、煤气都不能用。我以为你知道，所以没特意说。"

"啊？"武泽的话让弥寻挑起眉毛。

"那，晚上怎么办？"

"带了手电筒。"

"洗澡呢？"

"一定要洗的话，可以去附近的澡堂蒸个桑拿什么的，也可以回旅馆，反正又没退房。"

"想上厕所呢？"

"去就是了。在那儿。"

"可是没有冲的水吧？"

"水箱里还留着能冲一次的水吧。不够的话就拿带来的塑料瓶里的水冲。"

"喂，贯贯，晚上要是冷了就抱在一起吧。"

"唉……是。"贯太郎还是心不在焉的模样，膝盖弯着，脸上的表情像是在做梦。他把买来的食物和饮料并排放在地上。

"贯太郎，那么排了也没意义吧。"老铁困惑地说。

---

1 日本2DK的户型类似于两室一厅，这个一厅兼具厨房和客厅的功能。——编者注

贯太郎微微点头，又开始把排出来的东西放回塑料袋里。看到那个样子，武泽也忍不住问："我说贯太郎，你这次真的——"

"不是说了没问题吗？我干。"

那是武泽从未见过的尖锐眼神。贯太郎自己似乎也意识到这一点，立刻又耸耸肩垂下目光，小声说了句对不起。

"哎呀，没关系。"

武泽从包里取出接收机，打开电源。他转动旋钮，逐一调整接收频率，依次与十部窃听器吻合，但是听上去全是噪声。这是当然的，因为窃听器应该还没送到那些家伙的房间。

"快递指定上午送达，快的话几点能到？"

"我想最早八点半吧。"真寻一边说，一边看看高飞的手表，"至少还有三十分钟哟。"

武泽挑了一个窃听器的频率调好，放在地上。


上午十一点的时候，听到了最初的声音。一直持续的噪声出现了变化，紧接着噪声又渐渐变轻。一开始武泽还在想接收机是不是没电了。但是不对，代替噪声的是一些不同的声音。那是嗞、嗞、嗞这样飞快而有规律的声音。

"这是什么啊？什么奇怪的声音——"

"嘘。"武泽把手指竖在嘴唇上，让弥寻不要说话，耳朵凑近接收机。嗞、嗞、嗞、嗞……消失了。然后是一阵无声的沉默。接着又是嗞、嗞、嗞、嗞的声音。

"是在抱着箱子跑吧。"

真寻第一个低声说。是的，一定是的。这是窃听器在箱子里摇晃的声音。

"快递好像来了。"

五个人的头一起聚到接收机旁边。嗞、嗞、嗞、嗞……咔嚓……

"快递。"

开门的声音。请求签字的快递员的声音。然后是手机在箱子里摇晃，扑通一声，粗暴地被扔在某处的声音。之后终于断断续续地传来箱子的胶带被撕开的声音。

"野上，来了。"整理人的声音。叫野上的那个声音回答："先检查一下看看吧。"低沉粗犷的声音。昨天傍晚透过电话听到的也是这个声音。单凭声音虽然无法判断，但也许就是那个和整理人坐同一辆轿车的"猩猩"。

"真寻，录音。"

听到老铁的指示，真寻把准备好的录音机凑近接收机，按下录音按钮。能录九十分钟的磁带转了起来。

大家竖起耳朵听。事务所里人声嘈杂，有各种声音。从声音的数量判断，事务所里除了整理人，至少还有四五个人。年轻的声音，临近中年的声音，还有听上去上了年纪的声音。

"你是借了吧？"

"不是说明天吗？昨天的明天就是今天吧？"

"你耍我？"

"不还钱就是诈骗哟。"

忽远忽近的威胁、恫吓，混杂在一起传来的那些声音，硬生生地让武泽回想起七年前的那些日子。自己家里几乎每天都会有这样的电话打来。在受组织驱使之后，自己也曾目睹过许多次这样的现场。充满烟味的房间，埋头打电话追债的那些家伙的脸，一闭眼就能看到。

武泽把接收机的频率调到另一个窃听器，传来的声音基本没有什么变化。再调到下一个窃听器的频率，还是一样。十部手机全都确认过了，每一个窃听器都在正常运转。当武泽听到最后一个窃听器的时候，突然响起了铃声，听上去是哆、咪、唆、哆的旋律。

"现在是上午十一点零九分。"

某个人——似乎就是整理人——正在报时，可能在检查手机好不好用。恰好使用了武泽正在窃听的电话，声音传到这边来了。过了一会儿，又传来整理人的声音。

"都是好的。"

"先拿几部用用。拿这些新手机给不接电话的人打。"

名叫野上的男人下了某种指示。武泽一听就明白了。债务人被天天催促的电话惹烦了，最终就不接某个号码打来的电话了，甚至所有不显示号码的电话都不接。武泽也清楚记得，之所以不接电话，不是装作不知道，恰恰相反，是因为太害怕了而无法按下通话键。而这时候，当看到有个新号码打来，虽然头脑中依然盘踞着被催促的恐惧，但心底也会有些许毫无根据的期待，盼望是某个好消息，就会接了。

接收器里传来按按钮的声音和打出后的拨号声，声音很大，似乎就是用武泽他们在窃听的手机打出去的。终于，一个微弱的女性声音不安地接通了电话。

"……喂？"

"这不是在家吗？"

女性仿佛倒吸了一口冷气。

"为什么刚才不接电话，啊？"

"啊，不，没有。"

"喂！"

听不下去的武泽换了个接收机的频率。

总而言之，现在武泽他们需要的情报之一，是那些家伙用于回收债权的银行账号，知道得越多越好。

武泽他们一直坐在地上无言地窃听着。每过九十分钟，真寻便飞快地换磁带。这段时间真是让人意气消沉。为充饥买来的食物，谁也没有伸手去拿。大家并非不饿，而是没有吃东西的心情。没人喝水，也没人去上厕所。接收机传来的声音里，时不时会有人说到银行账号，这时候五个人就迅速记在准备好的记事贴上。同样的记事贴分成了五份，五个人同时记，一是为了防止听错账号，二是防止事务所里两个以上的人在同一时间报账号。每逢这种时候，武泽就会飞快地小声指示分头记录，尽可能没有遗漏地记下来。

银行账号的数量比预想的多，不过还不至于不可胜数。写记事贴的途中也曾发现有记过的，但还是决定以后再检查。武泽他们只管里头记号码。事务所里的那些家伙对工作意外地热情，催促和威胁的电话接连不断。时不时有人拿起当前正在窃听的电话用，这时候武泽就会立刻调整接收机的频道，换到另外一台上。不然打电话的声音太大，会盖住周围的声音。不过偶尔也会换到正在通话中的手机上，一换过去，就会从接收机的扬声器传出怒吼的声音。

到了下午，不知道是不是都出去催款了，事务所里的声音数量渐渐少了，但时不时会突然多一阵。

下午三点左右的时候，大家终于感到肚子饿了。先是真寻从塑料袋里拿出饭团吃。就像是信号一样，武泽他们也无言地向袋子伸出手，开始吃东西。不过五人的注意力并没有从接收机上移开，每当传出有人报银行账号的声音，大家都会停止吃东西去记录账号。

从接收机听到的声音，之后也没什么大的变化，没有重要的对话，火口也没有来事务所。确定组织的账号这一首要目的，差不多可以结束了。现在对方报出来的银行账号，已经全是记过的了。

到了傍晚，窗户上贴的报纸渐渐变暗，很快房间也彻底黑了。虽然准备了手电筒，但也没有打开的必要，五个人就在黑暗中待着。黑暗之中，只有接收机的指示灯在发光，以及弥寻偶尔抽烟时发出的微弱的光。接收机里传来的声音慢慢减少，终于，催促和威胁的声音完全听不到了。时间是晚上七点三十分。

"这是下班了吧？"

对老铁的问题，武泽摇摇头。

"现在是债务人下班回家的时间，大概是直接去施加压力了。"

七年前，从公司回家的时候，停在住处附近的陌生车辆，不知道让自己折回去多少次。

"野上，晚上干什么？"接收机里传来整理人的声音。

"今天没什么指示，去歌舞伎町？"

"是吗？啊，还是先联系下火口比较好吧。"

"那你联系啊。"

半晌没有动静。可能整理人在给火口打电话。

"不接啊。"

"等会儿再打吧。走吧。"

"对了野上，那件事呢？那个叫武泽的家伙？"

大家全都绷紧了身子。

"那个也等火口的指示。昨天我也问过，火口只是说'让我想想'。"

"但是那家伙已经跑了吧？家里都空了。火口还打算继续找他吗？"

"谁知道啊，说不定要我们去找。"

"这回要做侦探啦？"

"放火、杀猫、做侦探……还真是什么都有。"

真寻想说什么，弥寻飞快地抓住了她的手。

"哎，就算找，我们也不知道他长什么样子啊。"

"我也只知道武泽一个人的长相，而且是放火的时候看到了跑出来的人才知道。啊，那个时候还看到一个人。小个子，长得很奇怪。我总觉得好像在哪儿见过那家伙……忘记是在哪儿了。"

整理人想了一阵老铁的事，不过最终还是放弃了。

"还有几个人跟他住在一起吧？"野上问。

"好像是，不知道是什么关系。"

"火口自己去干就好了。搜索也好，收拾也好。那个人啊，有点儿太使唤部下了。"

"下次请直接对本人说。"

"我先写好遗书再去。"

两人发出低低的笑声，混着仿佛听天由命的情绪，然后是脚步声和关门声，之后什么都听不到了。

# （五）

之后，根据老铁的建议，武泽、贯太郎、真寻、弥寻四个人暂时回旅馆休息。到明天早上为止，事务所里应该也不会有什么事。

而且在水、电、煤气都没办法用的情况下，全体住在这里确实困难，还是采用换班制。

"我在这儿负责竖起耳朵窃听。"老铁说。

回到旅馆，依次洗澡，武泽开始整理包括老铁在内的五个人记录的银行账号。另外三个人帮忙比对，一边纠正听错的地方，一边整理到一张报告纸上，很快做成了大约十五个账号的一览表。

工作至此结束，身体虽然没有运动，但疲劳和睡意猛然涌来。其他三个人也一样。虽然有点儿对不起通宵的老铁，但还是要去睡觉了。关上电灯，各自上床，闭上眼睛。但是——

几分钟之后，武泽在黑暗中猛然一颤，睁开眼睛。

电话在响，是武泽放在枕边的手机。武泽按下通话按钮，把手机放在耳边的刹那，电话那头传来匆忙的呼吸声。

"是火口。"老铁的声音非常激动。武泽顿时坐起身，用手盖住话筒，低声说："来事务所了？"

"嗯，就在刚刚，和那个整理人还有野上一起回来的。现在三个人正要出去。"

老铁还在喘气。真寻、弥寻、贯太郎也都从床上坐起身，望向武泽。

"他们说了什么？"

"我都录下来了。我就是为了这个留下来的。他们三个一回事务所我就录音了。准备好了吗？我放给你听。"

电话里传来咯吱咯吱的声音。老铁是把录音机的扬声器按在自己的手机上了吧。老铁的声音从远处传来，然后是磁带的声音。

"……没这么做的道理。准备新据点的时候，还有空在歌舞伎町闲逛？"

这句话里带着许多齿擦音，刺耳的齿擦音。武泽眼前浮现出七年前商场的电视屏幕里，被媒体的闪光灯照得发白的火口的脸，还有他当时透过屏幕，向武泽说着什么的薄薄的嘴唇。

整理人和野上低声道歉。从对话的内容来看，可能是两人在歌舞伎町闲逛，偶然被火口撞上了，要么就是专门打电话叫出来的，现在被带回事务所了。

火口的声音在继续："你们说新手机来了是吧？"

"啊，是的，这儿。一共十部。一千日元一部，用起来和新的没区别。"

"一千日元？"

"据说是处理品，数量有限，只剩了十部，就全买了。我们想新据点也可以用。手机本来就不够用吧？"

"东池袋的据点再有五部就差不多了，你明天一早拿过去。剩下的先放这儿吧。"

估计是把武泽他们送去的十部电话留五部下来的意思。

"对了，火口先生，以后要在这里常驻吗？这个事务所，您说过准备当成组织的中心吧？"

"嗯，不然每天在各个据点转来转去，太费事了。不过这段时间也就这个时间能露面。对了，等过一阵大家都安定下来了，在这儿买点儿办公桌什么的。"火口说着，笑了起来。

"顺便准备个'社长'的牌子怎么样？就搁在办公桌上。"

电话里传来火口的鼻息，似乎颇为得意的模样。看来火口最近成了组织的老大了。对话的内容给人这样的感觉。

"其实也没时间悠闲坐着，据说这一带的保护费要涨，还得努力干活儿啊。"

保护费其实就是付给黑社会的钱，以此换取在其势力范围内做生意的许可。虽然自《暴力团对策法》实施以来，他们对一般生意人的征收少了，但似乎对火口这样的生意还在征收。

"扩大组织，还有武泽的事，因为是遗言，不能撒手不管啊。"

遗言？

野上低低的声音插了进来："对了，火口先生，那件事怎么办？武泽那家伙。"

砰的一声，桌子好像被什么重重一敲，打断了野上的声音。空气仿佛紧绷起来一样，持续了片刻的沉默，随后传来火口的声音："我昨天说了让我想想吧？"

"是，嗯，确实。"

"别再问了。"

然后便没了声音。不是窃听中断，而是三个人不再交谈了。咔嗒一声，磁带停了。

"接下来他们一直都没再说话，就在我给你打电话前的一会儿，三个人出了事务所。我说老武，他们最后说了'遗言'什么的。你知道那是什么意思吗？"老铁问。

"我还想问你来着……"

黑暗之中，六只眼睛不安地看着武泽。

# （六）

第二天早上，武泽连早饭也没吃，就在想信的措辞。他把草草写成的草稿交给贯太郎，拜托他重新书写。贯太郎在信纸上写下犹如铅字一般的工整文字。

敬启

　　冒昧打扰，十分抱歉。我是市政府所属某机构的成员。写这封信，是因为有事需要与您联系。
　　也许您已经知道，本机构长期以来一直致力于消灭市内违法贷款的现象。如附件所示，本机构已经掌握了您使用的银行账户，目前正着手通过警视厅联系各家银行，预备冻结所有账户。
　　不过，本机构内部的信息管理体制并不严密。现在尚有抹除账户数据的可能，本机构每个成员都能做到这一点。当然，我也可以胜任。
　　因此，如果您对此感到不安，我可以帮助您抹除账户数据，只需支付一小笔手续费即可。支付方法稍后另行联系。

　　顺颂
　　商祺

　　武泽把这封信和昨天写好的记有银行账号的纸一起放进信封，几个人收拾行装出了旅馆。他们在便利店买了早饭，一边吃一边坐出租车去了新宿公寓。趁周围没人，武泽悄悄把信塞进了1001室的信箱里，然后迅速乘上电梯，按下九楼和十楼的按钮。武泽、弥寻、贯太郎在九楼下来。

"那就拜托了。"

真寻一个人上了十楼。

进入902室，空荡荡的房间正中，老铁像个婴儿似的抱着膝盖，半张着嘴巴和眼睛在睡觉。

"老铁，早饭来了。"武泽朝他打了声招呼。老铁猛然怪叫了一声，不知道哪块肌肉发了力，他侧抱着膝盖硬生生从地上弹了起来。

"吓……吓死我了……吓死我了……"

"被子都没有，冷吧？"弥寻把穿来的白色夹克披在老铁肩上，老铁双手捂住胸口，像是要抓住心脏一样，长长出了一口气。

"啊……我睡着了吗？哎，我觉得自己就睡了一小会儿。"

武泽把便利店的塑料袋递给老铁："买了饭团、三明治、咖啡。守了一个通宵了，先吃点儿，然后回旅馆睡会儿吧。"

"哎呀，没关系。我在这里再睡一会儿。"

"后来楼上有什么动静吗？"

"没动静，没人来事务所。"

武泽他们和昨天一样坐在地上。老铁睡眼惺忪地吃了几口早饭，又横躺下去，抱起膝盖，披了弥寻的夹克当被子，闭上眼睛。其他三个人无声地竖起耳朵，听接收机里的声音。

\*

真寻在十楼下了电梯，来到走廊里。走廊左手边是油漆剥落的栏杆。虽然是十楼了，但栏杆只到真寻的胸口。

真寻不喜欢高的地方。

中学的时候，真寻曾有一次想过自杀。她逃出学校，爬上附近的高楼楼顶，眺望下方的小小人影。高楼前面有个公园，妈妈带着孩子在里面玩，孩子充满活力的叫喊声时不时传到真寻所在的楼顶上来。她在那里一直待到晚上，最终还是没有跳下去的勇气，放弃了自杀。回到公寓，真寻抱着姐姐哭了很久。从那以后，她就觉得高处是距离幸福最远的地方，怎么也不喜欢。

真寻一只手扶着栏杆，静静向下看。旁边紧挨着有一幢二层的小楼，从上面看它正方形的楼顶，有点儿像电视转播拳击比赛时，摄像机俯瞰拳击场的模样。楼顶上有个四方形锅炉一样的机器，还有粗大的管子，一般人很少上去。水泥地上稀稀拉拉散落着不知哪里来的T恤衫、塑料袋等。

离开栏杆，真寻顺着走廊往前走。1001室在最里面。真寻的咽喉发紧，慢慢往前走。她在从里面数第二个门——1002室的前面站定，深吸了一口气。

然后，真寻按下门铃。

等了一会儿，可是没有应答。真寻又按了一次门铃，门里似乎有了动静。终于，里面传来咚咚……咚咚的奇怪声音，似乎是有人撞到了门里的什么东西。然后透过门传来长长的叹息，咔嚓一声，里面的锁开了。

"你是谁呀？"

一张瘦瘦的女性的脸。大约二十岁，长长的棕色头发，紧身红色T恤，长到膝盖的粉红色套衫。再往下是仔细除过毛的白色裸足。

"什么事啊……这么早。"女子从门缝里探出头，眯着眼睛打量真寻。不知道是喝醉了还是没睡醒。

"喝到早上才睡觉啊。"

原来两个都是。

不好办啊，真寻想。对方要是中年男性就好了，自己对付起来很拿手，可是像这样的对手是最讨厌的。不过这种话当然不能说出来。只有硬着头皮上了。

"啊……对不起，我房间……"

真寻一边说，一边侧身去看门边的名牌。

"我是来九楼的……哎，这是十楼？"

这可怎么办，真寻双手捂住嘴。女人哎呀一声，长长叹了一口气，咂了咂嘴："饶了我吧，刚睡下。"

女人一边搔头，一边要关门，真寻说了声"对不起"拦住了她，然后上下打量了一会儿，小心翼翼地问："那个……姐姐您是不是Pirates of tresbien的陪酒女郎？"

真寻胡乱编了个店名。女人张开嘴打了个哈欠，齿缝间拉出一条唾液的细丝，然后毫不遮掩地笑了。端正的五官，纤细的面庞，要是打扮仔细一点儿还真是个美人。可惜了。

"那是什么呀？听上去一点儿品位都没有，我怎么可能在那种地方上班？我是Grace的陪酒女郎。喂，知道吗？"

哎！真寻双手在胸前握住，显出惊讶的表情。

"Grace？真的吗？那可是我憧憬的店呀！"

虽然是个完全没听说过的店名，但真寻还是尽可能满腔热情地发出爱慕的声音。

"憧憬？"女人皱起眉头，仿佛非常不耐烦的样子。但是，表情深处却有一点儿得意的神色。女子毫无顾忌地上下打量真寻。

"什么呀，你也是陪酒女郎吗？完全看不出来，还像个孩子嘛！"女人一边说，一边不露痕迹地抚平弄乱的头发。"憧憬"这个词好像有效果了，虽说稍微正式了点儿。

"哎呀，那个，我还不是陪酒女郎，只是一直很憧憬，希望自己将来能成为陪酒女郎。要是能在Grace之类的地方工作就好了。"

女人哼了一声。短短的鼻息充分显示出嘲弄和优越感。

"我劝你还是放弃吧。陪酒可是个很累的工作。"

"哎，是吗？可是我一直——"

"我不是非要拦你，真的别做这一行。什么事都会碰上……"

女人伸手摆弄自己的头发，放眼望向远方。真寻显出受冲击的表情，怔了片刻，然后又毅然向女人转去。

"可是，我总觉得这次相遇不是偶然。我按错门铃的房间，出来的正好是Grace的陪酒女郎。"

说到店名的时候，真寻的声音里依然充满感情。

"姐姐……我知道第一次见面就这么说，非常失礼……那个，您能把我介绍给店里吗？"

"介绍？哎呀，不行的。"女人板起脸，扭了扭身子。

"可是，我真的很想去Grace，我想试试。"

"这样的话，你自己直接去店里应聘不就行了。"

"姐姐觉得没问题吗？"真寻满怀不安地一问，女人又打量了真寻半晌，终于不情不愿地说："嗯……能行吧。我也不知道。"

仿佛面庞周围开满鲜花，真寻展开灿烂的笑容。

"真的？我太高兴了，能被真正的陪酒女郎这么说，这下我有信心了。今天晚上就去Grace试试。"然后，真寻又小声说，"不过，我不想和姐姐同一天进店……有姐姐这样好看的人在，客人肯定不会来我这边的。"

女人的脸上飞快地闪过一丝笑意："也许是吧。还是不要同一天的好。"

"姐姐一般都是星期几上班的？"

"也没有固定的时候，每周的星期三和星期五我都会去店里。"

"啊，那我就请店长给我安排星期三和星期五之外的时间。"

"自己挑日子这种事，不知道店长会说什么啊。"

真寻用充满活力的声音应了一声，向女人点头致谢。在做那动作的途中，真寻的目光扫过室内，玄关地上放着五六双装饰华丽的高跟鞋，房间里面视线所及的地方，可以看到许多散落的纯色衣服，还有可爱的小梳妆台，梳妆台上放着指甲刀和睫毛膏。显然是独居。

"姐姐，谢谢您。如果我的愿望能实现，能在Grace上班的话，也许会在店里见到您。那时候还请多多关照！"

"啊……哦，你也是。"

女人的醉意和睡意又回来了，她退回玄关里。门啪嗒一声关上了。

"星期三、星期五。"

真寻回到电梯，下去九楼。

*

接收机里什么声音都没有。为了缓解紧张情绪，武泽喝了一口带来的塑料瓶里的水。

玄关传来开门的声音，真寻进来了。全体齐刷刷朝她望去。

"怎么样？"武泽一问，真寻毫不客气地回答说："搞定。"

"独居陪酒女。基本上星期三和星期五都去店里。"

"哦，很不错嘛。今天是星期二，最近的就是明天，或者是大后天。"

真寻打听出了1002室的住客哪几天会不在。如果隔壁有人，这次的作战就不会成功。

"不好意思，让你做这种麻烦的事。要是我和老铁能干就好了。"

武泽和老铁不方便去十楼，只能把这件事拜托给真寻。整理人知道他们的长相，在走廊里遇上就糟了。武泽甚至有可能直接撞上火口。

"这边怎么样？"真寻在武泽旁边弯下穿着牛仔裤的腰，随手拿起一只塑料瓶喝水。

"什么动静也没有，他们早上好像比较晚。"

"昨天十一点的时候已经都到了。"

老铁看看手表。现在是上午八点三十二分。

"大概再过两个半小时，他们就会来吧。"

"大概吧。"

不过没有等到那个时候。大约一小时以后，传来了最初的声音。

开门的声音，然后是粗暴关门的声音，两只脚踩着地板走近，咔嚓的金属声，似乎是坐在金属折叠椅上了。咔、咔、咔，像是手指在敲什么的声音。

"很急躁啊……不知道是谁。"

没过一会儿，又传来开门的声音，用比刚才重的脚步声进了房间。

"哦，野上。"

"哦，早。"

听起来刚才进事务所的是整理人，现在进来的是野上。

"那是什么……信？"

片刻的沉默之后，传来野上嘟囔的声音。

"喂喂……什么啊这是，银行账号完全被查出来了啊。"

"糟糕啊，野上。这可怎么办？"

"无论如何，先联系火口。"

两个人没再说话。过了二十秒左右，又传来整理人的声音。

"啊，火口先生对不起，有点儿那个……不妙的事。"

整理人给火口打了电话。他短短解释了情况，把信箱里塞进来的信一字不漏地读出来。然后就是"是……是……是"附和对方的声音。时不时会有大声的"是"，那是火口的声音也严厉的缘故吧。仅仅透过接收机听整理人说话，武泽就已经坐立不安，连脉搏都加快许多。

"火口先生说什么？"野上的声音。整理人好像挂了电话。

"说是让我们尽早把所有账户里的钱都取出来。要是账户被冻结了，付不了保护费就糟了。"

"取出来的钱怎么办？"

"暂时集中到这个事务所来。"

"太好了！"老铁叫了起来。武泽也不禁在胸前握住拳头。但是听到下面的话，两个人同时闭上了嘴。

"因为只有这儿有保险柜。"

"嗯，那么多现金确实不能到处乱放。还是放在保险柜比较放心。"

"保险柜啊……"武泽不禁低低说了一声。其他四个人也是一脸愁云，想要夺取的现金要被收到保险柜里了。

"明天傍晚，火口先生会去找了解打击高利贷团体的人问问，打听一下信上写的那个'市政府所属某机构'的消息。让我也一起去。"

"你们都走了，这个事务所怎么办？"

"交给野上你负责。"

"明天傍晚吗……"

那时候1002室的住客正好不在，1001室也没有火口和整理人。也就是说，谁也不认识武泽和老铁。

于是在这一天晚上，武泽他们做了计划的最终讨论。深入每一个细节，毫无遗漏。

# （七）

第二天日落之前。

武泽、老铁、贯太郎、弥寻穿上工作服，戴上同样的帽子，在902室待命。工作服是灰蒙蒙的颜色，随处可见的那种，帽子也一样。真寻也穿着同样的行头，不过她并不在房间里，而是在外面走廊上偷听，等待正上方房间里的女人出门。

打开接收机，确认1001室的状况。火口和整理人似乎和前一天说的一样都出去了，不在事务所里。事务所里只有野上和另外三个男人。两个年轻的和一个上了年纪、声音嘶哑的人。

目标现金全都收在事务所的保险柜里。保险柜是拨号盘式的还是数字按键式的，在没亲眼看见之前，没办法知道。不过对策昨天已经充分考虑了。

"接下来就是等待行动的时机了。"

武泽对老铁的话默默点头。弥寻从刚才开始就一直在一根接一根地抽烟，贯太郎满头大汗，一直盯着地面，时不时做个深呼吸。这家伙真的没事吗？

透过窗户上报纸间的缝隙，细细的夕阳照进来。

"上面的女人出去了。"

武泽等人一起站起来。老铁拍拍手："好，开始吧！真寻，别忘了工具。弥寻准备好那个。贯太郎和老武带好名片。"

武泽摸摸胸前口袋里的名片。名片上用蓝色和红色印着大大的公司名，下面是黑色的文字，用明朝体写着"馆山太"几个字。这是老铁起的名字，姓用了武泽、老铁、弥寻、真寻几个人的首字母，名好像借了贯太郎的。老铁自己的名字是"锭明夫"，贯太郎是"小林贯二郎"。只有男性才有名片，老铁认为这样更真实。男性三人是正式员工，年轻女性则是合同工。被问起来的时候，确实这样子更像小公司通常的状况，不过实际上也许因为老铁想不出什么好名字了吧。

"走吧。"

武泽领头，穿着同样的工作服、戴着同样帽子的几个人鱼贯而出。进电梯，上十楼。电梯里谁都没有说话。门开了，武泽第一个迈出去，走向走廊。但就在这时候，他的右脚撞在了还没有全开的门上。甲板鞋的薄薄材质，差不多把那冲击完全传递到了小脚趾上，武泽痛得张开了嘴，但赶紧用手把嘴捂上。

"没事吧？"

老铁盯着武泽的脸，武泽一边忍痛，一边点头。

"没事。"

武泽走在最前面，全员排成一列，沿走廊前进。天色将晚，走廊里愈见昏暗，武泽感到这里像是怪物湿润的咽喉，自己这一行人正向里面前进。我不是白痴。我不是白痴。我不是白痴。武泽在心中默念了一遍又一遍。

*

贯太郎紧跟在武泽后面，感觉自己像是吞了冰块一样，一股寒意从小腹底部升起。

不行，不行，不行。每走一步，头脑中的声音都在叫。

不行。

我做不到。

不行。

那种事情，我做不到。为什么不拒绝？为什么不说我不行？

看看在前面领头的武泽，再偷偷瞥一眼背后。现在坦白已经来不及了。

"冷静点儿，贯太郎。"后背被老铁轻轻拍了拍。

"不要担心，计划这么周密，一定会成功的。"

错了，贯太郎在心里叫。不是那样的。但是，这话没办法说出口。贯太郎只有沉默着重新向前，漠然前进，就像是从别人那里借了两条腿走路一样。目标1001室渐渐近了……近了，终于，全体都停了下来。

领头的武泽按下门铃。里面隐约传出几个男人的声音。刚刚在

902室通过接收器听到的声音，此刻近在咫尺。

门开了，里面探出一张疑惑的脸。那是前几天去武泽他们的住处拿高尔夫球棒笑嘻嘻地砸坏玄关门的家伙。

"你们有什么事？"

这个人正是野上，一听声音就知道了。他健壮的肩膀靠在门上，眼睛从探出的额头下面抬起，瞟着一张张不认识的脸。

武泽迅速把右手伸进胸口的口袋里。野上的表情微微一动。武泽抽出右手伸到他面前，讨好地缩了缩身子。

"突然打扰，十分抱歉。这是我的名片。"

看到武泽的名片，野上眯起眼睛。

"有限公司……打击窃听？"

已经没有退路了。

"对，我们对近来市内频发的窃听……"

武泽开始向野上解释。

\*

老铁面带事务性的微笑，静静观赏武泽流畅的解说。为了阻止近来市内频发的窃听受害案件，相关人员正在日夜巡视，专注于撤除窃听器——这些就是武泽率领的"窃听打击队"的理念，也就是业务的内容。

"我们今天刚好在这一带做定期巡检，但在巡检的过程中探测到这幢楼的内部发出非法FM电波。为了确认发射电波的地点，我们从一楼开始，逐一在各家门前检测电波。但是，不管哪个房间，我们的窃听探测器都没有特别强的反应。"

野上在接过的名片和递上名片的武泽脸上来回打量。房间里传来怒吼和威胁的声音。

"最后来到十楼，从距离电梯最近的1004室按顺序一家家测过来，我们的机器还是没显示窃听器的存在。我们也觉得奇怪，还以为是不是有什么地方出错了。"话的最后，武泽露出亲切的笑容，然后迅速换上严肃的表情继续说，"但是，最后在您的1001室的门前检测电波的时候，机器……啊，对了，请您直接看看，会更容易理解。"

武泽转过身，向后面做了个手势，真寻从旅行包里取出一个小小的机器。那是长方形的步话机一样的东西，是武泽事先在秋叶原买的，是个货真价实的窃听探测器，上面带有小小的正方形液晶屏幕，探测到有窃听嫌疑的电波的时候，就会显示出"！"的符号。符号的数量和探测到的窃听电波的强度成正比，从一开始，最大到五。

真寻接通探测器的电源。等上几秒钟，画面上亮起一个"！"。她把屏幕转向野上的方向给他看。探测器稍微靠近了房间一点儿，这样一来屏幕上"！"的旁边又出现一个"！"。不过新的这个"！"不是常亮，而是在闪烁。看起来检测到的窃听电波强度是一点五，不过不知道单位是什么。

真寻关上了探测器的电源。

"嗯，就是这样。"

武泽重新把屏幕转向野上："显然这里的房间里显示出很强的反应。"

野上一脸不耐烦，不知道在想什么。他盯着武泽上下打量，像在寻找什么似的。

"哦，就是说那个是吧，房间里有电？"

"电波。"

"别废话！"

野上突然大喝一声。武泽一哆嗦。贯太郎没事吧，老铁想着悄悄瞥了背后一眼。

哎哟，老铁吃了一惊，只有贯太郎神色如常。当然，他还是一如既往地神色不安，但也只有他仿佛没听到野上的大声呼喝一样，表情丝毫不变。

"对不起。"武泽捂住嘴，夸张地鞠了一躬，继续说，"实际上，我们以前在这幢楼外面巡检的时候，并没有发现任何来自楼里的奇怪电波，所以我们希望了解一下——这里最近有什么和窃听有关的事情吗？比如说，感觉好像被什么人听到了房间里的对话什么的。"

野上的视线垂下来，粗大的手指慢慢抚摩自己的下颚，像是在想什么。他沉默了很久，足足三十秒，终于抬起眼睛，开口问："你们这个检查，要钱吗？"

武泽摇头。

"我们不收取任何检查费用。但当我们检查后确实发现了窃听器，我们就会收取探测费。啊，对了，如果要委托我们撤除发现的窃听器，也会产生撤除费用。"

对每种费用，野上一一询问具体的金额。武泽报了几个便宜的价格，不过也不是便宜到不自然的数字。

"就这么多钱是吧？"

"当然。我们不是不讲诚信的企业。"

野上像刚刚一样，视线落在地上，像在思考什么，慢慢抚摩自己的下颚。

"你们等一下。我问问上面。"

野上刚要从上衣口袋里掏出手机，武泽赶忙摆手。

"哎呀，没关系的，您放心好了，我们的检测不会动任何东西。很快就好了。"

真的？野上一脸疑问地睥睨武泽。真的，武泽露出诚恳的微笑。两个人对望了半晌。

终于野上挪开了身子，用下巴示意他们进去。

"那就查查吧。"

*

听到这话的刹那，武泽感到全身的气力仿佛都从尾椎骨周围泄掉了一样——成功了。

话虽如此，但还是很危险。

刚才野上要打给的"上面的人"，恐怕就是火口。能在千钧一发之际阻止他，真是太好了。要是火口透过电话听野上解释原委，然后说"我马上回来"，那就完蛋了。

总而言之，眼下已经突破了第一关。武泽留心不让自己一本正经的表情露出破绽，走向门里。

"那我们就进来了。啊，你们也都递下名片吧！"

老铁和贯太郎各自把名片递给野上，鞠躬施礼。武泽在玄关脱了鞋子走进室内，短短的过道尽头是一扇嵌着玻璃的木门。野上从后面赶到武泽前面，打开那扇门。屋里原本很小的说话声一下子变大了。在902室的接收机里听到的令人厌烦的声音，此刻直接面对，果然还是有一股反胃的感觉。

"打扰了。"

门里是铺着木地板的宽敞客厅。空气里一股香烟的味道。

对面左边是一对黑色的皮革沙发，沙发中间是一张好像大理石台面的矮桌。房间右边放着一张会议桌，周围放着十张左右的金属折叠椅。椅子上坐着三个人，都把手机贴在耳朵上，一边说话，一边向武泽他们转过头来。三个人当中有两个年轻人，一个体格肥胖，另一个非常消瘦。胖子有一双阴沉的、毫无感情的眼睛。瘦子则是三白眼，像嗑过药似的，尖锐的视线轻飘地闪烁。最后一个人坐在里面，一只脚搭在椅子上，小小的个子，看上去年纪很大，称为老人也不为过。在他蚕豆一样扁平的脸上，两只眼睛像是在策划什么似的，闪闪发光。三个人都让人产生糟糕的印象，但不知道为什么，武泽对最后这个老蚕豆，直觉上感到最强的恐惧。

野上向三个人示意，让他们继续自己的工作，然后望回武泽。

"怎么弄？"

"接下来我们就开始检查了。如果有所发现，我们会通知您。您不用管我们，该做什么继续去做就行了。"

野上没有回答，一屁股坐到其中一个沙发上，点上烟，抱起胳膊，好像在观察武泽他们的一举一动。武泽向他笑道："啊，没关系的。照平时的样子继续工作就行了。"

"这就是平时的样子。"

根据至今为止窃听到的内容，在这个事务所，似乎除了火口，野上位置最高。火口不在的时候，他似乎总是这样坐在沙发上，观察部下的工作情况。

"那就开始了。喂！"

武泽朝真寻喊了一声。真寻从包里拿出刚才那个探测器，调了几个旋钮，开始把天线慢慢以扇形晃动。武泽一边观察探测器的屏幕，一边扫视房间内部——保险柜在哪儿？一眼望去没有看见。

"馆山，我去看看外面的表箱。"

老铁向武泽招呼一声，出了玄关。野上怀疑地皱起眉头，手上的烟停在嘴边，向距离最近的贯太郎望去。

"喂，那家伙出去干什么？"

"哎……"贯太郎呆住了。双手垂在身子两边呆站着，直愣愣盯着野上的脸。糟糕，事先明明讨论过怎么回答这个问题，但是贯太郎好像太紧张了，忘记怎么说了。

"那个啊——"武泽正想插话给贯太郎解围。

"我在问这个胖子。"野上恶狠狠丢下一句，再度斜睨贯太郎。

"那家伙出去干什么？"

"啊，那个……"

*

一边竖起耳朵听武泽等人的对话，弥寻一边在心中暗自祈祷。快回答。快，快。昨天、今天，复习了那么多回，明明仔仔细细讨论过了的。沉默时间太长，对方会起疑心的。但是，贯太郎的嘴里一直没有说出话来。

贯太郎到底怎么了？没想到他会紧张成这样。在舞台上表演魔术的时候，第一次闯进武泽他们住处的时候，连紧张的"紧"字的一竖都没有呢。

昨天晚上，弥寻问贯太郎："贯贯，你有什么瞒着我的事吧？"

这是弥寻一直存有的感觉。在旅馆寄宿，准备计划的过程中，还有在902室窃听事务所的过程中，弥寻好几次都想这样问贯太郎。但是每次都硬生生咽下去了。自己认识贯太郎这么久了，他还从没有任何一件事情瞒过自己。就连阳痿的事情，也在正式交往之前就告诉自己了。所以这一次是自己多心了，弥寻这样告诉自己。最喜欢的贯太郎会对自己有所隐瞒，弥寻连想都不愿想。

"怎么可能，我怎么会有事瞒着你。"

贯太郎这样回答。看到贯太郎装出来的笑脸，弥寻顿时明白自己的疑惑是真的。显然贯太郎在隐瞒什么，而且看起来多半是件非常重大的事。弥寻不知道该说什么好，她想追问贯太郎的秘密，但就算到了这个时候，她还是不愿意相信，贯太郎怎么会有事瞒着自己呢？

"是吧。"最终弥寻只是这样笑着说了一声。

加油，加油，加油——弥寻拼命祈祷。快点儿回答野上的问题，在他起疑心之前，快，快。

不知道是不是弥寻的祈祷灵验了，贯太郎终于发出了声音。

＊

听到贯太郎的声音，武泽悬着的心终于放下了。

"他去检查门外的表箱。水表、电表，还有煤气表。表箱里面经常会藏有repeater，也就是窃听的中继器。"

贯太郎说起话来出人意料地流畅，武泽更加放心了。看起来只是一时忘记了该回答什么，真是个让人捏一把汗的小胖孩。

"中继器是什么玩意儿？"

"嗯，这个嘛，就是说像窃听器这种东西，差不多只有这么大。"贯太郎伸手比了个一百日元硬币的大小，"发不出太强的电波，所以要把那种微弱的电波，用放在附近的中继器接收，然后变换成足够强的电波，发送到接收机去。这种情况最近比较多见。"

"哈……大工程嘛。"

虽然只是信口胡说，不过野上似乎相信了。贯太郎转身离开，走近另外三个人围坐的桌子，弯下腰去，用手指敲击轻便椅，开始摆出寻找窃听器的模样。三个人都散发出近乎杀气的感觉，一边瞟着贯太郎，一边举着手机，继续手头的恐吓工作。

得赶紧找到保险柜在哪儿。

"那边房间能进去看下吗？"

武泽要向客厅左手边的门走，野上微微抬起身，想要说什么，但还是坐了回去。武泽握住门把手，轻轻推开门，探头进去。看看右边，看看左边。里面空空荡荡，只铺着地板，什么也——

不对，就在眼前。沉甸甸的灰色耐火保险柜就放在正对面。拨号盘式的。此刻，它里面正放着大笔现金吧。武泽咕咚咽了一口唾液，转过身，可以看见沙发上抽烟的野上的侧面。在他旁边的是真寻，她正向武泽这边看。武泽朝她使个眼色，示意她找到保险柜了。她心领神会，按照约好的信号擤鼻子。

"姑娘你感冒了？"

一只脚搭在椅子座位上的老蚕豆，笑嘻嘻地把脸转向真寻。不知道是不是打算从工作中小小休息一下，或者是对闯入者产生了兴趣，手中拿的电话不知什么时候放在桌上了。

"不是，花粉过敏。"真寻掩饰说。

老蚕豆以令人不快的凶狠眼神上下打量真寻，然后嘶声笑了起来："对付花粉过敏啊，小孩的脐带据说很有效哟。"

"是吗？"

"生吃就行。"

真寻决定不理会这种近乎骚扰的不快言语，举起探测器想要继续工作。但是老蚕豆纠缠不休。

"和叔叔我一起生小孩吧。"

"嗯？"

"用脐带治花粉过敏啊。"

"不了，不用了。"

"怎么生小孩，姑娘你还不知道吧？"

"知道是知道。"

"那，等下试试看吧。其实现在也行，叔叔我随时都行。"

"闭嘴，我没兴趣。"

不好！武泽身体僵住了。紧接着，拳头猛敲桌子的声音伴随着尖锐的怒吼声刺入耳朵。

"你再说一遍试试！"

意外的是，发出声音的不是老蚕豆，而是他对面坐着的那个年轻的三白眼。瘦削的脸上，眼睛瞪得像要裂开一样，两个小小的黑眼珠哆嗦着，没有固定的焦点。

"啊，对不——"

武泽正要慌忙赶去真寻身边，三白眼又吼道："说了今天必须还！是你自己说的吧？"

他是对着手里的电话怒吼。

"多可爱的小姑娘啊，这么傲。"老蚕豆笑了起来，声音像是刷盘子，瘦弱的双肩不断颤动。他回去干自己的工作了，满脸带笑地翻看手边的文件，把写在那上面的号码敲进手机里。

别闹了——武泽向真寻投去责备的眼神。

*

被武泽这样瞪了一眼，真寻假咳了一声。刚才确实很危险，武泽生气了吧。可是自己确实不喜欢，这也是没办法的事。

不管怎么说，这一次的作战无论如何必须成功。母亲的仇、鸡冠的仇，还有现金。如果失败的话，就没有未来了。因为这次作战将旅行包里的钱都花掉了。虽说本来也不想用那些钱，而且至今为止好几次都想扔掉，但之所以一直没有真的扔掉，还是因为内心深处也在隐约考虑将来如何生活吧。真正要说的话，那些钱就像是某种保险。然而现在已经没有那份保险了。

平复情绪，真寻开始着手下一步。她慢慢在室内走动，把手上的探测器逐一接近沙发、坐在上面的野上、矮桌、窗户，画面上的"！"从一点五条完全变成了两条，靠近折叠椅、让人讨厌的老蚕豆，还有他前面的桌子，这时"！"的数目急速增加到四条。

看到在桌子前面停止动作的真寻，武泽紧张地问："发生反应了？"

"啊，馆山先生。是的，这个桌子附近。"

"桌子？"

武泽走到真寻身边，一边向三个人点头致歉，一边探头看桌子下面，然后歪过头，在桌面上扫视，接着又一次沉吟起来。

送过来的预付费手机，十部当中有五部留在这间事务所里。其中三部这三个人在用，剩下两台随便扔在桌子上。武泽向真寻挥挥手，示意她检查电话。真寻把探测器按顺序凑近五部手机，屏幕上原本已经亮了四条的"！"，在接近电话的时候变成了五条。

　　"这些……全部？"

　　面对武泽严肃的询问，真寻也严肃地点点头："好像是。"

　　面朝桌子的老蚕豆、三白眼，还有面无表情的胖子，一边继续打电话，一边皱眉看着武泽他们。

　　"喂，怎么了？"野上站在背后。

　　武泽回过头，一脸严肃地问："抱歉问一下，这个预付费手机是什么时候、通过什么渠道买来的？"

　　"啊？哦，是前些日子从邮购公司那边买的。信箱里的广告单上宣传的一千日元一部的处理品。"

　　"一千日元！"真寻非常吃惊地在嘴里低低重复了一声。

　　武泽继续说道："那家公司的联络方式您知道吗？"

　　"广告单上应该有写，哦，好像扔掉了。我说，怎么了？这个手机有问题？"

　　顿了片刻，武泽带着遗憾说："这话说来不太中听……您被骗了。"

　　"被骗了？"

　　"那家公司，是以窃听为目的来卖这些电话的。"

　　面对脸露疑色的野上，武泽明确说："窃听器恐怕就在这里面，五部电话里。"

　　野上和拿着电话的三个人，表情同时变了。

*

看到表情的变化，武泽确信他们完全落入了圈套。停了一个呼吸的时间，武泽慎重地继续说："初步判断，五部电话机全都被植入了窃听器。能让我们进一步调查一下吗？"

"你们要怎么调查？"

"请允许我们拆开其中的一部。喂，小林。"

"是。"

应了一声走过来的贯太郎的工作服上，不知什么时候出现了奇怪的图案，武泽心里不禁咯噔一响，那是什么？从双肩到胸口，布料的灰色变得很浓——是汗。贯太郎出了很多汗，脸已经湿透了，像是刚从水里捞出来的一样。

"你太胖了，热吧。偶尔也运动运动啊。"武泽掩饰说。不过，从贯太郎的表情看，他的汗明显不是因为热。没错，是因为紧张。

"小林，这些电话机，拆一部看看吧。"

"啊，是。"

和事先商议好的一样，贯太郎从工作服的胸口口袋里拿出小螺丝刀，开始拆解手机。圆圆的下巴滴滴答答掉下来的汗落在手边。到了这时候，围在桌边的三个人也各自挂了电话，注视贯太郎的动作。一边看，一边时不时向自己刚才用的手机投去令人生畏的视线。

咔嚓一声，玄关传来声音，老铁回来了。

"表箱那边没问题。没发现中继器——"老铁停住话头，不解地看着围在桌旁的武泽他们。

"怎么了？"

武泽向老铁解释了目前的情况。老铁哎了一声，显出惊讶的表情，和其他人一样注视贯太郎的手。正好就在这时候，啪嗒一声，手机机身被打开了，露出了里面的东西。主板，无数的细线，屏幕内侧。错综复杂的电路的最底端，有一个牛奶糖大小的、四四方方的黑色东西。显然那就是请侦探事务所装进去的窃听器。恐怕在这里的全体人员都明白了吧。因为表面上的白色标记写着"窃No.002"。贯太郎用婴儿般的手指夹住窃听器，咔嚓一声剪断电线，从电话里拿出来，就那么拽着线拎在半空。真寻把探测器凑近贯太郎的手指，屏幕上显示出五条"！"。

武泽转向野上："就是这个，没错。不用拆了，其他四部应该也被装了同样的东西。"

野上嘴里骂了起来。

"这种尺寸的窃听器，发出的电波最多只能传到五十米左右的地方，所以这个房间附近应该还有一台中继器才对。所谓中继器，就是刚才小林解释的东西，那个东西要我们找出来吗？"

野上在回答之前，先看了看同伙的三个人。瘦瘦的三白眼和肥肥的无表情——凹凸二人组相互看了一眼，又向野上回望过去。老蚕豆把胳膊抱在纤弱的胸口，嘶声说："还是找找好吧。"

"你也这么想吗？"

野上虽然地位较高，不过对老蚕豆的态度似乎总含有一丝可以说是敬意的东西。仿佛野上竭力想要隐瞒，但怎么都会从语气或者眼神中表现出来的，一种非常微妙的感觉。

老蚕豆鼻子里哼了一声。

"只有这样吧，野上。要是不拆掉那个叫什么中继器的玩意儿，下次再有窃听器进来，还会出现同样的事。"

"是的。"武泽附和了一句，"如果问我们的意见，确实也希望在这里找到中继器，可以斩草除根。要找吗？"

野上犹豫了一会儿，终于一脸愤怒地瞪向武泽："去找吧。"

"喂，锭，"武泽转过身招呼老铁，"去找中继器。"

"知道了。"老铁从工作服的屁股口袋里取出外表上犹如步话机一样的四方机器。武泽向野上解释机器的用途："那是中继探测器，用那个机器，很快就能找到中继器。"

老铁打开机器的开关，从扬声器里传出噪声，好像收音机没有调好频率时的声音——其实就是收音机的噪声。另外，这机器不是外表上看着像步话机，它就是步话机。

武泽他们的安排是这样的：这个被说成是中继探测器的机器，其实是贯太郎的原创，只是把步话机的内部掏空，塞进小型半导体收音机而已，很简单的小道具。收音机的旋钮事先调好位置，确保扬声器里只能听到噪声，然后用小指悄悄拨动音量旋钮，就能使噪声增大或者变小。接下来只要有点儿演技，就可以显得机器的噪声是在指示中继器的位置一样。之前老铁提出做这么一个机器的时候，虽然也有反对意见说这个太像骗小孩的东西了，但考虑到如果作战计划能够进展到使用中继探测器这一步，对方应该不会再起疑心，所以最终还是决定这样做。

"哎呀……"老铁惊讶地侧首。

"突然有反应了。"扬声器的噪声微微大了点儿。其实只是老铁用小指调高了音量而已。

"难道说，中继器是在室内……"

对武泽的话，老铁暧昧地摇摇头，伸出胳膊，将机器以扇状摇动起来。天线慢慢朝向房间的各个角落。然后，当天线对着某个方向的时候——当然是因为老铁的操作——噪声突然变大了。

天线指向通往隔壁的门。

"那边房间——"武泽问野上，"能再进去一次吗？"

野上没有反对。武泽和老铁一起穿过那个房间的门。野上也跟了进来。老铁让噪声又大了一点儿。他举起机器，把天线指向保险柜，噪声更大了。老铁走过去，把机器自身贴在保险柜上，噪声的旋钮调到了最大。

呲——这声音在空荡荡的房间里回荡。

"这个……是保险柜吗？"

"这种事情还是第一次碰到。"老铁以一种"怎么会"的表情低语。武泽弯腰打量保险柜的前面，然后看看侧面，看看背面，又看看下面。然后停了半晌——大约二十秒，摆出思考良久的神情，向野上转过身去。

"在里面啊。"

野上皱着眉探出头，好像不知道什么意思。

武泽换了个方式说："中继器在这个保险柜里面。"

"这……你不是开玩笑吧？"

一直泰然自若的野上，这时候似乎有点儿心慌了。这也是当然的。突然被人告知自家保险柜里装了窃听的中继器，换了谁都会着急。

"有什么头绪吗？"

哎呀，野上摇摇头："没有，那玩意儿里面只有现金……应该只有现金。"

"能打开看看吗？"

"打开什么？"

"保险柜，这个。"

嘭的一声，武泽敲了敲保险柜的上面。野上低低呻吟一声，抱起胳膊。

"这可不行啊。"

"啊？"武泽不禁探了探头，他本以为野上会帮自己打开。

"可是，中继器好像就在这个里面，要是不打开的话，我们就算想拆——"

"在这儿的人谁也不知道怎么打开啊。"

最坏的情况。

"因为密码只有火口知道。"

"那，可以联系那位火口先生，问他密码吗？"

就算联系了火口，他说要回来，等他到的时候作战也该结束了。总而言之，既然只有火口知道密码，也只能问他了。

"啊……这个嘛。"野上垂下视线，好像很难办的样子。考虑原因，武泽立刻想到了在玄关外面的交谈。野上说让武泽他们查窃听器的时候，曾经想要取得火口的许可。那时候被武泽阻止了。到了现在再联系火口解释原委，觉得不好说了吧。

"我来打电话吧，野上。"说话的是老蚕豆。

"你不好说吧，因为他们进来的时候没请示。我来打吧。"

野上盯着老蚕豆看了一会儿，然后微微点了点头。

"不好意思，帮我打吧。"

于是老蚕豆装腔作势地取出自己的手机，按了几下按钮。对方好像立刻就接了。老蚕豆简单扼要地说明经过，问火口保险柜的密码。可以听到火口的声音大了一点儿，于是老蚕豆说"哎呀，不好意思，是我同意了的"。听起来像是庇护野上的话。他把手机举在耳边，朝野上嘿嘿地笑了。野上窘迫地移开了目光。

"嗯，那我就先挂了。嗯，一弄清楚情况就联系你，嗯。"

老蚕豆挂断了电话。他什么也没说，在保险柜前弯下腰，以身体遮挡住手的动作，转了好几回拨号盘。咔嗒一声。

"好了，剩下的就交给你们了。"

老蚕豆站起来，身体转向武泽这边的同时，保险柜的门开了，里面装了一捆捆的纸币。武泽感觉到小腹升起一股力量。这里有多少钱啊。保险柜里很暗，看不清楚。纸币随便地用橡皮筋捆着，可能一百张一捆。一眼望去，能看到的就有十二三捆了。

"好，我们来查。"武泽走近保险柜，正要向里面看的时候，左肩被一只大手抓住了。

"先把钱弄出来。"是野上。他挤到保险柜前面，和武泽换了个位置。然后小心翼翼地把纸币一捆捆取出来。一、二……七、八……十三、十四……纸币一直塞到最里面。共十八捆——一千八百万日元。然后还有几十张零散的一万日元纸币。

"没看到有什么机器一样的东西啊……"

野上左臂抱着许多钞票，右手抓着零散的纸币，弯下身子，端详保险柜里面。

"有可能是内壁被动了手脚。最近这种案例很多。"

武泽一边暧昧地回应，一边向贯太郎使了个眼色。贯太郎点点头，走到野上背后。工作服被汗打湿的面积比刚才更大了。拜托了贯太郎，武泽禁不住生出一股想要祈祷的情绪。

"能让我看一下吗？"

贯太郎这么一说，野上抱着钱，一脸不耐烦地让开了地方。

"啊，掉了一张。"

贯太郎从地上捡起一张一万日元的纸币。野上慌忙接过来。这张一万日元纸币其实不是野上掉的，是贯太郎从袖口扔下去的。

真寻在后面轻声招呼野上："需要的话这个给您。"

她递出一个白色纸袋。野上惊讶地看着真寻。

"啊，没关系，很干净的。"

野上鼻子里哼了一声，把抱着的纸币放进纸袋里。一捆、两捆、三捆……野上之所以毫不怀疑地用了真寻递出的纸袋，是因为贯太郎从地上捡起了一万日元纸币……十一捆、十二捆……他估计想一直抱在胳膊里，很容易掉在地上……十七捆、十八捆。然后是零散的几十张一万日元纸币。全部装进袋子里的刹那，武泽在心中握紧了拳头。到了现在，接下来只剩最后一步了。

"呀……咦？……嗯……"贯太郎把头探进保险柜里，右手在内部咯吱咯吱地摸来摸去。大家全都盯着贯太郎蠢蠢晃动的屁股。老铁拿的机器还在继续发出噪声。

"哦？哦！"

终于，贯太郎把湿透的上半身从保险柜里费劲地拽出来，站起身，走近野上。

"这个，中继器。顶在靠保险柜门边的地方，藏得很好。"

贯太郎右手手掌上放的是一个灰色的四方形机器。当然，这个其实是刚刚从工作服的腹部取出来的。正好是半块豆腐的大小，顶上伸出短短的天线，这也是贯太郎准备的道具。虽然不知道窃听的时候是不是真要有中继器之类的东西，不过姑且先让贯太郎做了个看上去挺像回事的东西。包括之前老铁拿的中继探测器，贯太郎做起来倒是相当得心应手。到底是自己做过魔术道具的人。

不过，虽然是难得做出来的作品，野上他们对它本身好像没什么兴趣。他们快速穿过贯太郎身边，聚集到保险柜旁。虽然他们没有仔细检查这个假中继器是好事，但这样一来，事情发展和预想的有点儿不一样了。保险柜——野上等人——武泽他们——门口，这样的站立位置不好，要想个办法调整一下。

　　"到底是谁，怎么把这东西装到保险柜里去的？"

　　拎着装现金的纸袋，野上往保险柜里张望。武泽严肃地回答说："这一点我们也不知道。请让我们再检查一下可以吗？也许会发现某些被人动手脚的证据。"

　　"动手脚的证据吗，哪种？"野上上半身探进保险柜里，开始用手在里面乱摸，他好像想自己找线索。怎么办？武泽犹豫了。按照现在站立的位置，没办法进行下一步的行动。必须想个办法让野上离开保险柜。但是现在不能随便说话，需要小心选择台词。戴不惯的帽子内侧，湿湿地渗出了汗珠。其中的一滴飞快地从脑后滴落。武泽一边用手擦汗，一边向老铁投去询问的眼神——怎么办？老铁表情僵硬地回望武泽。

　　就在这时，意料之外的可怕事件发生了。

　　"你在干——"

　　武泽倒吸一口冷气，无法相信自己眼前的景象。不愿相信。

　　"贯太郎……"武泽不禁喊出了真名，不过似乎没有人注意到这一点。所有人都注视着贯太郎，除了上半身探进保险柜的野上。

　　"你……在干什么……"老铁挤出泄气般的声音。

　　贯太郎双手握着的是那只气枪，枪口正对着野上的背。武泽脑海里满是疑问：贯太郎在干什么？到底打算怎么样？贯太郎河豚一样的嘴里发出咻咻的声音，他的嘴唇不断颤抖，下颚的肉僵硬，咆哮道："都给我闭嘴！"

　　贯太郎这么一喊，大家全都安静下来。同时这一声也让野上"嗯？"地从保险柜里抽出身体，然后看见正对自己的黑色L字形可怕物体，顿时大叫一声，条件反射地仰头朝后，后脑勺撞在保险柜边缘，发出哐的一声。

　　"说了闭嘴闭嘴闭嘴！都闭嘴！"

　　谁也没说话。贯太郎的双眼看上去异常狂躁，胸口和肩膀在颤抖，汗水从脸上一滴滴掉落，呼吸急促，明显是不知道自己在做什么的模样。

　　"你——"

　　武泽刚说了一个字，就被老铁伸出一只手拦住了。他小声说："糟糕，那小子……眼神不对头。"

　　"那个、那个袋、袋子给我！给我！钱！那些钱钱钱！"

　　贯太郎朝屁股着地的野上伸出手。那手像是酒精中毒的患者一样在颤抖。老铁朝野上望去，微微摇头："不能给。"

　　野上尖锐的目光死盯着贯太郎——但那眼神深处明显带着困惑——他把装有现金的白色纸袋紧紧抱在肚子上。

　　"快！钱！钱！"

　　贯太郎再度双手握住气枪。野上、老蚕豆、三白眼、无表情的胖子，四个人在保险柜前面各自紧闭双唇，视线游离。说到心中的慌乱，武泽他们也是一样的。当然武泽等人知道贯太郎手中的是气枪，但这一计划外的事态让他们不禁大惊失色。

　　悄无声息潜入野上四个人和贯太郎之间的是老铁。他用胸口挡在气枪的枪口前，一只手朝背后的野上他们示意。

　　"逃吧，快。"

野上他们刹那间交换了一下眼神，四个人立刻聚到一起，开始向房间的角落逐步移动。贯太郎的枪口追随着他们的动作，但是老铁一直拦在枪口和四个人之间。终于，野上他们到了门口。就在这时，老蚕豆歪嘴一笑。

"喂，胖子，那枪不是真的吧？"

老铁猛然转身。枪口直指老蚕豆。

"枪仿造得倒是很不错嘛！"

"闭闭闭闭闭闭闭嘴！"

叫喊的同时贯太郎扣动了扳机。砰的一声，几乎连鼓膜都要震破的爆炸声划过房间。老蚕豆的正后方，客厅沙发的一头，猛然飞出白色的棉絮，皮革上出现黑色的洞口，里面冒出缕缕青烟。

"你……你那个……"老铁的手脚都僵在半路，双眼和嘴都瞪得老大，费力地挤出声音，"那个，不是气枪吗……"

"我说这个才是气枪！"

贯太郎唾沫横飞地叫喊着，从工作服的腹部掏出一个黑黑的东西，扔到地上——是气枪。

"不好意思，钱归我了。全都归我了。给我，这次绝对不会错过了。谁敢拦我，我就打爆谁的头。真的打爆！爆！爆掉！"

贯太郎把枪口对准野上。野上庞大的身躯微微发颤，死死盯着贯太郎。

"快给我大猩猩！"

贯太郎咆哮着逼近一步。野上四肢僵硬，视线在同伙中游移。但是另外三个人都像木偶一样僵硬不动，只是呆呆看着贯太郎。

"……这边。"发出声音的是真寻。声音里带有与当下的场面不相称的毅然。站在野上身边的她，眼神像是要说什么似的，抬头望向野上，伸出一只手。

"袋子给我。"

"想干什么！快把钱给我！"

贯太郎又逼近一步，像是要从胁迫中逃走一般，野上飞快把纸袋递到真寻手里。

"喂、喂、喂！为什么你拿着！给我！"

这一回贯太郎向真寻逼去。

"给我！不然打你！不管什么人，敢反抗的就杀！真的杀！杀！杀！"

颤抖的枪口朝向真寻。

就在这时，真寻飞快转身，用力蹬地跑了出去。啊，不知是谁叫了一声。贯太郎喊了一声什么，同时扣动了扳机。房间里再度响起震耳欲聋的爆炸声，紧挨着飞跑出去的真寻边上，椅子旋转着飞了出去。真寻没有转身，她奔向客厅。贯太郎噔噔噔地在后面追。身体撞在玄关门上的声音。只穿着袜子跑上走廊的声音。短短的声音。真寻的声音。然后——

突然传来咚的一声，是冲击声。像是铆足力气把哑铃砸到混凝土上的声音。那声音在远处回荡。那远处，不是在远远的前方，也不是在远远的后方，而是在远远的——下方。

"小子！"

武泽跑了出去，其他人紧跟在后面。武泽飞奔出客厅，穿过短短的走廊，出了玄关。贯太郎站在外廊的边缘，呆呆站着，一动不动。

贯太郎的脸向下望着，面无表情地俯瞰什么。武泽简直像撞上去一样，紧挨住外廊的栏杆，顺着贯太郎的视线望去。

最初映入眼帘的是一片红色。那红色慢慢扩展开来，接着武泽眼中分辨出灰色，是工作服的灰色，然后是肌肤的颜色，摊开的头发的栗色，装现金的纸袋的白色。就在旁边的二层建筑的屋顶，硬硬的混凝土屋顶。

"不是我……"像是做梦一样毫无起伏的声音。

"不是我……她……她自己要逃……她自己……"

"浑蛋，你干了什么！"

伴随着怒吼，武泽再度跑了出去。势头猛烈地冲下楼梯，冲下去、冲下去、冲下去，一直冲到二楼走廊上。旁边屋顶就在近旁。从走廊栏杆到旁边屋顶虽然有近两米的距离，但武泽还是毫不犹豫地飞跃过去。冰冷的混凝土棱角咕咚一声撞到肚子上，武泽一边呻吟一边纵身跳上屋顶。

"喂！"武泽喊了一声，但躺在地上的人动也不动，完全没有反应。装了现金的袋子一直很小心地抱在胸口。

武泽双膝跪地，触摸她的肩膀，依然没有反应。她的嘴巴半张着，眼睑也微微睁开，缝隙间露出白眼珠。嗒嗒嗒嗒，背后的走廊里传来许多脚步声。第一个跳过来的是老铁。

"救护车！快！"

武泽向老铁喊了一句，然后把倒在地上的身子抱起来，用手臂撑住无力垂下的头。工作服被染得鲜红。武泽转身朝向大楼走廊。贯太郎逃向紧急楼梯，惊惶地跑下去，从武泽的视野里消失了。

"喂，那个——"野上想要说什么。

武泽把装了现金的纸袋拿起来，朝房顶粗暴地扔了过去。

"钱什么的给你！你们也帮帮忙，今天的事就当没看见。赶快回去，不然你们也麻烦，有个人——"

咽下后半句话，武泽嘴里低低骂了一句。

"救护车叫了！马上就来！不要晃头，把她抬到下面去。"

武泽和老铁两个人把不再动弹的身体小心抬起来，从天台进入大楼，下了昏暗的楼梯。虽然没有忘记老铁说的"不要晃头"，但是武泽怎么也稳不住脚步，她的头晃个不停。

*

忍受不了那么剧烈的摇晃，弥寻终于发出声音：

"老武，稍微抬好点儿行不行？"

"尸体闭嘴。再有一点儿就好了。"

"跟受刑一样。行了行了我自己走。反正也没人了。"

"说得也是。"

武泽猛然站住，走在前面的老铁怪叫一声摔下去，从屁股口袋里飞出的中继探测器掉在地上。那冲击让里面的半导体收音机的频率偶然碰上了某个电台，堀内孝雄的《令人怜惜的日子》从扬声器里响了起来。老铁正要捡起机器，被武泽拦住了。

"行了，别捡了。反正也不用了。"

"那就扔了吧。"

"这个也扔了吧，重得要命。"

弥寻把工作服里塞的五公斤哑铃扔到地上。

把堀内孝雄的歌声抛在背后，三个人啪嗒啪嗒赶下楼梯。一边走，弥寻一边问武泽："喂，顺利吗？按计划进行的吗？"

"哎呀，很危险。"

"哎，谁坏事了？"

"贯太郎那个浑蛋，差点儿全搞砸了。那家伙把站的位置搞错了。"

"站的位置？"

稍微想了想，弥寻明白了贯太郎的失败。

"难道贯贯背对着装火药的地方掏出枪了？"

"不愧是弥寻，没看都知道。"老铁钦佩地说。

贯太郎犯了那样的错误吗？

原本的计划是这样的：首先，贯太郎装作寻找窃听器的样子，在房间的几个地方装上火药和遥控式点火装置。点火装置以贯太郎的气枪启动，也就是一扣扳机，装好的火药就会爆炸。当然气枪本身也做了改动，让它能够发出爆炸声。从武泽和老铁的话来看，贯太郎设置火药和点火装置应该没有问题。那就是之后掏出气枪的时间错了。本来贯太郎掏出气枪的时候，需要是"贯太郎——敌人——火药"这样的站立位置。原因很明显，如果不这样，面朝敌人扣动扳机的时候，就没法形成敌人后方火药爆炸的效果。但听起来贯太郎是在"敌人——贯太郎——火药"的站位上掏枪了。

武泽哼了一声。

"幸亏老铁聪明，领着野上他们转了一圈，真是莫名其妙的错误。"

"那家伙一直都干得不差，动作台词全都没错。就只有一次，那个'猩猩'问的时候，回答的时间拖长了点儿。不过还是不错的，最终成功了。"

是吧！老铁向武泽一笑。武泽也像受了影响似的笑起来。

"是啊，接下来就是和真寻、贯太郎会合，顺利逃走。然后就结束了。"

大楼出口马上就到了。按计划在那里和真寻、贯太郎会合，接下来的任务就是逃走。其实只要脱了工作服混迹在人群里，全员都和路人没有区别了。

　　"真寻做得也不错吗？"

　　"啊，她干得很好。"

　　"一直？"

　　"一直。就连知道计划的我，都以为她是真的掉下去了。"

　　计划是这样的：作战的最后，抱了装现金的袋子从事务所里跑出去的真寻，飞奔出1001室的玄关，立刻跑进隔壁房间。隔壁的门由出去查电表箱的老铁事先开好。所以这一次的作战必须要等1002室的住户不在的时候才能进行。

　　其他人迟一步跑出走廊的时候，贯太郎一边说"她掉下去了！"，一边木然俯瞰隔壁大楼的房顶。在那里，弥寻事先把全身染满红色墨水，抱着同样的袋子，翻起白眼倒在那里。落地的声音只是哑铃撞击混凝土而已。另一方面，抱着真正袋子的真寻，飞跑进1002室，把钱换到仿冒的LV包里。脱下工作服，穿着里面的少女风格的衣服，趁其他人聚集在二楼走廊的工夫，悠然自得地坐电梯下楼。贯太郎用气枪和火药牵制敌人，是防止他们当中有人追在真寻后面跑出房间，看到她跑进隔壁，就会露馅儿了。整个计划就会功亏一篑。贯太郎开枪，是为了让敌人的行动迟缓混乱，准备两枪是觉得这样更真实。那是武泽的主意。

　　弥寻这边，当武泽、老铁、贯太郎、真寻四个人在1001室开展作战的过程中，一直守在902室，竖起耳朵收听接收机里的声音。一边听1001室的动静，一边等待躺到隔壁楼顶上的时机。太早染上红墨水躺过去的话，说不定会被别的房客看到，弄假成真叫救护车过来就糟了。相比之下弥寻的工作虽然最简单，不过要把粘在头发上的这些墨水洗干净，也不是件容易事。

下了楼梯，弥寻他们来到大楼的大厅。

"姐姐，你还这么红啊。"

真寻站在那里。前襟敞开的针织衫、超短百褶裙、金光闪烁的粗腰带、仿冒LV包，太配了。她要是真去夜店工作的话，能招来很多客人吧，弥寻想。

真寻旁边站着贯太郎。

"大家都辛苦了。"

"贯贯，看看这个，很红吗？"弥寻把自己的工作成果给他看。

"不辛苦啊，贯太郎！"武泽挖苦道，"你知道自己差点儿捅娄子吗？"

"哎，捅娄子？"

"掏出气枪的时机啊。装火药的沙发和椅子都在背后，你到底怎么想的啊？"

"啊，这一点我也觉得奇怪。在那时候掏出气枪真的好吗？我是有点儿犹豫，不过老武给了我信号啊。"

"我？"武泽反问了一声，突然显出恍然大悟的表情，不过他立刻恢复了正常，催促大家说："行了行了，这事回头再说。赶紧先逃。"

哈哈，弥寻想贯太郎犯错是因为武泽。贯太郎掏出气枪的信号是事先决定好的，那就是武泽伸出一只手抚摩自己的后脑勺。武泽和老铁两个人做生意的时候经常用这个当信号。一定是武泽在事务所无意识地做出了这个动作，他到现在才反应过来吧。

"那，大家走吧。"贯太郎满面堆笑。弥寻在902室送他出门的时候，他还紧张得瑟瑟发抖。两个表情相比起来判若云泥。

"贯贯，不紧张了真好呀。"

"哎，我没紧张啊。"

"还说没有，别嘴硬啦。"老铁一边向大楼出口走，一边说，"汗把衣服都湿透了，脸上都滴下来了。我和老武老早就在担心你这么紧张行不行什么的。"

"啊，那不是紧张，是我害怕火药。"

"火药？"

"嗯，以前不是说过吗？我小的时候，被大家扔炮仗欺负过，吓得连花火大会都不敢去。我是真的害怕火药。所以听说这次作战的时候，一直在后悔为什么当初要答应一起干。"

难怪贯太郎的样子那么奇怪。

"不过，不是很好吗？回过头去看，火药这东西也没什么可怕的。弥寻，到了夏天，一起去看花火吧。"

啪的一声，老铁一巴掌拍上贯太郎的屁股。

"你小子，这种事情倒是早说啊。我们换个办法就是了，不必这么战战兢兢用火药也行。"

"我想克服害怕的东西啊。有了胆量，阳痿说不定也能治好。"

"这两个有关系吗？"

"嗯。"

正在开怀大笑的时候，哐的一声，老铁和什么东西撞在了一起——是某个人的身体。老铁走在最前面，五个人正要出大楼门厅的刹那，外面的人突然站在门口，拦住了去路。

"哎呀……啊，对不起，走得有点儿急了。"

捂住鼻子，老铁道歉道。但是对方毫无反应。弥寻抬头看那张脸，是这幢楼的房客吗？个头很高，面无表情。

与此同时，咚的一声，钝钝的声音响起，老铁的身体弯曲着向后面飞去，脸朝下摔在玄关门厅的地上，手脚晚一步才落到地上。啊的一声，老铁的鼻子溢出许多血。鲜红的血滴到嘴唇上，流过面颊，滴滴答答浸湿了地上的瓷砖。

"果然是很有趣啊！"

男人低头看着自己的拳头，发出低低的声音。"是"这个字的齿擦音特别刺耳。

"做了一场大生意，你们辛苦了。"另一个声音响起。男人身后还有一个人。乌贼一样眼睛的小个子男人。

整理人向旁边的男人抬起头问："火口先生，这些人怎么处理？"

# （八）

从来没想过会再次来到这个房间，而且不是作为窃听巡检的馆山太，而是作为武泽竹夫。

他和其他四个人一起被迫坐在地上，火口、整理人、野上、老蚕豆、三白眼的瘦子、无表情的胖子把他们围在当中。武泽一脸垂头丧气的样子。

从刚才开始，武泽的头脑中便有两个疑问挥之不去。其中一个疑问很简单：为什么己方的计划被看破了。明明应该天衣无缝。明明应该彻底骗过他们了。

　　站在面前俯视武泽的火口，主动把答案告诉了他。要点在于，武泽他们的计划，不是被看破了，而是一直就没有瞒过他们。

　　"这些人全都知道你，都在等着你。我把你的长相告诉了他们，说只要这个人来了，虽然不知道会设什么圈套，总之先装成被骗的样子。"

　　最糟的，武泽在心中暗想。对骗子来说，这是最糟的失败。

　　"我的这些人，演技也不错吧？不比你的同伴差吧？"

　　老铁给这次作战起的"信天翁"的名字，也许确实很合适。不过武泽他们这边才是真正的笨鸟。

　　"喏，武泽，"薄薄的嘴唇上渗出怜悯的模样，火口弯下高高的身子，盯住武泽的脸，"你——没觉得太顺利了吗？"

　　实际上武泽是这么想过的，只是并没有因此产生怀疑。可惜的是，人生的失败，多数都是从放过了这种小小的疑问开始的。

　　"听野上他们说买了一千日元一部的手机，我就觉得奇怪了。再怎么样的处理品，这个价格未免太便宜了。"

　　火口没有放过小小的疑问。

　　"接下来仔细一想，我就明白了。说不定这是为了窃听。所以我从事务所拿了一部出去拆开一看，果然找到了一个写着"窃No.007"的黑色部件。虽然不知道是委托哪边做的，不过这个窃听器也太容易识别了吧？"

　　赤裸裸的嘲讽。

　　在拆开的电话中找到窃听器的火口，开始推测这东西到底是谁设的陷阱。不，想都不用想，一下子就有答案了。

　　"我立刻想到的，就是武泽这个名字。"火口低声笑了，带着刺耳的齿擦音继续说，"是对我们的还击，是为小猫的报仇，是吧？"

简单来说，确实如此。但是武泽不想点头。这家伙嘴里说出来的话，武泽绝对不想点头。你怎么能懂？你这种人从来都踩着弱小的人生活。这样的话溢满了武泽的胸口，但也只是溢满胸口而已，武泽嘴里什么也没有说。这是当然的，武泽也爱惜性命。虽然并非闭口不答就能保住性命。

"既然要窃听我的事务所，接下来大概就是要玩什么花样了吧。哎，这也是当然的。光是偷听我们的工作，并没什么意义。那到底要干什么、怎么干、什么时候干呢？我稍微想了想。真的只是稍微想了一小会儿哦。首先，你的目标只能是钱，因为你们总不会想要对我们这样的对手动武吧。其次，你弄钱的时机，只能是这个事务所里存有大量现金，并且认识你的人都不在的时候。你肯定是这么打算的。具体来说，就是今天的傍晚。"

火口——言中。

"在列出我们银行账户的信寄过来的时候，我就想这个肯定是你计划的一环。不过哪，世上到底还有万一。我也担心这信如果是真的怎么办。安全起见，我把账户里的钱全都集中到事务所来了。因为不能被冻结啊。"

武泽心中疑惑。如果认为信是武泽写的，为什么还要特意把钱集中到这个事务所来呢？之前送来手机的时候，火口应该已经明白武泽知道这个事务所的地址了，而且他也猜到武泽他们是以现金为目标的。既然如此，不是应该把钱放到别的事务所去才对吗？放到武泽绝对不知道的地方不是更好吗？

这个疑问似乎显示在脸上了。

火口解释说："因为我啊，武泽，我想好好看看你的花招啊。这也是个乐子嘛。"

听到这话，武泽感觉全身的力气全部消失了似的，从肩头、从肚子、从心口。

"所以我才特意把钱按照你们的希望集中到这个事务所来，然后告诉事务所的人，如果你们来了，就装作受骗的样子，好让我舒舒服服观赏整个过程。"

"观赏？"

武泽不禁抬起了头。火口的意思是说，整个过程中，他一直躲在什么地方偷看吗？不，不是。不过应该说武泽猜对了一半。

"全都听着哪！就在大楼旁边的车里。方法和你们的一样。"

火口从上衣口袋掏出一个长方形的机器，看上去和丢在902室里的那个接收机很相似。

"因为你们装的是FM调频发射型窃听器。只要拿个接收机调整好频率，就能和你们一样听到事务所的声音了。哎呀，确实很有趣啊，让我想起从前听谍战广播剧的时候了。"

火口的声音里充满了快乐。

"你们进事务所的时候，我在车里都情不自禁拍了大腿。不愧是七年里一门心思搞诈骗的人啊。连窃——"

火口突然停住了，好像是被冲上来的笑噎住了。他俯身朝下，上半身微微摇晃了半晌，终于抬起头，苦着脸继续说："连'窃听打击队'都想得出来啊。"

屈辱感在工作服的对襟里燃烧。

"哎呀，真对不起，借用了你们辛辛苦苦弄的窃听器。真是大费周折的作战，而且让我觉得天才和笨蛋果然没什么区别。"

正解是后者。

"对了，武泽，我在车里听的时候，都有点儿怀疑自己了。以为搞不好是真的公司来了，因为这附近确实有这样子的公司啊。"

"要是一直这么想就好了。"低声嘟囔的是真寻。

火口瞥了她一眼，继续说："是你们自己的头儿露馅儿了，可不是我的错。"

"我……露馅儿了？"

火口朝身后放在桌上的五部预付费手机看了一眼。

"你用窃听探测器探测这个手机的时候，说过'预付费手机'这个词吧？"

"抱歉问一下，这个预付费手机是什么时候、通过什么渠道买来的？"

武泽确实那么说过。

"光是看看这些手机，不可能知道它们是预付费的吧？"

确实如火口所说，完全是自己的错。

"听到这话的时候，我终于确定了。啊，果然是你们。接下来我就在汽车里躺下，悠然欣赏了。哎呀，真是逼真的演技啊。中继器，还有探测那个中继器的探测器，骗我们打开保险柜，结束之前还突然开枪。呀，你们不可能有真枪，我猜你们应该是拿玩具枪和火药搞了什么，搞得确实很漂亮。"

一点儿也不漂亮。

"保险柜的现金都装进袋子了，然后又掏出了玩具枪，真期待接下来发生的事情啊！我都忍不住在车里坐起来，握紧了接收机。"

火口特意把那姿势摆给武泽看，目光朝上继续说："就在那时候啊，我无意间向外一看，只见一个穿着工作服的姑娘拿着纸袋站在二楼的走廊上。我刚在想她要干什么，就看见她翻过栏杆跳到了旁边楼顶上。看到那一幕，我终于明白了——你们在想办法把钱弄出来。"

"被看到了啊。"弥寻无力地叹气。

"我想自己可不能错过演出的高潮，就从车里出来，走到能看到十楼走廊的位置。一走过去，果然，就看见另外一个姑娘抱着袋子从事务所里跑出来，长得和跳到旁边楼顶的姑娘挺像，飞快钻进了隔壁的房间。"

火口微笑着望回武泽。

"就是说，你们打算连人和袋子一起换对吧？真是个好主意啊！气势宏大，是我喜欢的演出。"

但是被人看到后台就没意义了。

"隔壁楼顶上的那个袋子里面大概是塞了报纸什么的吧，还是塞的枕头？"

都不是。不过武泽没回答。

火口鼻子里哼了一声，悠然叼起一支烟。整理人赶紧掏出打火机给他点火。

武泽盘腿坐在地上，眼睛盯着高个子的火口两片薄薄嘴唇里慢慢飘出的烟。两个疑问中的一个已经解决了。当然，解决归解决，状况并不会因此发生变化。不过总算明白自己的计划为什么失败了。

还有一个疑问。那个疑问实际上比第一个简单太多了，是个非常单纯的疑问。

"那么，我能问个……小小的问题吗？"武泽决定直接问问看。

"什么？"火口眯起眼睛，直直地俯视武泽。

"你——"抬头正视对手的脸，武泽问，"你到底是谁？"

老铁、贯太郎、真寻、弥寻的视线唰地一下全都转向武泽，大家都是一脸"啊？"的表情。武泽又问了一遍。

"你到底是谁？"

火口似乎猜到武泽会问这个问题。不单如此，他似乎怀着某种乐趣，在等武泽提问。他嘴角微微露出笑容。

眼前的人确实是火口。听他的声音，确实和之前通过接收机听到的那个火口的声音一样。但他不是武泽认识的那个火口。要说有什么地方不一样，很简单，长得不一样，而且还年轻许多。眼前的火口，差不多还只是个青年。虽然身高和说话方式确实都很像，但他不是自己在七年前每天见面、让自己从事非法工作、威胁自己说"你有个女儿是吧"、在电视屏幕里嗫嚅让人不安的话的那个火口。眼前这个人明显是旁人。这家伙是谁？为什么也叫火口？

不过，简单纯朴的疑问，基本上都有简单纯朴的答案。火口回答了武泽。而听到答案的时候，武泽甚至有种大失所望的感觉。那是毫无悬念、毫无争议的答案。

"让你痛恨的人，是我哥哥。"

"哥哥……"

"岁数差很多，同父异母的兄弟。"

一股猛烈的愤怒。不是对火口，而是对自己。

如果是在有意欺骗的情况下被骗，那也就罢了。可是并非如此。自己如此轻易地被骗了，这一点才是最让武泽难受的地方。他禁不住生出一股空虚的愚蠢感。在902室的接收机里听到火口声音的时候，仅仅因为声音里带有那种说话的特征，自己就认定他是那个火口了，一直都没有怀疑过。谁想到那是——

"弟弟啊……"武泽的声音中透出了无力感。

"为什么做弟弟的你要来找我的麻烦？"

火口微微挑了挑眉毛，回答说："没办法，因为哥哥死了。"

"死了？"

"托你举报的福，哥哥被抓进了监狱，在里面整整蹲了六年。除了高利贷，他还干了其他好多事。盗窃、伤害、恐吓……反正越查越多，黑幕一个个都被揭开。好不容易服完刑出来了，又被一个中年男人捅了肚子。"

"被捅了？"

火口点点头。

"捅他的家伙借过钱，一直对哥哥怀恨在心。虽然当场被抓——这一点要感谢国家——但哥哥还是不行了。哦，对了，那家伙和你差不多，向组织借了钱，结果让自己的人生彻底玩儿完，真是个白痴男人的典范。那个白痴反过来怨恨我哥哥，好像为了等他出监狱，足足等了六年。毅力真是大。"

武泽尽力抑制涌上咽喉的感情。

"武泽，你不看报纸吧？我哥哥的事情有报道哦！"

从七年前开始，武泽基本上就不看报纸了。因为他觉得世上的事情和自己没什么关系了。

那个火口死了吗？已经死了一年了吗？

"那……他是向你这个弟弟留下遗言，要向我报仇吗？我害组织解散，又把他送进了监狱，所以要找我报仇吗？"

"哥哥太认真了。"火口的表情里带着笑意。

"以前就这样，不知道适可而止。不管到什么时候，一直都不会忘记仇恨，总是很介意。自己被捅之后，都快要死了，还非要喊我过来留下遗言，不然都死不瞑目。"

武泽想起几天前的夜里听到的火口的话。

"扩大组织，还有武泽的那件事，因为是遗言，不能撒手不管啊。"

那就是火口的遗言吗？

"其实这种事情我是不大想干的。"火口扭扭脖子，似乎颇为不耐烦。

"放贷的生意最近查得越来越严了，赚钱也少，至于找你的下落、给哥哥报仇什么的，既麻烦又没有好处。哥哥也真是给我找了个头疼的事啊。你这件事啊，要是不抱着消遣的心，绝对干不下去。"

"只是……消遣吗？"

火口一脸惊讶地瞪大眼睛："这不是当然的吗？消遣消遣，全都是消遣啊。难道你真以为我打算要你的命？"

武泽无语。

火口摊开双手，好像感觉非常无聊。

"你想想放火的事吧。第一次放火，是在公寓的时候，特意挑了你不在的时候吧？第二次也是尽量挑了个不会烧起来的地方点火。我真想要你的命的话，没那么干的道理吧？"

确实如此。关于这一点，老铁也指出过。火口他们如果真的想杀武泽，应该什么时候都能动手。回想起来，野上和整理人拿了高尔夫球棒去住处的时候，也是给了武泽他们充分的离家时间。那肯定也是消遣的一项，是预想了武泽他们会在某处偷看，或者是为了让他们回到家、看到房间里一片凌乱而心怀恐怖，才这么做的。但是——

"那鸡冠呢？"问这个问题的不是武泽，而是真寻。

"鸡冠？"火口皱起眉。

"小猫……你们杀的小猫。"老铁低声说。

"啊……那只猫啊。"火口鼻子里哼了一声，稍稍移开了视线，尖尖的喉头动了动，停了片刻，像是在思考什么，然后继续说："那是顺手杀了的。"

"顺手——你！"老铁跳起来刚要说什么，火口猛然转身向他大吼："放老实点儿！"

可怕的恫吓在房间里回荡。随后，一股仿佛从未有过的沉默笼罩住整个房间。

"你们睁眼看看现在的情况。"火口用低低的声音打破了沉默。

"你们要偷我们的钱，没偷成，被我们抓住了。现在又被我们堵在这个事务所里。我觉得这事情麻烦得很，正打算放你们走。你们倒是掂量掂量，哪边才有底气这么说话？"

武泽愣了。其他四个人恐怕也是一样。

"放我们走？"武泽禁不住问。

火口转向武泽，微微笑了笑："我说过的吧，本来就是消遣。你们的演出很有趣，差不多值回票价了。我也算遵守了和哥哥的约定。再继续搞你们，只是自找麻烦。"

是吗？

武泽感觉自己身体里的骨头仿佛都被抽掉了。他恍惚地抬头看火口。难道，就这么解放了吗？自己做梦都没有想过这个结局。

"野上，找找钱在哪儿。"火口用下巴示意扔在地上的真寻的包。野上捡起包，打开看了看。

"在里面。"野上说着把包递给火口。

"因为我们也没那么多闲工夫搞。武泽，你们差不多都回去吧。"

说完这话，火口便用一只手提着装钱的包，朝有保险柜的房间走去。其他人也让开了路，脸上挂着并不释然的表情互相张望。看上去他们本来还准备痛打武泽他们一顿。

"老武——"

老铁以眼神催促。武泽轻轻点头，站起身子，其他三个人也静悄悄地起身。作战完全失败，什么都没有得到，什么都没有解决，就这么结束了。但是武泽还没有蠢到不乖乖逃走的地步。

"那个什么……我们就告辞了。"老铁怪异地打了声招呼，鞠了一躬，生硬地右转，朝玄关走去。武泽他们跟在后面，蹑手蹑脚地走出客厅。

但是——

四十六年的时间里，武泽学到一个关于人生的教训。那就是：陷阱总在最后的最后等着你。眼下当然也没有忘记这个教训。头脑深处那种如之前一样绷到极限的紧张感，在某种程度上正是因为记得这个教训。

可惜的是，在实际的人生中，教训这样的东西基本上没什么作用。这也是教训会成为教训的原因。

"对了武泽，你以前曾经在我哥哥手下干过一段时间吧？"

火口回过头。那声音虽然并不大，但按下原子弹发射按钮的声音也并不大。

"要是还想干，过来找我也行。你好像对那种很棘手的'拔肠

278

子'很拿手啊。"

"哎呀，我——"

"七年前你逼一个女人自杀的时候，我哥哥说，连他都是一身冷汗啊。能做那么绝的家伙可不多，我这儿用得着你。"

丢下一个含笑的表情，火口消失在隔壁。

什么也没有说，武泽转过身，朝玄关走去。


# （九）


夜幕彻底降临了。

谁也没有出声。只有五个人的脚步声，在杳无人迹的小巷里回荡。

刚才火口说的话，真寻和弥寻是怎么想的？两个人从那时候开始，一句话也没有说，武泽也只好沉默不语。

她们明白了吧。她们听了那短短的话，即使没有想到逼死自己母亲的凶手正是武泽，至少武泽过去曾经在高利贷组织做过催款的工作，并且导致一个人自杀的事情，也是瞒不住的了。

武泽盼望两个人能说点儿什么，什么都行。但是，真寻也好、弥寻也好，只是沉默着继续前进。

头上，朦胧的春月将周围的天空染上一层浅白。

抬头望向那弯月亮，真寻忽然停住了脚步。她的脸庞在月光里沐浴了半晌，终于向站在身边的姐姐望去。感觉到妹妹的视线，弥寻微微扬起嘴角笑了。然后，两个人同时向武泽转过去。

"我们早就知道了。"最先开口的是真寻。

"我们早就知道是你害妈妈自杀的。"

周围的景色消失了，只剩下真寻和弥寻的脸庞。两个人脸上带着温柔的微笑。

"也知道是你一直在给我们送钱。虽然谢谢说不出口，但至少我们了解你的心情。"

不知道该说什么才好。因为不知道该说什么，武泽只有紧闭双唇。主干道的方向传来微微的汽车引擎声。

"……什么时候？"终于说出口的，只有这短短的一句。

"老武和老铁说话的时候，我听到了。喏，就是夜里在厨房的时候，你们两个喝了酒，对吧？那时我正好想和老武说话，就偷偷下了楼，然后听到你们的说话声。"

武泽立马想起来了。日本酒的酒瓶放在中间，和老铁两个人坐在地上，武泽把真寻、弥寻和自己的关系向老铁挑明的那个夜晚。那些话被真寻听到了吗？

"吃惊吧，我——"

"也没有太吃惊哟！"

真寻的回答让武泽有些意外。

"我只是想，果然啊。"

"果然？"

"我刚才说了嘛，有话要和老武说，于是下了楼，对吧？我要说的本来就是这件事。"

真寻的意思是说，她已经意识到了吗？怎么意识到的？

"贯太郎的字谜游戏上，老武写过'白头翁'几个字对吧？我刚好偶然看到那一页。其他的空格全都是贯太郎的字，只有这个地方不一样，而且我感觉这几个字和一直送钱过来的信封上的字有点

儿像。所以我有点儿奇怪。正好手边还留着一封信，我就比较了一下，果然很像。你看，我们住的地方叫'Dream足立'这个奇怪名字，ド、リ、ム，这几个字都很像。所以我就问贯太郎，这个'白头翁'的字是谁写的，对吧？"（白头翁日语写法是ムクドリ，Dream日语写法是ドリーム，两个单词里都有ド、リ、ム。）

"啊，是的。"贯太郎有点儿弄不清状况。

"贯太郎说是老武写的。这么一来，很多事情我就想通了。在上野公园，听我说要被赶出公寓的时候，为什么让我搬到自己家来住；为什么问我要是遇见了那个逼妈妈自杀的人会怎么样；姐姐和贯太郎跟在我后面搬进来的时候，为什么会向老铁解释，把我们全都收留下来；等等。"

真寻轻轻笑了。

"我知道了老武过去做的事，反而不知道要怎么做了。我曾想说不定会想杀了你哟。要是看到你摆出假惺惺的和善态度，我说不定会张口骂你，冲过去打你。想到自己会这么做，我也不安了。总而言之，还是不要看见老武比较好吧，不要待在一起比较好。所以，那时候我提出要搬走。"

"我想我差不多该从这儿搬走了。"

这样说来，真寻突然那么说，确实刚好是武泽在昏暗的厨房和老铁酌酒之后的第二天早上。不过说到一半的时候，窗外出现了整理人，话就那么搁下了。然后那天傍晚后院起火，状况骤然变化，之后更急转直下。

"那……现在你又是怎么想的呢，和我在一起的时候？"

武泽对只能问这种无聊问题的自己感到厌恶。但是真寻坦率地回答了。

"我相信自己得出的结论。我一个人拼命想，想啊想……最后想出来了。"

真寻直直看着武泽。

"我现在已经不恨老武了——这就是结论。痛恨的对象不是老武。老武不是坏人，坏的是命令老武做残酷工作的高利贷组织的那些家伙。我这样告诉自己。我们的妈妈被放高利贷的人逼得自杀了。老武只是偶然在同一时间，被同一伙人逼着去做这样的工作而已。我这样分开考虑。慢慢地也就真的这么想了。所以我把老武的事情，还有自己得出的结论，全都告诉了姐姐。姐姐一开始也非常吃惊，不过最后接受了我的想法，一定是因为这是正确的结论。"

武泽什么话也说不出来。

"但是到了这时候，又开始介意钱的事了。"

"钱是说——"

"喏，老武送来的钱啊。一直都想着要扔，可是一直都没舍得扔……像背着沉重的负担一样。"

旁边的弥寻点点头。真寻继续说："那个负担变得越来越重。因为那些钱什么都不是，只会把老武和妈妈的自杀关联在一起。"

也许确实如此。

真寻换了个语气，显出欢快的样子看着武泽。

"所以这一次的作战，对我和姐姐来说，是一石三鸟。可以向放高利贷的家伙替死去的妈妈和鸡冠报仇；在作战中处理掉老武的钱，就能卸下沉重的负担；还有像是兑换一样，把带着的钱换成能花的钱。啊……虽然最终没能成功。"

真寻脸上没有遗憾之色，而是像吹散了什么似的，或像签署了什么协议一样，表情很轻松。

"老武对我们隐瞒了实情，我们也隐瞒了哟，是吧，姐姐？"

真寻望着姐姐，弥寻点点头。

"老武骗了我们，我们也骗了老武。"

两个人仿佛在说"彼此彼此"。那话尖锐地刺入武泽的心。自己明明是绝对不该原谅的人。自己过去所做的事情，和她们两个隐瞒的小小的事，两方的重量完全不成比例。不知怎么，在武泽的眼中，她们两个的脸仿佛变成了沙代的模样。那个自己从外面回家、进玄关的时候，从房间里欢欣雀跃地跑过来，把学校的事、读过的书一件件说给自己听的沙代的模样。

该怎么做才好？该怎么回答才好？武泽只能怔怔地盯着眼前两个人逐渐模糊的脸庞。

"啊，老武。"老铁突然叫了一声。

"我想起一件不错的事，要听吗？"

"什么啊？"

"信天翁作战计划，趁现在改一下最后的部分，怎么样？"

"改？"

"你看，这么宏大的一个计划，最后没能搞到钱，不是很奇怪吗？至少我是这么认为的，是不是？"

武泽明白了老铁的意思，是在说那个吧，要把那个弄来。

"钱啊……"

他们飞快地扫了一圈，真寻、弥寻、贯太郎，从表情上看，三个人应该也都明白了。反对者——似乎没有。

"收吗？"真寻笑了。

"承蒙美意了呀！"弥寻也说。

"那我也能分一份吗？"贯太郎问两个人。

"当然是平分哟。"两个人齐声回答。

"那就分吧！"

老铁一声令下，五个人同时右转，跑回夜晚的小巷。长方形的窗户被甩在身后，啪嗒啪嗒的脚步声在建筑物的墙壁上回响。眼前终于出现了那幢二层的小楼。五个人拥成一团冲进小楼的门厅，然后直奔楼梯而去。他们争先恐后地跑上房顶，白色纸袋还在那儿。老铁第一个抢到它，开心地大叫："作战结束！"

他把袋子放在胸前打开，给武泽他们看里面——许多一万日元的纸币。那是真寻和弥寻旅行包里剩余的钱。虽说是剩余部分，也是不小的数目。不管怎么说，这次作战没花费太多钱，而且七年间武泽连续不断送给两个人的钱也很多。

"那些家伙吃亏了啊。"老铁抬头望向十楼的走廊。

"是啊，没想到这里面会放真钱啊。"

当然，纸袋里面不会全是现金。二十捆左右大部分是白纸，只有上下几张是真的。纸捆上面又扔了许多零散的纸币。这里面的钱可不是小数目。原本应该从事务所的保险柜里抢差不多两千万日元，这里的钱虽然没有那么多，但至少有两百万日元。

武泽他们担心的是，如果真寻和弥寻交换之后，敌人来到这边的房顶上，看了袋子里的东西露馅儿了就不好办了，所以做了这样的计划。提出这一点的当然是真寻和弥寻。她们早就下了决心，要在作战中花光所有的钱，所以提出把剩下的钱这么用掉。对这个提议，谁也没有反对。白白把钱扔掉固然可惜，但不管怎么说，这个纸袋是作战的最后关键，是成功的莫大保证。

"这些钱分成五份，差不多刚好可以成为各自生活的启动资金吧。对了，既然是平分，老武也拿哟。"

"我？"真寻的话让老武缩了一下。

"不拿不行哟！"弥寻啪地拍了武泽的后背一下。

"因为是五个人参加的作战。"

弥寻的声音中渗透笑意，眼神却是认真的。武泽在想她们为什么也让自己从中分一份。想啊，想啊，这不是草率的意见，而是两个人真挚的决断吧。

"我知道了。"

似乎一直在等武泽的回答一般，老铁低低叫了一句"撤退！"。不知是不是云散了，房顶上一下子明亮起来，月光在五个人的周围慢慢流动。

武泽想，这份景色，自己一定永生难忘。

于是，作战结束了。


岁月流逝。

春去夏来，初闻九月之声的时候，老铁死了。

在病房里陪护他走到终点的，只有武泽一个人。

呼吸停止的前一天，老铁一直盯着白色的天花板。枕边放着阿拉蕾的杯子和圣诞树的装饰星星，瘦到不成人形的脸颊缩在被褥里。

房间里的窗帘拉开了三十多厘米，透过它可以看到一群红蜻蜓。蜻蜓全都朝着同一个方向悬停在空中，飞快扇动的翅膀几乎辨不出动作。忽然，大约是吹过一阵风，红蜻蜓群急速移动起来，从窗帘的缝隙间消失了。

"我说过的吧，老武，我死的时候就会是这样的。"老铁翕动着干涸的嘴唇，喃喃低语。

"马上就要死了，可身边一个人也没有。"

"我不是在探望你吗？"武泽故意粗声粗气地说。

老铁把头挪到枕头上，用深陷的眼窝盯着他。在那无力的视线中，武泽看到的是无法遮掩的孤独。

老铁问了个奇怪的问题："我说老武，你见过乌鸦的尸体吗？"

"哎，没有。"

"想过为什么吗？"

不知道他想说什么，武泽默默摇了摇头。

"乌鸦如果死在外面什么地方，因为碍眼而且不卫生，马上就会被收拾掉。如果死在窝里，就会被其他乌鸦吃掉。所以不管怎样都看不到尸体。"

老铁吸了一口气，喉间发出细细的声音。

"就像个破烂儿一样，要么被收拾掉，要么被其他乌鸦吃掉，反正都会被忘掉。"

"我可不吃，你这家伙吃了要闹肚子的。"

"老武，你不是不做乌鸦了吗？"

老铁轻轻笑了。然后他拿起阿拉蕾的杯子和圣诞树的装饰星星，望着它们出神。他始终望着它们。

在呆呆出神的老铁旁边，武泽回想起那一天。

信天翁作战结束的那一天。

# 乌鸦

CROW

# 鸦

# （一）

回到旅馆的房间，武泽他们平分了纸袋里的钱，然后沉沉睡去。第二天早晨，他们出了旅馆各自分开。不是一起回到原来的住处，而是趁着清晨全体解散。

"我有件事情想说。"在旅馆门前这样开口的是弥寻。

"就这么解散了吧？"

面对颇感意外而回头的武泽，弥寻解释说，要是再回去的话，说不定又不想出来了。

"等在哪儿落脚之后再和你联系。"

真寻和贯太郎也看着武泽。从他们的表情来看，三个人好像已经讨论过这件事了。

虽然困惑，但也没有阻止的道理，最终武泽只有点头。再继续待在一起，一定会在同一个窝里相互舔舐伤口的。开始的时候也许让人感觉惬意，但要是一直舔下去的话，伤口迟早会化脓，谁都没办法离开小窝了。这样的想法其实武泽也有。

"我也在想，差不多到了离开的时候了。"连老铁也犹犹豫豫地开口说。

"总不能一直麻烦你。"

"倒也没什么麻烦的。"

"不是这个意思，"老铁摇摇头，脸上显出一丝哀愁的笑容，"我到底也是个男人嘛。"

虽然只是短短的一句，但语气分明显示出那是深思熟虑之后的决定。

于是，五个人在炫目朝阳的映照下，在旅馆门前分别了。弥寻、真寻和贯太郎三个人向同一个方向走去，似乎暂时还打算一起生活。武泽和老铁并排目送三个人离去，然后，两人相视一笑，也分别向左右两边走去。武泽感觉自己一旦回头，就会有奇怪的感情涌上来，肯定会一下子不知所措，于是带着几分逞强的意思，他径直向前，绝不回头。

# （二）

从那之后过了大约一个月。

临近夏天，公寓狭小窗户外的天空，清澄得近乎透明。武泽在房间一角盘腿而坐仰望天空，身后传来摩托车发动机的声音，接着是邮件掉在信箱底部的声音。

和平时一样，武泽立刻站起身，出了玄关的门。这次租的房子是在一楼，走到邮箱只需几秒钟。武泽带着淡淡的期待，打开铁制的小门。从前在心中徘徊的不安已经没有了，自己已经没有敌人了。相反，却有也许会寄信或明信片来的朋友。

"哦！"

看到邮箱里的一枚明信片，武泽情不自禁发出了轻叹。

河合弥寻、河合真寻、石屋贯太郎，三个名字写在上面。似乎每个都是各自的亲笔签名。

之前也收到过一次三个人寄来的明信片。那张明信片只是通报自己新的住处的，内容很简单，其他什么都没写。但是这回不一样。像是听校长训话的小学生写的，工工整整的竖排文字以适当的等分间距排列在白纸的表面。那是贯太郎的字，被迫写的吧。

明信片上首先是常识性的节气寒暄，完全不像三个人的日常作风。然后是弥寻开始作为商社的事务员上班的事，真寻从本周开始在快餐食品店做店员的事，还有贯太郎也将去制造魔术道具的工厂工作的事。再然后，以一种很生硬的说法，贯太郎顺便提了一下自己的阳痿正在变好。正在变好是一种什么状态呢？武泽决定还是不去想象了。贯太郎也许从火口的事上重新发现了自己身为男子汉的自觉，所以阳痿因此变好了吧，武泽想。

方便的时候来玩吧，明信片上这样邀请。

最后还写着一个消息，那是真寻的字。几天前，三个人住的公寓里出现了一只小猫。晚上他们在吃中华凉面的时候，听到咯吱咯吱挠门的声音，出去一看，一只小猫待在那里。那绝对是鸡冠转生的，真寻写道。那只小猫和死去的鸡冠非常像。但是它头上没有那撮硬硬的毛，也就是当初起"鸡冠"那个名字的硬毛，取而代之的是黑色的毛。原来如此，也许真是转生来的。在那个世界，神明改变了它头发的颜色，又把它还回来了吧。

真寻说他们偷偷在公寓里养那只小猫，给它买了红色的项圈，在上面挂上了鸡冠的遗物——那个骰子。

站着把明信片读了三遍，武泽才回到房间里。他想，当初没有逃走，真是做对了。

如果当初逃走了，会变成什么样子呢？火口的游戏一直无法结束，自己现在也一定心力交瘁了吧。说不定老铁和真寻他们会在那时候离开，并且出于各自人身安全的考虑，约定相互不再联系。

幸好武泽选择了不逃。

然后——失败了。

回想起来，那场作战没有成功真是太好了。如果成功了，从火口他们那边弄到大笔金钱的话，弥寻和真寻一定无法开始新生活吧。钱这个东西就像药一样，量少的时候会有效果，超过限度就会产生副作用了。两个人必定会过回从前那种自甘堕落的日子。武泽也是。如果火口没有戳穿自己，自己还会一直向两个人隐瞒，会一直欺骗下去吧。然后，两个人也会一直扮演被骗的角色，继续悲哀的演技。

把明信片放到矮桌上，武泽轻轻出了一口气。

这一连串的事情，就像小说或是电影。与老铁的相遇，与真寻的相遇，鸡冠、弥寻和贯太郎的闯入，火口，信天翁计划。然后，三个人的再出发，还有鸡冠的转生。

很好。

真的很好。

…………

某种幻觉一般的东西，数秒间在武泽的头脑里飞速通过。那是这一连串事件的无数断片，像是自己这些人作为主人公的电影一样，描绘出一个动人的故事。

完美的故事。

然而紧接着，武泽在头脑中发现一点儿小小的不自然。实际上那种不自然并非第一次发现。那小小的不自然的感觉，是从何时开始的呢？自己是什么时候产生这种感觉的呢？

稍稍考虑了一会儿，武泽找到了答案。

从一开始。
．．．

刹那之间，武泽漫无边际的思绪里忽然被插入了一把看不见的钥匙。咔嚓一声，钥匙旋转的瞬间，一直以来在脑海里暧昧飘浮的种种事物，开始排列在一起，呈现出某种不可思议的规律性。这种规律性，是基于某种假说而出现的。
．．．．

"难道……"

武泽试着轻声笑了笑。他有一种很想把这个十分无聊的假说否定的情绪。那些都是偶然，一定都是偶然。但是，像是要把那种情绪推开一样，有些别的想法在心中开始冒头。他想弄清楚，想确定自己想到的这一假说是错的。

几乎是下意识地，武泽伸手取过手机，拨通查询电话号码的机构，一个女性的声音应答道："感谢来电。104号木下为您服务。"

"那个……阿佐佐谷的豚豚亭。拉面馆豚豚亭。"

"杉并区阿佐佐谷的豚豚亭是吗？请稍等。"

人声切换到电子合成音，播放了电话号码。武泽挂断电话，重新拨打。

"您好，这里是豚豚亭。"

"经理，是我。还记得吗？就是以前经常来您这儿吃面的。"

"经理？"对方一听这种称呼，似乎立刻就想起了武泽。

"啊啊，记得记得。最近不常来了呀。"

"有件事情想问问您。"武泽单刀直入地说，"有一回，我

293

和另外一个人来吃面的时候，您说过店门口有什么东西在烧，对吧？"

"哎？啊啊，是有那么件事。"

"那个到底是怎么回事？"

经理肯定会回答说是火灾。那是公寓在烧吧，肯定这么回答。因为事实如此。因为武泽的房间烧起来了。

"客人，您没读报纸吗？"店主回答的声音里混着苦笑。

"那其实是个恶作剧。"

"恶作剧？"

"嗯，恶作剧。住在附近公寓里的一个男的，好像弄了个带定时的烟雾弹。周围人以为是火灾，喊了消防队来，消防员开了门冲进去一看，发现只是烟雾弹。住在那里面的人，后来不知道消失到哪儿去了。真是莫名其妙的家伙。"

不是火灾，是烟雾弹，是某个人弄的定时烟雾弹。是谁弄的？

"带定时的……"

武泽回想当时的情况，想起来了。

为什么自己认定是火灾？因为刚好在返回公寓的时候看到消防车聚在门口，屋里又有烟在往外冒。那景象不是火灾还能是什么？但如果回家的时间稍有不同，自己就会知道那只是烟雾弹搞出来的恶作剧了吧。这是显然的。如果晚点儿回家，消防队员在武泽眼前冲进房间，就会知道"什么啊，这不是烟雾弹吗"。或者早一点儿回家，定时器还没到时间，没有烟出来，武泽就会进房间了。那么，自己为什么会在那个时间点回公寓？因为在豚豚亭吃拉面。提议去豚豚亭的是谁？说该回去的又是谁？还有，明明应该不是火灾，而是烟雾弹。

"昨天那场大火，报纸上只写了五行字。"

是谁那么说的？

"不会吧……"

武泽又想到做那些预付费手机的假传单，还有自己这些人的假名片的事。

"你说你有认识的文印店？"

"嗯。"

文印店，传单。

"假传单……"

武泽再次掏出手机，打给那时候的文印店。

"您好，这里是昭和印刷。"

"您好，我以前在您这儿印过预付费电话的销售传单，还有三个人的名片。"

"预付费电话的传单和名片？"电话那头的男子似乎在自己脑海中搜索了一阵。

"啊，那时候的事。嗯嗯，我记得。因为传单的数量不多，价格定得不太好，不好意思。印刷品这种东西就是这样的，数量越多——"

"我想问件事。那个时候，我记得是我们公司的人去的，就是脸长得有点儿像海豚的一个男的。"

"啊，嗯，是那个人。"

"他是第一次在您那儿印传单吗？"

"不，不是第一次。"纸张摩擦的声音。可能在翻阅顾客的记录。

"第三次了，以前也来印过两次传单。"

武泽咽了一口唾沫。

"以前的传单内容，是不是——"武泽压抑住内心的焦急，继续问，"一张写了'Lock & Key 入川'的锁店传单，还有一张珠宝店的打折甩卖传单？"

"啊，是的，是的。我们这里还留着底版。"

武泽木然挂断了电话。

他想起了和真寻的偶遇。为什么时隔七年，自己会再度和真寻相遇？那是因为那一天的真寻忽然要去上野车站附近的珠宝店。她是被一张传单引诱去的。

"那家店今天打折大派送，传单上是这么写的。"

武泽他们刚好也在现场，于是再度和她相遇了。

那天早上，是谁说去上野买手机的？不对，不单是上野这个地点，时间应该也很重要。武泽他们必须在真寻动手偷那个"搞怪警察"的时间点上经过珠宝店前面才行。为了遇上真寻，这是必不可少的条件。为什么武泽他们会在那个时间点经过珠宝店？因为之前刚刚在当铺做过一笔生意。老铁说想再做一笔。那时候的老铁，半天都没从当铺出来。自己还担心是不是被当铺的店主看穿了。

那该不会是为了调整时间吧？

是不是他在店里联系了某个人，调整了双方去珠宝店的时间？

武泽和老铁相遇，是因为塞在邮箱里的锁店传单。锁孔和万能胶——那天晚上，武泽看破了老铁的伎俩。但真是那样的吗？自己会不会是中了圈套？仔细想来，那场相遇有好些不自然的地方。如果真和老铁坦白的一样，是用万能胶和传单来赚点儿小钱的话，为什么非要挑邮箱里塞满传单的房间下手？不对，这之前还有个问题，为什么老铁要挑公寓的房间作为目标？那个时候的武泽正为自己看穿了老铁的伎俩沾沾自喜，没有仔细想过对方的话。他只顾着看老铁在自己面前摆弄门锁，但没想过换了别人应该不会那么做。一般来说，要是被告知必须换锁的话，首先应该联系房东才对。就算不知道联系方式，也应该去隔壁问问，打个电话什么的。

为什么老铁会那么做？

答案只有一个。

他知道那是武泽的房间，所以故意演了一场戏。为了和武泽相遇。

为什么，老铁要和武泽相遇？

为什么，要让武泽和真寻相遇？

"那家伙……"

武泽再次按下手机的按钮，拨的是真寻的号码。

"哎呀，老武，好久没联系了呀！"很开心的声音应道。好像弥寻和贯太郎也在旁边，真寻对他们说是武泽来的电话，立刻传来"哇""哦"的欢呼声。虽然是久违的三个人的声音，但眼下不是叙旧的时候。

"我想问几个有点儿古怪的问题，行吗？"

突然被这么一问，真寻有点儿不知所措，不过还是应了一声"行啊"。

"真寻和弥寻，你们的姓都是河合吧？"

"对，河合，虽然并不可爱。"

"这是母亲的旧姓吧？"这一点武泽以前从没问过她们，一直是自己这么认为的。妻子和丈夫离婚之后，应该恢复旧姓吧，父亲应该是别的姓。但是——

"哎，不是哟。"真寻干脆地回答。

"是父亲的姓呀。离婚的时候，母亲说姐姐已经是小学生了，再改姓氏太可怜了，所以就没有恢复旧姓。"

　　河合是父亲的姓。

　　"还有一个问题。"对真寻会回答什么，武泽基本上心里已经有数了。

　　"真寻，或者弥寻，你们中的一个，以前是不是用过一个阿拉蕾的杯子？"

　　武泽听到对面传来惊讶的一声吸气。

　　"两个人都用过。我那时候还小，不记得了，不过姐姐到现在还时不时提起那个杯子。就是个塑料杯子，还搞得那么喜欢。好像不知道什么时候不见了。"

　　从真寻搬进来的那天开始，老铁就不用那个杯子了。说是因为被看到用那种杯子会不好意思。至于以前为什么会时常悲伤地凝望那个杯子，老铁向武泽解释说那是"死去的妻子从小就很喜欢的东西"。但仔细想想就会觉得奇怪，老铁的妻子小时候，应该还没有那部漫画才对。

　　老铁不是因为不好意思，才藏起那个杯子。

　　是因为被看到就不妙了，所以藏起来的。

　　父亲离家时，真寻还是个婴儿，弥寻七岁左右。七岁的时候分开，然后整整十九年没有再见的父亲，若是在某处相遇，她会意识到那是自己的父亲吗？不会，一定不会意识到的。如果对方一开始就报了个假的名字，就更没可能了。

　　真寻旅行包里的父亲写给母亲的分手信。那个字迹，武泽一直觉得在某处见过。

　　"辞典……"

老铁的那本辞典，写了很多字的英语辞典。写在上面的细细的注解文字，的确和那封书信上的字迹一模一样。

弥寻姐妹的父亲名叫河合光辉，老铁的名字是入川铁巳。

文字游戏。

她们母亲的名字是河合琉璃江。老铁说，自己死去的妻子名字叫入川绘理。

kawaimituteru. irukawatetumi.（kawaimituteru是河合光辉的日语发音，irukawatetumi是入川铁巳的日语发音，入川铁巳是河合光辉调换了字母顺序后拼出的名字。下面的同理。）

kawairurie. irukawaeri.（kawairurie是河合琉璃江的日语发音，irukawaeri是入川绘理的日语发音。）

"浑蛋……"

和老铁一起度过的日子，在头脑中犹如走马灯一样流转。如同电影和小说般的种种经历。登场的人们，对了，那些登场的人们——

武泽离开公寓房间。


# （三）


北千住站附近的马马亭的店主，似乎已经不记得武泽了。

"以前的海报在哪儿？"

以前贴海报的地方，现在已经没有了。武泽火烧火燎地问店主。

"海报……啊，剧团的？在这儿。"

留着一小撮胡子的精瘦店主似乎被吓了一跳，从收银台旁边拿出一张黑白印刷的纸。武泽一把把它抢过来，举到眼前。剧团的海报。据说一直没什么人气，眼看就要解散的剧团。名叫"Con游戏"的剧名。下面是剧团成员照片。七个男人一个女人。女人很年轻，五官端正，长得很是好看。男人这边，一胖一瘦两个年轻人，满脸横肉的肌肉男，大眼睛的矮子，大脸男人，高个子，还有个脸长得像是冰激凌勺一样的无精打采的老头。

这些人全都见过。

新宿公寓电梯里见过的女子，火口事务所一胖一瘦两个年轻人，大猩猩一样的男人是野上，大眼睛的是整理人，高个子是火口，脸很大的是"搞怪警察"，还有脸长得像是冰激凌勺的是那个老蚕豆。

"这些人都在哪儿？"

店主胆战心惊地当即回答现在可能在排练地点，好像租的附近某个公民馆的会议室。

武泽冲出了马马亭，一边回想，一边向店主告诉自己的地方飞奔。无数偶然，许多巧合，好些矛盾。

"那个手机还是别再用了，最好关机。"

让武泽换手机的是老铁。那是为了防止有人给武泽打电话，告诉他公寓的火灾其实是恶作剧。

"老武，这次去荒川那边怎么样？靠近河边的地方。"

选定搬到哪块地方的是老铁，住处也是老铁找到的。正因为住在这里，真寻才会那么容易就搬来，因为距离她住的公寓并不远。

"喂？中村先生？"某个早晨房东打来的电话。

"而且我家里也好几次接到奇怪的电话。那个人说话带着咝咝的声音，非要我告诉他你在什么地方。"

"是的是的，是一个叫火口的人。"

那也不是房东，是老铁雇的剧团成员当中的某个人。一上来就用"中村"这个名字称呼自己，自己便毫无疑心地认定对方就是房东了。因为知道自己用这个名字租了公寓的只有房东。但实际上还有一个人也知道——老铁。

"帮忙开一下这个箱子吧，钥匙丢了。"

贯太郎请老铁帮忙打开放气枪的箱子的时候，老铁拒绝了。贯太郎缠着求了半天，老铁最后没办法，答应帮他开锁，但还是没能打开。那是为什么？因为从一开始老铁就不会开锁，因为他不是锁匠。除非拜托锁匠或者其他什么人预先弄好，否则他打不开锁。

住处的后院被人放火的时候，老铁说看到了整理人的脸。

"那张脸我忘不了，永远都忘不了，到死都不会忘。"

但是以前老铁在豚豚亭讲述自己过去经历的时候，关于欺骗自己的债务整理人，不是这么说过吗？

"长相已经记不清了。"

坐出租车跟踪野上和整理人的白色轿车的时候，途中司机错过了拐弯的路口，只得停在路边，幸好后来轿车很快又回到原来的路上，因而得以继续跟踪。但那也不是偶然吧，是老铁偷偷告诉轿车司机自己在哪儿，所以轿车才会开回来。为了让自己继续跟踪。

打到老铁手机上的那个电话，电话里说："现在那辆车……哎呀，跟丢了。突然拐了个弯。现在出租车就停在继续往前的地方。"

那时候打电话的不是贯太郎，而是走散了的轿车打来的电话。

武泽他们到达旅馆的时候，贯太郎好像问过："找到他们的车了吗？"

贯太郎如果真给老铁打过电话，应该不会那么问的。至于原因，因为老铁在电话里说过："好你个'肥肉'！多亏你的电话，敌人又回来了！"


穿过公民馆正面的玄关，跑上二楼，武泽正要冲进出租会议室的时候，门从里面打开了。走出来的男子看到武泽，刹那间显出吃惊的神色，然后立刻又垂下肩，叹了一口气。

"……露馅儿了啊。"

是老铁。

"你——"武泽等待自己的呼吸平稳下来。要问的事情堆积如山，想说的话都要溢出来了。但是，从哪里问起才好？怎么开头才好？

"老铁，你——"武泽终于说出了第一句话。

"是乌鸦吗？"

老铁微笑点头："对，是老武的同行。不过已经干了二十多年了。"

"老前辈啊……"

虽然都是乌鸦，老铁可是只老乌鸦。武泽只是在他的手心里跳舞，真寻、弥寻、贯太郎都是。

"你雇了剧团的人？"

武泽看看老铁背后的门，里面隐约传来戏剧台词一般的声音。

"嗯，雇了。我出钱，请他们帮忙。在马马亭和你一起吃面的时候，看到海报我就在想要不要找他们。去跑中介、去买东西的时候，都是和他们谈生意。"

"你付了多少钱？"

武泽一问，老铁爽快地告诉了他金额。那是个比武泽预想的大上许多的数字，都可以买一处便宜的住宅了。

"他们梦想能有一个属于自己的舞台小屋，我就给了他们相应的资金。"

"你……哪儿来那么多钱？"

"老武你不是也看过周刊的吗？喏，就是半年前那个新闻。"

那个订货诈骗的案子，骗了某建筑公司六千万日元的大生意。

"我们也得干点儿这样的大事才行啊。"

"是啊。不过，大事需要有大经验啊。"

"那个……是你干的？"

"这次的诈骗需要足够的资金嘛。"

老铁垂下似乎有些疲惫的眼睛，然后催促老武出去："咱们去说会儿话吧。"


出了公民馆的玄关，老铁悠然前行，在一棵大樱花树下停下脚步，转过身。樱花树上的花朵全都掉光了，枝头上生出绿绿的树叶。

"我的真实身份，你已经知道了吧？"

"嗯……刚猜出来。"被老铁从正面凝视，武泽不禁垂下视线。老铁是七年前被武泽害死的女性的前夫，是因武泽陷入不幸的两个女儿的父亲。

"我一直以为她们的父亲是个大个子男人。"

武泽这么一说，老铁颇显意外地挑起一只眉毛："哎，为什么？"

"弥寻这么对我说的，说她父亲是个大个子的人。"

"啊……"老铁像是叹息般呼了一口气。

"对七岁的孩子来说，没有小个子的大人啊。只有她长大了，和章鱼烧的道理一样。"说着，老铁抬头仰望春日终结的天空。

"在这世上，没什么真的大东西。"

天空中不知何处传来小鸟的鸣啭。

"老铁……你，为什么这么做？"

"你是在问我的目的吗？"老铁鼻子里轻轻笑了一声，敞开双臂。

"目的，就是这个啊。"

武泽一开始没有理解老铁的意思，之后明白"这个"是指"现在"。武泽的"现在"，真寻和弥寻的"现在"。

"干得不错吧？让真寻和弥寻都从自甘堕落的生活方式中脱离，开始新的生活。老武你呢，摆脱了长久以来盘踞在心头的阴影，还切断了和高利贷组织的关系。真寻也好、弥寻也好，也都不再仇恨让母亲自杀的人了。老武你也不再害怕火口的影子了。"

确实如此，确实干得很不错。

"真是……你真是不嫌麻烦啊，绕这么大的圈子。"

"我只能这么干啊。"

空虚的、寂寞的神色。

然后，老铁把一切都告诉了武泽。

十九年前，被妻子知道自己是靠诈骗为生之后，老铁离开了家，以骗子的身份开始孤独的生活。经过了漫长的岁月。五年，十年，十五年。终于，在大约一年前，老铁下决心不再行骗了。

　　"身体哪，不行了啊。据说是肝癌。医生明确告诉我已经没多少日子了。"

　　老铁轻轻指了指小腹右侧，和夺取雪绘生命的是同一种疾病。

　　"临死之前，我想和妻子再见一面。要是可以的话，也想见见两个女儿。"

　　于是老铁调查前妻琉璃江的下落。那时他才第一次知道，原来她已经在七年前死了，受高利贷逼迫，自己了断了生命。

　　"我雇了做生意的时候经常打交道的侦探，让他调查女儿们的下落。我很担心她们，虽然这些年从没管过她们。"

　　老铁让侦探调查的不只是真寻和弥寻，还有逼死自己前妻的人。不多久就找到了。女儿们在足立区的公寓生活，害死前妻的男人则在阿佐谷的公寓，用中村这个名字租了房子。

　　"那个侦探是高个子的男人？"武泽试探着问。老铁点点头。

　　"那家伙找人虽然拿手，但是实在没大脑。直接跑去找豚豚亭的店主问老武的情况，还跑去女儿们的公寓蹲点，被看到好几回。"

　　向豚豚亭的店主询问武泽情况的、在真寻和弥寻公寓周围转悠的，原来都是老铁雇的侦探。

　　"我本来打算让那个侦探去调查女儿目前的生活状态，还有逼死妻子的人的来历，但是那家伙太蠢了，我只好自己来。"老铁调查了女儿们的生活，还有武泽的过往，调查得很彻底。

　　"我知道了很多事。"

两个女儿的生活，实在算不上正常。姐姐不工作，妹妹靠偷钱度日。

"老武的过去，在你坦白之前，我已经全知道了。"

逼迫妻子自杀的人，在做行骗的勾当。他过去之所以在高利贷组织做催债的工作，是因为他自己也为欠债所苦，而他会落到那样的困境，是因为做了朋友的借款保证人。那个人不是为了一己私欲，而仅仅是想恢复正常的生活，想要和唯一的女儿平稳度日，才不得不受组织驱使。组织解散以后，那个人后悔自己过去的所作所为，不断给自己相依为命的两个女儿送钱。但是女儿们拒绝使用那些钱，每天都过着艰难的日子。

"我得知这一切的时候，伤心得不能自已。因为啊，老武，你想想看，这些全是我的错啊！妻子的自杀，不是你的错，是因为我在干诈骗的事。是因为没办法和我一起生活，她才不得不一个人拉扯两个孩子。生活才会那么辛苦，才会去借高利贷，才会苦于还债，才会不得不自杀。"

"老铁——"

"因为我的错，女儿们才会过上那样一种荒唐的生活。那样的日子过久了，就会沉沦下去，再也浮不上来了。我见过太多这样的人了。在紧挨着地面的地方飞啊飞的，然后稍微擦到一点儿石头、树枝什么的就掉下去了。我想啊，老武，在临死前怎么也要把两个女儿救上来才行啊。我也想帮你一把。照原来那样下去，我会死不瞑目的。"

所以老铁才煞费苦心做出那样一场庞大的骗局吗？

"而且，老武，这一次的生意，也是对我自己的诈骗。"

"对你自己的？"

"喏，你一直都说，能让生意成功的不是演技，而是真正成为其中的人物。因为我这一生真的很荒废啊！没有家人，没有朋友，什么都没有。所以，死前也想要留一点儿能带去那个世界的回忆啊。和家人、朋友一起生活，齐心协力做点儿什么事情。我也想要一个那样的故事啊。"

轻风吹拂，透过树叶的阳光在小个子男人肩头荡漾。

"我们把那场作战命名为信天翁对吧。"老铁有点儿不好意思地笑了。

"信天翁这种鸟，虽然在日本被当成笨鸟，在国外却很受欢迎。不是连高尔夫球里也借用了它的名字吗？那种比老鹰球还厉害的。宽阔的翅膀乘着风，一天能飞一千公里。"

像是追随天空中飞过的那只鸟一样，老铁的视线探向蓝天。

"要让女儿们原谅老武，在真正的意义上各自开始新的人生，需要让她们了解老武真正的为人才行。所以我学布谷鸟，让女儿们和老武住到一起。要是没有这一段同居的生活，她们两个肯定一辈子都不能原谅逼母亲自杀的人，也接受不了这个世界的荒诞无稽，更不可能长大成人了。"

也许确实如此。也许正是那一段胡闹般的同居生活，改变了自己和两个人之间"杀母之仇"的关系。

那之后的经过，一切都按照老铁的剧本展开。高利贷组织的攻击，武泽他们的复仇，信天翁作战。火口他们的事务所和隔壁的1002室，都是特意租的，里面的家具之类也都是事先买好的。

"那幢大楼其实本来就是要拆掉的，只剩下两三家，其他人都搬走了。我就是在找这样的地方哟。因为你看，计划实行的中途，要是有其他人在附近转来转去，会比较棘手吧。"

难怪那幢楼里面人那么少，武泽终于明白了。怪不得除了火口他们，自己只遇到过电梯里出来的年轻女子，再也没有遇到过别人。武泽本来也有点儿纳闷儿。至于为什么入口处的邮箱上几乎没人写名字，他现在也明白了。

然后是实施。最终，老铁的计划成功了。"现在"的状况，一切都圆满了。

老铁设下的人生最后的骗局。

这是武泽之辈无法望其项背的大手笔。老铁撒了巨大的谎，包括所有的场景和全部的瞬间。但是，谎言背后的动机却源自真心。没有比这更真诚的了。

"老武，还记得我和你说过手指的事情吧？"

"爸爸指、妈妈指那个吗？"

"对，就是那个。那时候，我说过自己是大拇指吧？"

老铁确实这么说过。

"我这么说有两层意思。一个当然就是说我是父亲，另外一个意思，老武你知道吗？"

武泽想了想，但是没想出来。老铁摊开自己的手掌，一边看一边告诉他答案。

"只有拇指可以从正面看到其他的手指。所有手指当中，只有拇指知道其他手指的长相。"

老铁把五根手指的指尖合在一起。

"原来如此……"

老铁确实是拇指。只有老铁，才知道所有人的真实面目。

片刻的沉默笼罩了周围。武泽深吸了一口气。

"今天，那三个人寄了明信片过来。"

明明刚看过不久，但总觉得仿佛是久远的往事了。

"你这笔生意好像很成功啊。真寻、弥寻，都在努力工作，还有贯太郎也是。"

武泽把明信片的内容说给老铁。老铁听着武泽的讲述，时不时应上一声。

"有件事情能问问你吗？"武泽问。老铁点点头。

"明信片里写着鸡冠转生的事。那只小猫和鸡冠很像，只是头上那撮毛是黑的，其实那就是鸡冠吧？"

"是鸡冠。"老铁回答说。

"原本头上就是用了染色发胶喷成白色的，现在只是把那个发胶洗掉了而已。本来就打算等这生意做完，就让真寻和弥寻养的。像那样子的分别，太残酷了。"

难怪鸡冠头上的毛有点儿发硬，原来是用发胶喷成的。

看来老铁一开始就准备好了鸡冠。

"一开始开玄关门的时候奔进来，那也是你动的手脚吧？"

应该是准备了笼子，预先在门外让鸡冠待命吧。难怪鸡冠和老铁那么亲，因为在所有人当中，只有老铁是它以前见过的。

"着火的那天，鸡冠不见了，也是你藏起来的？"

"嗯，我藏起来了。后院起火的时候，大家都忙着救火吧？我在那时候装出用桶装水的样子，实际把在家里的鸡冠放进纸箱，藏到玄关旁边斜坡的草丛里去了。然后剧团成员过来把它抱走了。"

这样说来，老铁最后提着桶跑到后院来救火的时候，桶里是空的。回想起来，确实很奇怪。灭火的时候提个空桶过来没有意义啊。

"那个鸡冠的尸体到底是什么？我们埋在树下的那个。"

对这个问题，武泽听到答案的时候，不禁张大了嘴。

"夹娃娃机里弄到的毛绒玩具，吃过几口倒在水池的贯太郎特制鸡肉方便面，还有大西红柿。"

"这都是什么……？"

"人在紧张感之中很容易受骗，而且又是夜晚，光线又暗。那个塑料袋里的东西是在洗手间里弄的。本来想趁大家睡觉之后慢慢弄，但那天晚上真寻一直坐在玄关，老武你也没睡觉。我只好装作喝茶去了厨房，把水池的垃圾和西红柿罐头一起装进塑料袋，然后把它藏在睡衣的肚子里，进了洗手间。再然后，把老武丢在洗手间的那个毛绒玩具的肚子割开，塞进塑料袋，再搞得黏黏糊糊的，最后放进鸡冠的项圈。说起来有点儿自卖自夸，不过那个确实很像真的吧？"

"很像真的啊。"

看上去真像是鸡冠的尸体。

"但是老铁，你在洗手间做的那个，怎么放到玄关外面的？"

那时候的老铁，应该立刻就去客厅睡觉了。他从洗手间出来的时候，说是贯太郎的面条有问题，一直按着肚子，恐怕就是把放了假尸体的塑料袋藏在里面了。

"没什么复杂的。我就偷偷开了客厅的窗户，扔到玄关那边去了。正好是路过的车辆开来的时候。"

确实是很简单的方法。

"坐吗？"老铁朝旁边的长椅探了探下巴。武泽和老铁并排坐到褪色的塑料长椅上。


"会跟我女儿说吗？"老铁用疲惫的声音问。

"你做的这些事情？"

老铁点头，又问了一遍："会说吗？"

"不想我说吧？"

老铁神色寂寥地点点头。

"既然这样……我就不说吧。"武泽这么回答，老铁感激地望了武泽一眼。

"喂，老武。"老铁捡起一片落在地上的樱树叶片，用手指夹着叶柄转圈。

"今后还打算继续诈骗吗？"

这个问题，让武泽哑口无言。

这七年里，武泽一直靠着不断对自己说"我是无赖，我是无赖"生活。不这样的话，他害怕自己会立刻沦落到受骗者的那一边去。但是此刻，继续那种生活的意愿变淡了，差不多消失了。真寻、弥寻、贯太郎，如今已经开始认真生活，自己继续这样下去，还好吗？

"老武，你知道我为什么给女儿起名真寻吗？"

武泽沉默着等待老铁继续往下说。

"她出生的时候，一开始想给她起名真云，就是洁白的意思。那是希望她不要像我，而是成为一个心灵纯洁的人。但是，转念一想我又觉得不好。这个世界，不是心地太纯洁的人可以生存的地方。因为有无数像我这样的人如蛆虫一样在世间蠢动，所以多多少少也需要存有几分戒心。所以我改了一个字，给她起名真寻。要在这个世上生存的话，比起纯洁的心灵，还是宽广的心灵要好一点儿吧。"

老铁抿起嘴，视线在自己的膝头逡巡了半晌，像是在思考什么事情。他再度开口说："骗子啊，其实都是废物。"

静静的语气，却如针一般尖锐。那针尖向着武泽胸口直直刺去。

"会不得好死啊！最后必定一个人孤苦伶仃，就这么死了。骗子这种东西，是最浑蛋的废物。可惜我发现这一点的时候已经太迟了。"

老铁像是要吐掉嘴里的沙子一样，又说了一次"太迟了"，把垂下的脸转向武泽。

"人若是不能信任他人，就无法生活下去。一个人绝对活不下去。到了快死的时候，我终于明白了这一点。人必须相信他人。而靠这一点赚钱，是无法得到拯救的最浑蛋的行为，和黑社会、放高利贷的没有任何区别。别人的罪行很容易看见，但是自己的罪因为背在自己背上，很难看见。这样的生活持续得太久，就会像吞噬自己尾巴的蛇一样，自己追赶自己，迟早一个人干涸而死。"

其实这也是武泽内心的想法，是他迄今为止一直刻意忽略、不去思考的事实。因此他心里格外痛苦，他想自己必须说些什么，然而什么也说不出来。老铁也陷入了沉默，双手放到膝盖上，慢慢地摊开、握紧，不断重复。

最终从武泽嘴里说出来的，是孩子气的、像是借口的话。他一边说，一边觉得自己可怜。

"可是你……和我一起干了那么多事情，对吧？银行监察官、当铺卖香炉什么的……"

老铁轻轻摇头。他的回答让武泽非常意外。

"没有哟。"

"没……有？"武泽不明白老铁的意思。

"可是，我们不是拿到钱了吗？不是拿到现金了吗？"

"那是我自己的钱。"

刹那间，武泽想起来了。自从和老铁搭档，让他负责最后的收钱工作之后，生意总是接连不断地成功。武泽一直以为，这是因为老铁的性格能让对方放心。

"你……是拿了自己的钱？"武泽怔怔地打量搭档的脸。老铁抿起嘴，点点头。

"我一直都把钱偷偷带在身边，给你的就是那些钱。"

难怪那么古典的诈骗还会不断成功。

那时候也好，这时候也好，被骗的都是武泽。

"这样说来，有一回你说要去撬锁，后来拿了不少钱回来。就是我们五个人一起住，眼看生活费要不够用的时候。那时候也是？"

"只是在外面晃了一阵，然后就回来了。"

老铁飘然回答。武泽盯着他看了好半晌，然后，他感觉自己的嘴角慢慢扬起，像要浮起来一样。老铁耸肩的身影，和周围的风景慢慢融合在一起。

# （四）

"啊……"一个熟悉的声音在身后响起。

回过头，只见一个高个子的青年，一只手提着便利店的塑料袋，绷紧了身子，紧盯着武泽的脸。武泽也望着他，什么也没说。青年求助般地向老铁望去。

"已经没事了。"老铁招呼道，"已经露馅儿了，彻底露馅儿了。"

是火口。不对，不知道他真正的名字叫什么。不过这个青年就是那个火口。他穿着白衬衫和牛仔裤，仿佛就是青春的化身。

老铁的话让青年的表情松弛下来，显出安心的神色，随即又皱起眉头，显得很困惑。

"哎，露馅儿了吗？难道说是我们的演技——"

老铁连忙挥手，瞥了一眼武泽："这家伙很聪明，被他识破了。你们的演技很完美，是吧，老武？"

"嗯，很完美啊。"武泽这么一说，青年咧嘴开心地笑了。这样的表情看起来实在是一张很善良的脸。人果然不可貌相。

好像不知道该说什么，青年在那边扭捏了半晌，终于说了声"抱歉，我去排练了"，向玄关小跑过去。不过刚跑到半路又停了下来，回过头。

"那个，钱的事情……"

老铁询问般挑起眉毛。

"因为您看，虽然不知道您的目的，不过既然露馅儿了，这之前的事基本上就没意义了吧。这样的话，我们拿的钱……"

老铁没有回答，转头望向武泽，仿佛要向他确认什么似的。武泽和他对视了一会儿，然后转头看向青年："有意义的哦。"

青年再度开心地笑了，然后鞠了一躬，进了公民馆的玄关。

看着青年的背影消失在公民馆里，武泽问老铁："我说老铁，那个高利贷组织，到底怎么样了？真正的火口他们呢？"

"啊，那个组织解散之后，就结束了。好像是因为法律修正案什么的，生意越来越难做，那种生意已经做不下去了。"

"是吗……"

那些家伙，是在别处做其他恶毒生意吗？会是逼迫什么人、让他们受苦、使他们陷入不幸的生意吗？这样一想，武泽不禁生出怅然的情绪。但是老铁接着说："对了对了，我替你收拾他们了。"

"收拾？"

"嗯，就是那个建筑公司的订货诈骗。周刊上登过照片的吧？被骗社长的照片。"

没有拍出相貌的那张照片。

"那就是火口。"

武泽哑口无言。

"火口这个人，从监狱出来之后，就放弃了高利贷的行当，转而创办了建筑公司，一查就查出来了。不晓得他是不是有这方面的才能，混得很不错，让我很生气。这次计划的资金，全是从那家伙那儿弄来的。"

"老铁，你——"

到底是什么人啊。

又起风了。头顶上樱花枝叶摇摆，阳光包裹着身体。映照在柔和的阳光之下，武泽静静地望着老铁。

哒、哒，轻快的脚步声传来。向声音的来处望去，只见刚才那个青年从公民馆的玄关跑出来，来到武泽他们面前，从牛仔裤后面的口袋拿出两张票。

"有空的话，下次请来看我们的表演。下下个月，在小剧场公演。"

"话剧吗？什么内容？"老铁一问，青年简单地介绍了话剧的内容。好像是个警察剧。上一次的话剧是诈骗犯做主角，这一次决定反过来，是个警察把坏人绳之以法的故事。其中加了一些有趣的情节。

"警察剧，没什么兴趣啊……"老铁苦笑着缩了缩头。

"随便看看也没关系，请来看哦。因为没有客人来看，最近都没什么干劲儿。"青年把两张票塞到老铁手里。

"来了的话，演出结束之后请你喝酒。"

"假捧场啊。"

"假捧场也行，怎么着都行。反正票卖不掉，很头疼。"

老铁摆出一副无可奈何的样子，收下了票。青年显出如释重负的神色，郑重地鞠了一躬，然后一路小跑回了公民馆。

"喂，老铁。"武泽站起身，怀着对回答的淡淡期待，问道，"'假捧场[1]'用英语怎么说？"

能重新开始吗？武泽想。自己能重新开始吗？绕了很远的路，重新开始还来得及吗？

老铁也站起来，嘴角微微显出笑意。他慢慢地转过身，背对武泽。

"cherry blossom。"

说完这个词，老铁面向樱花树张开双臂的刹那，武泽分明看见了很久以前就已然飘散的花朵，真的看见了。白色的、桃色的花朵在枝头盛放开来，乘着春日终了的风，轻柔地从武泽和老铁的头上飘落。

还来得及。一定还来得及。

武泽看见，在漫天飞舞的樱花花瓣里，沙代笑了。

---

1 假捧场用的日语"サクラ"这个词，这个词同时有樱花的意思，老铁特意选择了樱花的含义翻译成了英语。

# 读客®
# 悬疑文库

**认准读客读悬疑，本本都是大师级。**

专注出版中、英、美、日、意、法等世界各国各流派的顶尖悬疑作品。

为读者精挑细选，只出版两种作品：
经过时间洗礼，经典中的经典；口碑爆表、有望成为经典的当代名作。

跟着读客悬疑文库，在大师级的悬疑作品中，
经历惊险反转的脑力激荡，一窥人性的善恶吧。

打开淘宝，扫码进入读客旗舰店，
下一本悬疑更惊奇！